虚构的灰

戴冰 著

广西师范大学出版社
·桂林·

虚构的灰
XUGOU DE HUI

图书在版编目（CIP）数据

虚构的灰 / 戴冰著. --桂林：广西师范大学出版社，2022.12
ISBN 978-7-5598-5485-8

Ⅰ．①虚… Ⅱ．①戴… Ⅲ．①中篇小说－小说集－中国－当代②短篇小说－小说集－中国－当代
Ⅳ．①I247.7

中国版本图书馆 CIP 数据核字（2022）第 184447 号

广西师范大学出版社出版发行

（广西桂林市五里店路 9 号　邮政编码：541004　）
（网址：http://www.bbtpress.com　　　　　　　　　）
出版人：黄轩庄
全国新华书店经销
广西民族印刷包装集团有限公司印刷
（南宁市高新区高新三路 1 号　邮政编码：530007）
开本：880 mm×1 240 mm　1/32
印张：10.75　字数：200 千
2022 年 12 月第 1 版　　2022 年 12 月第 1 次印刷
定价：56.00 元

如发现印装质量问题，影响阅读，请与出版社发行部门联系调换。

目 录

1　张琼与埃玛·宗兹
67　献给聂佳佳
117　虚构的灰
142　被占领的房间
193　海影花都的射手座
258　鸽哨远得像地平线
289　苍老的黄昏倏忽而至
317　孤独的人是可耻的

张琼与埃玛·宗兹

他去餐车吃饭，从那个女人的对面路过，但她恰巧侧转身体，去看窗外，他只看见了她右边的脸颊。吃饭的时候他想，一个人怎么能这么漂亮又这么暗淡无光？

他不记得那天他点了什么主菜，反正不是鱼香肉丝就是宫保肉丁，那是他最偏爱的两道菜了。他大口吞咽，急着吃完，那副吃相要是被他母亲看见，肯定又要啰唆，会给他举出很多急性胰腺炎发作导致死亡的例子。他意识到自己不可告人的心情，有点好笑，想吃得慢一点、从容一点，但最后还是很快就结束了午餐。他往回走，一面走一面用纸巾飞快地擦嘴。快要走到那节车厢时他放慢了速度，从后面往前，一排一排地看，在10F座位上又一次看到了那个女人；她仍然侧脸向外，姿势跟他之前看到的完全一样。这次他注意到她穿了一件银灰色的羽绒服，领子高高竖起，头发藏在里面，看不出长短。越过她的座位时，他忍住了没回头，他觉得那样就未免有些放肆了，于是目视前方，径直穿过两节车厢，回到了自己的座位。

接下来的三个小时，他玩手机、打盹、上卫生间、和邻座的一个回家奔丧的年轻人闲聊，尽力不让自己去想那个女人。有那么两三次，他成功地抑制住想要再去餐车吃一顿饭的冲动。

那是一列从贵阳开往武汉的高铁列车。当时他刚出版了一本书，武汉物外书店邀请他去参加一个分享会。他和那本书的责编赵金以及负责营销的黎金飞约好，先各自坐高铁去武汉，在车站会合，然后再一起去预订的酒店。之前他从未坐过高铁，只是听说过许多相关的传闻，比如一枚硬币立在桌面上可以纹丝不动之类。刚上车时他的确有些新鲜感，因为他发现比他从小到大坐过的任何火车都要整洁、舒适和时尚；但列车开动之后，他发现从视觉上说，列车行驶的速度远比他想象的慢，当然，他知道那并不是真的慢，而是窗外那些大型参照物，比如工厂、楼舍，等等，都距离遥远的缘故。他听说那是为了避开辐射有意设计的。

按照黎金飞最早的设想，分享会将由他们两人分别坐在一张圆桌的两侧，以一种对话的方式进行；但不久黎金飞又改变了主意，觉得零碎的问题会限制作者对作品的完整阐释，还是他一个人从头讲到尾更好。那是一本有关博尔赫斯的学术随笔，书名叫《穿过博尔赫斯的阴影》，内容包括十三篇解读博尔赫斯小说的随笔作品和四篇他用博尔赫斯的方式创作的小说。他花了十五年时间断断续续把它们写出来，自己并不完全满意，但感觉已经无话可说，于是交给了出版社，算是做个了结。书出版后，先在贵阳达德书店举办过一次分享会，整个过程除了结束前和书友们有半小时的互动，其余时间都由他一人讲述，等于有了一次排演，所以黎金飞最后的决定对他来说其实更简单，他想都没想就同意了。

分享会总的来说进行得十分顺利。他先是介绍了博尔赫斯的生平，提到博尔赫斯英雄辈出的祖先、悲惨的眼盲以及平生唯一的一次性经验，接着他把博尔赫斯最具代表性的小说都历数了一遍，强调了其虚幻的内容与作者悲惨的身世之间的关系；最后，为了指出大师身上也难免出现瑕疵，他特别列举了一个平时并不常被研究者们提到的例子，那就是小说《埃玛·宗兹》。但他刚说完故事梗概，黎金飞就过来和他耳语，说他的讲座已经超时，必须马上结束，因为下一场分享会的嘉宾和书友们都已经等得不耐烦了。他顺着黎金飞的手指看过去，果然发现门边聚集着一大群默不作声的人，他对他们做了个抱歉的表情，匆匆结束他的讲座。他隐隐有些不快。这之前，在提到博尔赫斯唯一的一次性经验时，台阶上的听众席中间传来轻微的笑声，显然有人把他的话当成了轻佻的噱头，于是他向笑声传来的方位瞪了一眼，笑声戛然而止——就在那一瞬间，他脑子里掠过高铁上那个女人的侧面，与此同时，他的肚腹开始隐隐作痛，而且似乎越来越明显，好在疼痛并没有强烈到影响他说话。分享会结束之后，他又陷入一连串的后续环节之中：接受当地一家汽车电台的采访，为一些购买随笔集的读者签名，等等。中途他还和两个曾在贵阳实习过的大学生聊了几分钟贵阳的小吃，比如豆腐果、肠旺面和素粉。整个过程，他的肚子一直在痛，只是并没有加剧，始终保持在一种可以忍受的范围内，直等到所有事情完结，他和赵金还有黎金飞来到物外书店的餐厅喝柠檬水，疼痛才一下释放出来，几秒钟就传遍了全身。最先疼痛的那个部位还躲在身体深处的某个地方，螺丝一样拧紧，似乎还在向更深的部位挖掘。他脸色煞白，借故离开书店，独自来到大门外一个垃圾桶的旁边蹲下来，佯装抽烟，静静地等待疼痛过去。

回到贵阳之后，有那么一两个星期的时间，他不得不反复向不同的朋友描述那次分享会：物外书店号称"武汉最美书店"、规模接近一万平方米、精致的装饰，以及它和台湾诚品书店的渊源（它的设计师与诚品的设计师是同一个人，它的总经理是诚品的老员工，曾在诚品待了十五年）。但他对任何人都只字未提高铁上的那个女人，他没什么好说，因为什么事情也没有发生，他有的只是一些无以言表的感觉。

他着重描述的是那阵突如其来的疼痛。好在我控制得很好，他说，从头到尾都没有人发现。但他父亲一点也不奇怪，说实际上还是因为紧张，只是你自己不知道罢了。他反驳说，如果他真的紧张，就不可能那么顺利地完成整个分享会了。说到这里，他还特别提到分享会上他开的几个玩笑以及书友们欢快的回应。他最终说服了父亲。那就不知道什么原因了。父亲说。是啊，他说，真是咄咄怪事。

但在私底下，他固执地相信那阵疼痛与高铁上的女人有关，与他看到那个女人时的一瞥有关。什么原因他说不清楚。可能我哪里被刺痛了。他想。然后又觉得刺痛这个词严重了些，于是换成了触动。可能我哪里被触动了。

半年之后，他几乎忘掉了那次短暂的武汉之行（总共只有三天，除了物外书店，他哪儿都没去。家在武汉的赵金曾提议去看下黄鹤楼，但他毫无兴趣，因为他很清楚，诗词中的黄鹤楼跟实际的黄鹤楼可能毫无关系），只有在想起高铁上那个女人时，他才会顺带把武汉和物外书店联想起来。又过了一年，他发现其实就连关于那个女人本身，他的记忆也开始隐退，就像年深日久的笔迹从底部浮上纸面，然后洇开。

六月的一个下午，五点半，他从供职的杂志社下班出门，站在中华北路老出版大楼的小广场前挥手打的，准备去一个叫"一鸢"的话剧社。剧社当时正在排练一部由他改编自博尔赫斯小说的舞台剧，剧名与小说同名，就是他在武汉分享会上提到过的《埃玛·宗兹》。

"一鸢"是贵阳目前唯一的一家实验剧社，完全民营，已经成立五年，每年都会自筹资金演出两部新戏和重演两部旧戏。剧社创始人马玲是贵大艺术学院戏剧系的老师，也是剧社的专职导演；剧社其他成员都是马玲在戏剧系的历届学生，毕业后因为种种原因，大都已经没有再从事表演专业，但"一鸢"成立后，马玲又把他们从四面八方征召回来，平时各自谋生，有戏要演才又聚在一起。马玲的丈夫吴勇是他多年的老友，他们年轻时经常会和另外几个朋友聚在一起喝啤酒听摇滚乐，都对"U2"和"恐怖海峡"着迷不已。两年前，也就是他去武汉前不久，剧社曾排演过他的一个剧本《技术问题》，双方合作很愉快。那次从武汉回来后，他送了一本《穿过博尔赫斯的阴影》给马玲，马玲说她多年来一直想执导一部描写女性心理的、具有极端情绪和强大冲击力的作品，看了武汉分享会的现场直播后，对他提到的《埃玛·宗兹》非常感兴趣，找了小说来看，一看就喜欢得不得了，读了不到一半就已经决定把它改编成话剧。它太适合我的想法了，她说，你想想，一个十九岁的小姑娘，没有勇气面对杀父仇人，只好假装妓女去接客……从表面上看，她是个妓女，但从心理上说，她认为自己是被强奸了，她有意让自己被强奸，好激发出最大的愤怒去报杀父之仇，这种心理太复杂太有意思了，对我，对演员，都是一次考验。她希望他能把这篇小说改编成剧本。

对马玲的这个想法，他并不认同，不过他很高兴有个机会把他在武汉没有说完的话说出来。他一直觉得《埃玛·宗兹》是博尔赫斯小说中写得比较糟糕的一篇，许多情节设置都难以令人信服，比如马玲最激赏的，也就是埃玛·宗兹去枪杀仇人之前先冒充妓女接客的情节，他就认为不可理解。难道杀父之仇的愤恨还不够饱满和强烈，还需要再多那个冒充妓女的环节吗？另外，小说里，女主角是趁仇人给她倒水之机，偷出仇人放在抽屉里的手枪杀死了仇人的（原文："他书桌的抽屉里经常放着一支手枪，这事谁都知道。"），这是小说里最大的败笔，因为这一系列过程（她请求喝水、仇人转身去倒水、她趁机打开抽屉、抽屉里一如既往地放着一把枪），只要出现哪怕一丁点偶然情况（仇人不肯去倒水、她拉开抽屉时弄出声响惊动了仇人、手枪那天碰巧不在抽屉里、手枪在抽屉里但没有上子弹，等等），就足以毁掉整个计划，而且导致的结果女主角根本不可能承受。试想，一个像埃玛·宗兹这样处心积虑的复仇者，会把性命攸关的计划建立在一系列偶然之上吗？

他建议不如改编博尔赫斯《恶棍列传》中那些极富戏剧性的作品，比如《心狠手辣的解放者莫雷尔》《难以置信的冒名者汤姆·卡斯特罗》，或者《女海盗金寡妇》……还把其中的几篇故事大致说了一遍。但马玲坚持要改编《埃玛·宗兹》。她说她好不容易才找到这样一篇各方面都能满足她想法的作品，不能遇到一点麻烦就放弃。关键是我看了这篇小说后有冲动，她说，非它不可。你觉得不合理的地方可以把它改合理。

他拗不过她，只得假装同意，他知道剧社当年还有两部已经确定要演的新戏正在筹备，一部是原创的《花·鱼》，一部是曹禺的《原野》，按照剧社的惯例，中间还要重演一部旧戏《射背碑》（另外一部春节前已经演过），真要把排演《埃玛·宗兹》的事提上日程，至少是来年的事；何况，《原野》中的金子一角，在他看来，完全可以满足马玲的愿望，导完《原野》，她也许不会再对《埃玛·宗兹》有现在那么大的热情。

但他猜错了。《射背碑》重演了两场，第二场演完，马玲把他作为与剧社长期合作的编剧之一请上了台，事前完全没有和他商量，突然向观众们宣布，"一鸢"在新一年的第一部戏，将是由他改编自伟大的博尔赫斯作品的《埃玛·宗兹》；她还强调，这是剧社第一次演出外国题材的戏剧，她希望能给"一鸢"的粉丝们带来惊喜。

他对此完全没有思想准备，但马玲既然当众宣布，那就是把他逼到了墙角，他知道自己已经没有任何回旋余地，所以只得放下手上别的事情，立即着手写剧本。他按照他的想法修改了原著中那些不合理的地方，又经过两个多月反复争论和修改，剧本《埃玛·宗兹》的故事最后变成了这样：十九岁的埃玛·宗兹得到父亲的死讯，知道真凶是工厂老板艾伦·洛文泰尔，于是决心为父报仇。她到鱼龙混杂的码头买了一把手枪，准备寻机杀死洛文泰尔，但她怎么也做不到朝一个活生生的人开枪（即使那是杀父仇人）；她整日在工厂门口徘徊，几次目睹洛文泰尔进出办公室，却始终无法下手。她痛恨洛文泰尔的同时也开始痛恨自己。某个晚上，她到码头的酒吧喝酒，被一个瑞典水手误以为是妓女，强奸了她。之后，她发现愤怒和屈辱让她产生了巨大的勇气（原文："经过那一场穷凶极恶的凌辱之后，她非杀死洛文泰尔不可。"），她利用了这次稍纵即逝的心理变化，打电话给洛文泰尔，说她有一些关于工人罢工的秘密讯息要告诉他。洛文泰尔同意见她。她来到洛文泰尔家里，掏枪打死了他，然后撕碎自己的衣裙，打电话报警，说工厂老板借口向她了解罢工的事，试图强奸她，被她出于自卫开枪打死。

在他完成剧本初稿不久，马玲就已经决定，埃玛·宗兹一角将由剧社最年轻的女演员李芯来扮演。马玲选择李芯的缘由，不仅是李芯的年纪和长相都非常适合扮演埃玛·宗兹，最主要的是，她是马玲唯一参加过美国华德福教育专业戏剧大师工作坊培训的学生，马玲非常看好她，认为她潜力巨大，希望她最终能成为剧社的专职演员。但剧本刚开始排了不到十天,大家就发现有点排不下去了,问题恰好就出在李芯身上。

依据剧本提示,埃玛·宗兹在被那个粗野的瑞典水手误当成妓女施暴的过程中,她的心理变化是层次丰富且极其微妙的:开始她当然是本能地反抗,而这种反抗又导致了瑞典水手更激烈的施暴,她突然意识到这个过程让她产生了之前从未体验过的愤怒,一种可以驱使她实施任何极端行为(比如杀死洛文泰尔)的愤怒——问题就出在这里——这个时候,面对瑞典水手,埃玛·宗兹的反抗已经不再出于本能,而是出于策略(原文:"对他来说,埃玛无非是个工具;对埃玛来说,他也如此;只不过埃玛是他泄欲的工具,他则是埃玛借以报仇雪恨的手段。"),所以她的反抗必须表现出某种内省的、犹豫的甚至若有所思的成分;但与此同时,反抗又必须是真实的,因为只有反抗是真实的,强奸才是真实的,由此导致的愤怒也才是真实的——而这一切,既不能表现得太隐晦,也不能表现得太显明,难度远远超出了所有人的预想。他们为此陆续设计了不下十种具体的表现方式,但李芯还是把握不住。在试演了无数次之后,她终于临近崩溃,对着马玲大喊大叫,任性地威胁说她不演了,她觉得根本没有人能表现出这样一种相互矛盾的心理来。

排练不得不暂时停顿下来。

那段时间,他每天下班后都会带着一些模糊和零碎的想法去到剧社,和剧社的人一起吃盒饭,然后聚在演出大厅,把自己的想法提出来,供大家讨论,也参与讨论别人的一些模糊和零碎的想法。他轻微焦虑,但并不特别上心,因为他觉得解决表演的问题,那是导演马玲的事情,越俎代庖反而适得其反。

正是下班高峰期,路过的每一辆出租车上都挤满了人,短时间内看样子连拼车的可能性都没有。每天这个时候,他的嘴里都又干又苦。他想如果五分钟之内打不到车,就去旁边的"阅读时光"咖啡吧喝一杯加冰的柠檬水。他突然非常渴望那种冰凉和酸甜。据他母亲说,黄昏时分喜欢酸甜口味的人脾脏都不好。

他掏出手机看看,六点差十分。一辆银灰色的富康车从他面前滑过,停在离他几步远的地方,一个沙哑的女声从车里传出来。兄弟,走不走?

他犹豫了那么几秒钟。通常情况下他是不打黑的的,黑的司机大多不熟悉道路,喊价通常又比正规出租高出三分之一,但他似乎没什么选择余地,只得拉开车门,一头钻了进去。水口寺,老化工原料厂。他说,看了开车的女人一眼。

哟,水口寺我知道,但化工原料厂我可不知道。

到了水口寺我再给你指路。他说,又看了她一眼。

车子拐进六广门体育场,往右绕了个大圈子,重新回到一环，然后朝着油榨街方向行驶。

车真多啊，贵阳的交通看样子是离崩溃不远了。他没话找话，目的是可以再看那个女人一眼。她比他几年前第一次在高铁上看到时胖了一些，也没印象中那么漂亮，头发染成一种像是玉米须的颜色，一半披着，一半绾成一个髻，潦草地堆在后脑。和印象中的形象相比，他觉得她唯一没变的，就是那种说不清楚，但是笼罩全身的一种什么东西。

但她根本没有听他说话。她一边开车，一边玩手机，始终和一群男男女女在微信群里用语音聊天。那显然是一群跟她一样的黑的司机，快活，同时相当粗俗，聊天的内容在他听来毫无意义，不过是相互之间暧昧的调侃打趣；偶尔有一两个严肃的声音冒出来，煞有介事地通报某个地段已经堵死，或者某个地段有警察正在查车……她非常投入，不时咯咯大笑，或者把手机的底部靠近嘴边，说几句凑趣的俏皮话。在一个路口，漫长的等待之后，红灯闪烁，变成绿灯，她启动车子，眼睛从手机屏上移开，瞟一眼窗外，又回到手机屏上。一辆电动摩托从他的一侧飞快地插进来，左右晃动，最后狠狠地撞上了前面一辆轿车的尾部。她听见声响，头都没抬就踩下了刹车。车子往前一倾，稳稳停住，离前面已经侧翻在地的摩托只有不到一米的距离。

兄弟，看我这技术。她得意地说。

开车的时候能不能不要玩微信？他忍不住呵斥了一声，

口气激烈得出乎他的意料。话一出口他就后悔了，赶紧自言自语地解释一句，这太危险了……

他以为那个女人会因此不快，但她没有，而是笑嘻嘻地连连点头。好吧，听你的，不玩了。她说，其实不用担心的，兄弟，我的技术好得很，老司机了。

那之后她果真没有再摸手机。下一个路口等待红灯时，她从左边的车门下面取出一副白手套，在他惊诧的注视下，很认真地套到手上。那副手套白得耀眼，像是把她身上那种暗淡的东西都冲淡了几分。她的举动让他心生愧疚。干这行很无聊吧，他说，和朋友聊聊天倒是个解闷的好办法。

我聊微信倒不是为了解闷。她说，主要是为了随时掌握情况。上星期三就是因为没上微信，错过了一个交警查车的消息，结果被逮住，罚了五千元。

那天为什么没上微信？

群里冒出个原本不认识的人，天天盯着我胡言乱语，恶心透了。

男的？

她看了他一眼。废话。

又遇到一个红灯。他终于没忍住。

大前年，他说，十一月底，冬天，你是不是去过一趟武汉，坐的高铁？

她看了他一眼。没啊……

不可能。他说，好像……他算了一下从餐车回到自己座位时一共经过了几节车厢。六号车厢的 10F……

没有，我从来没去过武汉……

目的地到了，她果然向他要了比正规出租多出一半的钱。他没有搭腔，心里隐隐焦虑，他知道付钱下车之后，他几乎没有再见到她的可能。四百万人口哪，他想，茫茫人海……

她误解了他的意思，以为嫌她要价高了，于是解释说，这么远，又这么堵，好多红灯……

能不能微信付款？他问。

当然可以。她像是松了口气。

他掏出手机扫她的二维码，付了钱。她盯着手机等钱到账，同时用抱歉的口气说，你别看我现在这个样子，原来也是挣了几百万的人哪，兄弟，我几年前开的车，说出来吓死你，不过都不说了，说了伤心。

留一个你的电话吧。他说，以后有急事我就请你送我。

好啊。她说，不过也得看当时我在哪里，远了也没办法。

她报了手机号，他仔细核对两遍，这才开门下车。

他没忙着去剧社，而是站在路边，打开刚才扫的二维码，看到收款人姓名那一栏写着"张琼"两个字。他用她的手机号加了她,备注说"就是刚才打车的那个人"。不过两秒钟,她就验证同意了。他发了条消息:这么快?同时加了两个表示惊讶的表情。对方立即发回两个龇牙的表情。他继续发消息:我一下车,你肯定马上脱下白手套,开始玩手机。对方这次回了两个字:那是。开车的时候最好还是不要玩手机,很危险。他劝告道。没事,我有把握的。她又回过来,不过还是谢谢兄弟提醒……

他还想再说几句,但觉得再说就无聊了,于是没有继续。

那天晚上的讨论跟之前几天一样,没有任何进展,大家沉闷地散坐在演出大厅的地毯上,抽烟、喝茶、有一搭没一搭地闲聊。他恍恍惚惚,不断想起从高铁窗口看出去,那轻盈的、梦幻般的速度让田野突兀地展开又倾倒般地收缩,每一个刹那都朝着左后方逝去……但他记得很清楚,他当时的位子是背对着列车行驶的方向,景物不应该退向左后方,于是他很快醒悟过来,那其实不是他的视角,而是高铁上那个女人的视角,是那个叫张琼的女人侧身坐在窗前时看到的景象……

扮演瑞典水手的演员高宏明(西南工具厂的一个货车司机,马玲最老的学生,年纪比马玲还大三岁),在毯子上走来走去,突然把手臂上一只褐色大锚的假刺青唰地揭了下来，发出刺耳的一声响，就像揭下的是自己的一层皮。他一面朝大门走去，一面很不高兴地嘀咕：我每天都以为要演，每天都以为要演……要不等你们商量好了再叫我吧，我还得回家招呼孩子做作业呢。而李芯坐在地毯上，听着对面的马玲说戏。她显然已经对演出失去了信心，这时垂着头，眼神游离，似乎根本没有在听马玲说话。

他掏出手机，在微信里给那个叫张琼的女人发了条消息：能不能到刚才我下车的地方接我一趟？我付你两趟的钱。他顺便看了下时间，已经是晚上九点半。

微信很快就回复过来：对不起，我住得远，今天不想再出来了。不好意思啊兄弟。

马玲给他打电话，说照目前这种情形，戏可能就排不下去了，她只有两种选择，要么修改剧本情节，要么换掉李芯；她个人意见是修改剧本，因为如果连李芯这样一个专业演员都搞不掂，她也不知该到哪里去找更合适的了。

我们总不能因为一点挫折就换人吧，她说，这对一个年轻演员来说太残忍了，甚至可能从此毁了她的专业信心。

他暗自埋怨马玲当初不听他的建议，但也知道相比之下，修改剧本更现实些；他不想李芯以后恨他，何况换一个演员，整出戏就得从头来过，而且新换的演员未必就比李芯强。

接下来的十多天（周末除外），他白天在办公室偷偷改剧本，下午仍旧到剧社去和大家吃晚饭，然后一起讨论。他先后设计出两个方案，一个是埃玛·宗兹发现自己始终没有勇气开枪杀死洛文泰尔，于是主动引诱洛文泰尔和她发生关系，然后再撕烂自己的衣裙，开枪杀死洛文泰尔，最后再报警指控后者强暴了她；第二个是埃玛·宗兹被水手强暴时什么也没想，只是单纯地表现出本能的反抗，之后（当强暴完成），她一面哭喊咒骂，一面掏出手枪向水手胡乱射击，水手仓皇而逃，一面逃一面说，你居然开枪打我，看样子你是真生气了，生气的女人真是什么也干得出来。水手的话提醒了她（让她知道自己此时此刻正处于一种什么都干得出来的状态），于是她来到洛文泰尔的办公室，杀死了他……

这两个方案的确大大降低了"埃玛"的表演难度（可以说已经完全没有难度），但他自己也不得不承认，这样一来，整个故事中最富戏剧性的部分也就跟着丧失了，变得非常平庸和老套。马玲毫不犹豫地否掉了它们。排练于是又回到了之前那种停滞不前的状态。他开始觉得厌倦，考虑是不是建议马玲另找一个编剧，或者干脆下个决心，换掉李芯。

这期间，每天下班前一小时，他会先给张琼发一条微信，问她有没有空过来接他，而每次从剧社出来，他也会提前一小时，问她有没有时间过来送他。在他的印象里，张琼真过来接送他的时候其实不多，有时候即便事先答应了，临头又可能会有变化，比如她的车被堵死在某条路上，估计一时半会动不了；或者她的车突然被谁剐蹭了，正扯皮。这种时候，她总是先说完来不了的原因，然后加一句，对不起啊兄弟。他很不喜欢她这种听上去相当市井和江湖的口吻，他甚至觉得，他们第一次见面时他抑制不住地呵斥她，似乎也跟这种口吻有关。但他们根本不熟悉（也似乎怎么也熟悉不起来），他不可能在这种情况下指责她或者劝说她。其实每次只要坐上她的车，他总是不断提起各种话头，试图让她把话题引向她自己，但她心不在焉，对他的搭讪敷衍了事；大部分时间里，她的注意力都集中在那个挂在方向盘旁边的手机上，只要遇上红灯，她立即就会把手机从挂架上取下来，打开微信，听群友们发送的各种语音信息，听到俏皮话，仍自顾自地咯咯大笑——她倒不再跟群里的人聊天了，这无疑是因为他坐在旁边。他意识得到这一点，但依然感到焦虑和不快，他觉得高铁上那个原本模模糊糊的形象如今虽然活生生地挨着自己，却还是那么遥远和模模糊糊，而那句几乎每句话都会捎带上的口头禅更加深了那种间离感。他觉得她不应该是用这种口气说话的人。

有天下午，她比答应到达的时间晚了二十分钟，见面就给他道歉，说对不起啊兄弟，今天我换机油耽误了点时间。他开始没有吭声，走到一半才说出来。你能不能不要每句话后面都加一个"兄弟"？

怎么了兄弟，她说，这话怎么了？

他一时不知该怎么解释，因为要解释就不得不提到高铁上的那个女人。他又想起那个女人侧身坐在窗前时看到的景象，突然觉得她其实并不是任它们毫不滞留地掠过，而更像是在与眼前的万事万物一一道别。

你真的没去过武汉？他问。虽然她已经否认过一次，但他还是不得不再问一次。他费力地想要找到一些更确切更清晰的细节来证明她就是那个女人。

当时正是冬天，你穿了件银灰色的羽绒衣，领子很高，这样竖起来，加上头发，你大半个脸都被遮住了。你一直侧着身子看窗外……

这样说的时候，他模仿那个女人的坐姿，把身子朝着她的方向侧过来。他又一次看到了她右边的脸颊，再次肯定眼前这个握着方向盘的女人就是高铁上那个看着窗外的女人。她们都把同一张脸的同一个面向他呈现出来，而且一次比一次距离更近。

我没有说错吧？他看着她，难以想象在这种情况下她还要否认。

你已经是第二次问这事了。她说，你看到的那个人真的不是我，我真的没去过武汉……你看，我这次就没说"兄弟"对吧，你说我每句话后面都会加一个"兄弟"。

他的嘴里又出现了那种又干又苦的味道。他没有理睬她,而是自顾自地说下去。他描述了高铁上那个女人从头发和衣领里翘出来的精致的鼻尖、石雕般一动不动的坐姿以及好像正与整个世界一一道别的神情;他急匆匆地吃饭,想要尽快再次看到她;邻座的年轻人絮絮叨叨地说着他母亲离奇的死亡,而他却想着是不是再去餐车吃一顿饭;他还说到分享会上他突然想到那个女人,然后肚子开始阵阵剧痛……

你喜欢上她了兄弟?她说,你就看了她那么一眼就喜欢上她了?还喜欢得这样耿耿于怀的。

有时候一眼就够了。他说,我觉得我已经非常熟悉她了,熟悉得就像已经认识了一百年。

她似乎有点不安。你都在想些什么哦兄弟,她说,至于吗?

他继续自顾自地往下说。所以那天一上你的车,虽然你长胖了点,又染了头发,我还是一眼就知道是你。你不承认也没关系,也可能你真的不是她,但这个不重要,重要的是我觉得你就是她。

说完这句话,他觉得她承不承认真的变成了一件特别不重要的事情。

那个叫张琼的女人在座位上局促地扭动了几下,就像她被屁股底下一个细小但是坚硬的东西硌得非常难受。

那又怎么样?她说,你想泡我?我可比你大呢。

谁想泡你啊!他觉得那个泡字太刺耳了。

她嬉笑起来。你不想泡我为什么天天叫我接你送你？还开那么高的价，贵阳市又不是只有我一个人开黑的。瞎子都看得出来你想干什么。我给你说兄弟，想泡我的人多了，全国各地的都有，重庆、昆明、长沙……也有武汉的，不骗你，不过我真的没去过武汉。

为了避免在她是不是那个女人的问题上发生争吵，他觉得他已经退让一步，暂且假定她有可能不是那个女人了，但她把他看得跟别的男人一样，却让他不能容忍，感到自己受到了轻微的侮辱。

又是"兄弟"又是"泡"，他说，你说话怎么像个天桥底下卖国库券的婆娘……

他也不知道自己怎么会突然想到这样一个莫名其妙的形象。

这样说的时候，他尽力克制着语气免得过于严厉，但张琼还是不高兴了。见你的鬼……她嚷起来，又一下刹住口，露出恍然大悟的表情。你是觉得高铁上那个女人不会这样说话是吧？问题是我不是她啊，已经给你说过N多遍了我不是她，你这话可说不到我头上……听不惯我说话麻烦你以后不要再喊我来接你！

他非常沮丧。他不知道她为什么不愿承认她就是高铁上的那个女人。他不相信世界上还有那么相像的人，不只是外貌的相像，那不重要，重要的是骨子里的那种东西，那种从骨子里散发出来又笼罩全身的东西。他不相信那种东西也会相像,他坚信那种东西可能比人的指纹还要独一无二。

那之后,直到车子停在他居住的那个小区入口,他们之间谁也没再说过一句话。下车之前,为了向她传达一种他自己也不明所以的态度,他第一次用现金付了费,仍旧是双倍。

接下来一个多星期,他自己打的来去,没再联系她,不过他只打黑的,一次也没有打过正规出租。平时他坐出租车,是不怎么跟司机聊天的,他天生不是个爱闲聊的人,但那段时间,他一上车就对黑的司机嘘寒问暖,表现得十分健谈。他和他们一起议论那些最日常的话题:孩子、房子、物价、交规、单行线……自从他听一个黑的司机说到不久前发生的一起群殴事件(一方是正规出租车司机,一方是黑的司机,为争夺客源大打出手)之后,和他们的交流就变得更为容易和热烈。当然,也有天性冷漠或者那天心情不好的司机,压根不搭他的腔,但即便遇上这样的司机,他也不会放弃碰碰运气的机会,他会先非常好奇地问那个司机:听说贵阳的黑的是从2008年凝冻时的"绿丝带"行动开始的?据说那一年因为凝冻路滑,公交车停运,有些私家车主出于助人为乐的初衷,发起了"绿丝带"爱心活动,免费搭乘那些顺路的上班族;自愿加入行动的私家车主们会在后视镜上系一根绿丝带,活动由此得名。有些得到帮助的人心怀感激,会主动拿一点费用给车主，渐渐由绿转黑，发展成黑的行业。对这个说法，黑的司机们大都并不认同，他们认为黑的行业早在2008年之前很久，就已经在沿海经济发达地区出现了……

但贵阳的黑的行业是不是由2008年的"绿丝带"行动发展而来，对他来说无关紧要，那不过是个话头，他真正想要知道的是另外的事。出租车司机一向都很团结，他说，其实你们黑的司机也很团结啊。他又一次提到那次群殴。是啊，黑的司机很得意，群里一发消息，四面八方立马来了几十部黑的，如果不是警察把路封死了，那次出租车司机们还要更惨。你们黑的司机都在群里吧？他问，我想打听一个叫张琼的黑的司机，女的，你知道不？他要打听张琼的理由听上去非常充分：有一天晚上，他坐她的车，下车后手机落车上了，她还给了他。

幸好我的手机没设密码哦，他说，她打开手机拨了我一个朋友的电话……刚买的iPhoneX，新崭崭的，差不多一万块呢。

但黑的司机们大都没听说过这个名字，他们说贵阳的黑的有差不多八万辆，司机们各有各的群，群里聊得多，平时见得少，而且百分之九十九都不会用真名，微信名又稀奇古怪各式各样，很难知道谁是谁。

但她的微信名就是真名啊。他说。

你怎么知道？黑的司机不屑地说，说不定只是看起来像真名呢。这种看起来像真名的微信名其实更假。

只有一个女司机对张琼这个名字似乎有些印象。我入行入得晚，她说，如果不是我上班的那家仪表厂去年破产，没别的办法，我一个女的，说什么也不会愿意过这种担惊受怕的日子。据她说，她刚入黑的微信群时，曾听群里的人说，群里原来有个女人，好像遇到过一些不好的事，所以微信名也取得怪，一长串，具体什么她记不清楚了，大约是谁谁谁悔恨过去或者害怕过去之类，名字不是张琼就是张什么琼。据她说，那个女的长得有点漂亮，所以群里好多男人喜欢跟她啰唆；她平时看上去也特别开朗随和，但哪个男的要是真的挨她挨得近了，她说翻脸就翻脸，什么难听的话都骂得出来。说到这里，女司机笑起来，说那个女人最经典的段子是有一次她的车限号，坐公交车，坐在司机后面那排长椅子，一个男的可能看她长得好，硬要挤着她坐，她让了几次让不开了，就站起来抓那个男人的头撞旁边的铁杆子，还当着一车老老小小的人问他，说你老妈的×那么窄，你也要硬挤进去？

一个女的呢，女司机说，真骂得出口，我现在说给你听都觉得不好意思。

群里人多了，总有几个玩得好的。女司机说，玩得好的几个有时候肯定就会约着打盘麻将、吃顿饭嘛，或者一起自驾游，我都跟着他们出去过两次了，一次是小七孔，一次是大理——只要找的钱够敷得走一天三顿，我们也要享受生活对不对？但他们说那女的从来喊不动，就没听过她跟谁一起玩过。

她以前遇到过什么不好的事？他问。

我哪知道。

她后来又为什么要退群呢？

我哪知道。我不是给你说我入行入得晚嘛。

他一阵茫然，感到事情好像变得越来越复杂。他无法想象张琼不是高铁上的那个女人，但同时更不能想象女司机嘴里那个污言秽语的女人也是高铁上的那个女人。

周三早上，他接到吴勇电话，让他下班后别来剧社了，直接到蛮坡小海螺酒家的215包房去吃饭。马玲在上海读研时的导师来了，吴勇说，刚从法国参加街头艺术节回来，兴奋得不得了，现在又准备去云南参加一个艺术节，特意在贵阳停留一天，会会马玲。马玲的意思是不如大家一起见见，一是听他聊聊艺术节，二是也将就和他讨论一下《埃玛·宗兹》现在这种状况。

这倒是个好事。他发现大家对李芯的抱怨已经过了高潮期，慢慢开始把矛头对准了他，剧本改不出来，最后所有的抱怨都会落在他一个人身上。他现在是既无可奈何又骑虎难下。

那天他到场之后才发现，参加晚宴的全是《埃玛·宗兹》剧组的人，别的一个也没叫。他由此看出了马玲焦虑的心情。

导师有六十来岁，脑门很大，梳着大披头，一口细碎的烂牙在他飞快说话的间隙不时暗黑地一闪，配着鲜红的嘴唇，就像西瓜瓤上的西瓜籽。

他的猜测没错，开席之前，马玲分别给大家一一打招呼，说我这个导师只要沾到酒，可就什么正事也谈不成的，你们今天别灌他酒啊。

但局面显然并不受马玲控制，那个导师才一入席，就开始一面自顾自地喝酒吃菜，一面大谈法国艺术节，从巴黎的戏剧说到里昂的丑角杂耍表演，然后又是瑟堡和沙隆的车技、飞人、高空秋千……根本由不得马玲插嘴。晚上十点的时候，导师醉了，眼睛变成一大一小，他看着马玲，用家乡话（导师是上海南汇人）问她，好像你在电话里说要问我一个什么事？马玲很勉强地笑，说没什么重要事，等你回上海我再电话给你说吧。

他坐在导师的右边，对导师在瑟堡看到的一部韩国实验剧非常感兴趣，一直默不作声地在心里琢磨。那部韩国实验剧听上去非常血腥，内容是仇杀，表现方式很独特：整个演出都隔着一层半透明的类似磨砂玻璃的材料，观众只能听见对话和看见模模糊糊的人影，最后，血案发生，飞溅的鲜血像特写镜头一样清晰地布满整个玻璃。他感兴趣的不是那层玻璃，《埃玛·宗兹》显然不能照搬这种方式，而是它有意与观众之间形成某种间离的观念。他在《穿过博尔赫斯的阴影》中讨论过博尔赫斯的一篇小说，名字叫《叛徒和英雄的主题》，他认为那是一篇典型的"元小说"，一篇关于小说的小说，与那部韩国实验剧在性质上存在着一种什么关系。他一时还没想明白，但许多场景已经纷至沓来，让他隐隐地激动。

他不顾礼貌，当着大家的面用手机在网上找到了那篇小说，开头就是那段他迫切想要看到的文字，和他印象中的一模一样：在切斯特顿（他撰写了许多优美的神秘故事）和枢密顾问莱布尼茨（他发明了预先建立的和谐学说）明显的影响下，我想出了这个情节，有朝一日也许会写出来，不过最近下午闲来无事，我先记个梗概。这个故事还有待补充细节，调整修改；有些地方我还不清楚；今天，1944年1月3号，我是这样设想的。

他盯着那段文字反复阅读，相信《埃玛·宗兹》所有的问题都得到了解决。

当天晚上回到家里，他几乎通宵未睡，一口气改完了整个剧本。他是这样设想：为减轻李芯的表演难度，也为了增加视觉上的动感，剧本中埃玛被强暴一节将采用他后来修改方案中的第二种，即强暴结束后，埃玛向水手开枪射击，水手的话提醒了她——"你居然开枪打我，看样子你是真生气了，生气的女人真是什么也干得出来"——其余的不变；但整部戏增加了一个关键角色，那就是"《埃玛·宗兹》的导演马玲"；也就是说，《埃玛·宗兹》的导演将在《埃玛·宗兹》中饰演《埃玛·宗兹》的导演；马玲将在整部戏的表演过程中与演出同步，向观众阐释她导演整部戏的过程，从开始到最后，让整部戏都被包裹在她的叙述中。比如她作为一名女性导演，多年来就一直渴望执导一部描写女性心理的、具有极端情绪和强大冲击力的作品；她如何偶然在一次网络直播中听到了《埃玛·宗兹》的故事，于是决意改编这篇小说；她如何听从编剧的劝告，修改了其中不合理的部分；她如何理解女主角埃玛·宗兹复杂的心理变化过程；为处理这种复杂的心理变化过程，她设计过哪些具体的表现方式；剧本排练到中途，又出现了哪些无法解决的问题；观众们目前看到的这种结果又是出于什么样的考虑而最终导致的……在她叙述的过程中，演员可以停顿下来，也可以做一些不需要与别的演员交集的动作，比如沉思、走动、喃喃自语——甚至可以考虑让演员在表演过程中中断自己的演出，插入她的阐释，与她对话，提出自己在表演这个环节时的不同理解——与此同时，她阐释时的语气还应该是日常的，带有日常表达惯有的轻微语法错误、反复、停顿，甚至口吃，与演员在表演时经过刻意雕琢的对白区别开来,形成另外一个语境系统……

这样一来,不仅解决了埃玛被强暴时的一系列难以被外在表演传达出来的复杂心理(一切都可以在马玲的阐释里被描述得一清二楚),更重要的是让整部戏具备了一种真正意义上的实验性和先锋性。

修改过程中他觉得自己脑洞大开,思如泉涌,各种新奇的念头层出不穷,他都快要被自己大胆得近乎荒唐的构想吓住了。凌晨四点,剧本改完了,在发给马玲之前,他特意在剧本的第一页最上端用比正文大两号的粗体字打下一行提示:"一部元戏剧。一部关于戏剧的戏剧。"

他的心情好得无法形容,他甚至有点等不及天亮就想给马玲打电话,但现在可是凌晨四点半,窗外一片寂静,只有遥远的某个工地上传来清冷的角铁被敲击的声响,这种时候给马玲打电话未免过于疯狂。他在房间里四处走动,搓着手,他想上床睡觉,但知道自己睡不着,接着他就想起了张琼,意识到整个晚上他居然一次也没有想起过她。他拿过手机,给张琼发了条微信:那天我说话太冲动,是不好听,让你生气了,我道歉。微信发出去,他有些惊讶地发现,重新想起张琼,让他轻易就从刚才那种急不可待的狂热中抽出身来。但他觉得自己还是应该解释一下,于是又发了一条:可能是我太不希望你变成现在这个样子了。你现在这个样子简直让我痛心。第二条微信还没发出去,他突然想,如果她们三个真的是同一人，张琼可比女司机嘴里那个粗鄙得不可思议的女人正常得多，也可爱得多，那么时间再久一点，她会不会又重新变回高铁上的那个女人呢？这个想法让他隐隐有点内疚，于是接着刚才的话又补充了一段：不过你可能比起以前已经改得多了，只是我不知道。

深更半夜的，他想张琼不可能马上看到，但才过了几分钟，居然就收到了张琼的回复：你这是非要把我当成是高铁上的那个女人啊兄弟，你要我怎么给你说呢？

他没意料到她会回复得这么快，一时不知道怎么接话，但她的口气里显然没有太多生气的意思，那句平时让他听起来非常刺耳的"兄弟"，这次却让他倍感欣慰；他不愿再在这个问题上和她争论，免得又回到之前那种不通音信的局面，于是简短地发了一条：那就不说了呗。明天下午五点半，我还在老出版大楼路边等你。

张琼的回复更简短：嗯。

不出他的意料，剧本得到了包括马玲的导师在内的所有人的激赏，马玲的导师甚至通过电子邮件发来将近五千字的解读，从莱昂内尔·阿贝尔对元戏剧的界定说到理查德·霍恩比把元戏剧分为五类；从奥尼尔的《进入黑夜的漫长旅途》说到贝克特的《等待戈多》……只有承认自身内在戏剧性的生活才能成为有意味的舞台表演，他写道，只要导演表现出她知道她正在导演,而演员表现出她知道她正在表演,这戏就算是成功了——其实很难想象它会失败,因为演出过程中无论出现任何情形,比如某一时刻的即兴呈现甚至错误,都可以被看成是一种故意为之和事前设置……他还特别肯定了剧本中演员可以停下来和导演讨论剧情的设想,认为这是对元戏剧理论的一种拓展。我们可以暂且把它称之为戏剧上的一种"复调叙事",他说,每个参与者都既是演员,也是导演……

类似的话听上去非常玄乎,大约除了马玲,没有人听得明白,但他的身份(上海戏剧学院的博导),加上文中那种引经据典的理论氛围和不容置疑的雄辩口吻无疑给整个剧社吃了一颗定心丸。马玲尤其兴奋,她说这部戏肯定可以给"一鸢"带来一次历史性的突破,她甚至在考虑带着这部戏去参加第二年的乌镇戏剧节。其实从排练的第一天起,我就开始写导演手记,已经写了差不多有三万字了,她说,原本只是想整理一下自己的思路,不想现在派上用场了,我可以把那些最有感觉的部分挑出来。她环视了剧社所有的人一圈,也包括他,挥着拳头喊了一声,加油,"一鸢"。

吴勇当然也很高兴。他对剧社事务的参与程度一向很深,对马玲的影响力也很大,这一点从《原野》剧尾配乐竟然是崔健的音乐作品就可以看出来。他笑眯眯地上前握了一下李芯的手,说幸亏你原来没演好哦,演好就没现在这个本子了。

接下来的排练顺利得让人难以置信，虽然中间也出现过一些小混乱，混乱的原因来自马玲导师那句"每个参与者都既是演员也是导演"的话，大家可能对这句话有些过度发挥，每个演员都觉得应该把自己的主体意识充分表现出来，于是出现了一些令人啼笑皆非的情形，比如李芯演着演着，会一把推开高宏明，说你他妈别那么用力卡我脖子啊，又不是真的要强奸，卡得老子气都喘不过来；高宏明有一次刚把李芯扑倒在木床上，突然想起什么，停下来对着空无一人的观众席结结巴巴地说，我觉得，我觉得，我现在应该真的捏一下她的乳房……在被马玲喝止后他们都觉得委屈，因为他们认为这样做正体现了"我知道我正在表演"。类似的情形弄得整个过程不太严肃，像个玩笑，但总的来说还谈不上是问题，倒更像是欢乐的花絮，等马玲稍做修改，删掉了演员可以中止演出停下来讨论的部分之后，排练又回到了那种无比顺利的进度当中。

他们坐在那辆银色富康车狭窄的车厢里，还是跟从前一样找不到什么话说，但他感觉到，自从她重新开始接送他，他们之间的氛围就发生了一些微妙的变化，之前他们像一滴水和一滴油，各自待在自己的分子结构里：他琢磨她，而她的注意力集中在她的手机上；现在不同，她始终戴着那双白得耀眼的手套，手机从方向盘旁边的挂架上永久性消失，躲进了随身的小挎包（小挎包放在打开的中央扶手盒里）；她没有刻意改变她灰扑扑的着装，但他注意到她扎头的橡筋换成了暗红的彩带；与此同时，她眼睛里那种对什么都兴致勃勃得有点神经质的光亮也暗淡下来，变成一种近乎羞怯的柔和的神色；他稍有举动，她的眼角就会立即扫过来……她还是忍不住不在每句话的后面加上"兄弟"两个字，为此，她特地向他道过歉。好多年了，她说，改不了，我也不知道是哪个时候说习惯的。

她第一次拒绝接受他付的双倍车费，是有一次他请她消夜之后，她从微信上转回来二十元钱，大方地说你是老主顾了，从今天开始我优惠你。那是《埃玛·宗兹》排练完成的当天晚上，他的心情就像刚修改完剧本那天一样好，虽然去掉了演员参与讨论的部分，但马玲表现得极为出色，她时而插入演员的演出情境中，对埃玛的遭遇表现得感同身受，时而又抽身出来，面向观众席侃侃而谈，或激情或理性地阐释她的导演理念……他坐在一旁，几次为其中的一些场景感到震撼，不得不承认去掉了那些闹剧般的部分之后，整个演出更具探索、反叛和另类的精神。

开始她只想吃碗素粉，但他觉得那样未免结束得太快。我今天特别高兴，他说，我想喝瓶啤酒，我们吃烫菜吧。

她同意了。我就发现你今天是有点高兴，满面红光的，眼睛眨得也比平时快。什么事这样高兴啊？

他觉得真要给她说清楚他高兴的原因就太复杂了，那他得从博尔赫斯和他的《埃玛·宗兹》说起，说到马玲和"一鸢"剧社，说到埃玛悲惨的遭遇和细腻的心理过程，说到扮演埃玛的李芯、马玲的导师、元戏剧……他事先就觉得张琼不会对这些东西感兴趣，就算感兴趣也没法给她说明白，所以他只是简短地说，我写了个剧本，今天刚排完，再听听大家的意见，抠抠细节，就可以公演了。

啊，她露出大吃一惊的神情。你原来是个拍电影的啊，我就说，你天天往那么个旮旮旯旯的地方跑，原来是去拍电影哦。你猜我以为你干什么去了，我以为那里有一堆麻友，你天天去和他们搓麻将呢。后来我一想又觉得不对，打麻将哪会散得那么早呢，和你不熟，也不好问。难怪哦。

他们在路边一家烫菜摊子旁停下车来。张琼主动为他拿杯子倒啤酒，又不停地往他的碗里夹菜，劝他多吃点，还冲着老板娘大声嚷嚷，说拿给他的碗没洗干净。他不知道她这样殷勤是不是因为把他误会成了拍电影的，所以不等她也坐下来就告诉她，他不是在拍电影，而是在排一部话剧，他也只是写剧本的那个人。这次她听明白了。那也不得了啊，她说，那就是说，你是个文化人啰？说着她突然笑起来。其实我最不喜欢文化人了。为什么？他问。文化人啰唆得很，她说，只要是个戴眼镜的上来，不信你看嘛，还没坐稳就开始和你讲价钱，一块两块的，计较得很。不过你和他们不同。他想起他每次都给她双倍的钱，但还是问了一句，我跟他们有什么不同？她又笑起来，眼睛眯成一条缝，你神神道道的。

等戏真演的时候带我去看？她说。

好啊。他很高兴。这个戏正好说的就是一个女人的故事，不过挺可怕的，你可别吓着了。

有多可怕？

他于是简单地把故事给她说了一遍，同时出于某种隐约的炫耀的意图，他还把元戏剧理论也轻描淡写地提了一下。她听得很专心，听完之后愣了愣神，然后惊讶地看着他。别的我不懂，但世界上哪有这样的事啊？她说，小姑娘包里有手枪，那个水手抓她的时候，她怎么不马上掏出来打死他呢？

她来不及啊。他说。

哦。

但她想想，还是摇头。就算当时来不及吧，她说，但后来她想杀的应该还是那个水手啊，怎么又变成去杀另外一个人了呢？

他只能简单地给她解释。不是给你说了吗，他说，那是她的杀父仇人啊。原本她不是不敢吗，后来被水手强暴，然后水手又跑了，追不到了，她这股气找不到地方发，不是正好借着那股气把那个仇人杀了嘛。

她困惑地看着他，啧啧称奇。你真能编……

他有点尴尬，解释说其实故事不是他编的，而是一个叫博尔赫斯的特别有名的外国老头编的，他只是把这个故事改成剧本。

其实那老头编的还要不合理些。他说，我都改得合理多了。

谁编的都不行。她似乎越来越感觉不可思议。要杀就杀，不敢杀就算了，为什么要让人家一个好端端的姑娘被强奸呢？完全是瞎编嘛。你刚才说那老头叫什么斯？哪个国家的？

他被她的神情逗笑了。问这么清楚干什么？你还想追过去打他？

她也笑起来。你说这老头很有名吗？我是说编这样的东西也能出名？

他很赞成她的这个说法，但是又告诉她，那老头不是靠这样的故事出名的，而是靠另外一些故事。他想起他其实一开始就给马玲说过，《埃玛·宗兹》是博尔赫斯最失败的作品之一，但她不听。他觉得自己最终把本子改成目前这个样子，简直可以算得上是化腐朽为神奇了。

他给她说了几个典型的博尔赫斯式的故事：《阿莱夫》《小径分岔的花园》《沙之书》和《圆形废墟》。她听得津津有味，但是一脸茫然。我承认我没什么文化，她费力地比画着手势，但这个老头到底想讲些什么呢？

他想起他在《穿过博尔赫斯的阴影》的最末一篇里曾引用过巴伦内查对博尔赫斯的评价：博尔赫斯是一个立志毁灭现实，把人变成阴影的出色作家。于是对她说，他就是想把所有真的东西都写成是假的。

她重复了一遍他的话，想想说，那怎么可能呢兄弟，要真能那样，倒好。

按照惯例，剧社的每部戏，在公演之前十天，都会先举办一场小范围观摩演出，之后还会有一场讨论会；邀请的人员不超过三十人，大多是媒体和文化艺术界人士，目的主要有两个，一是请专业人士提意见，看看还有哪些需要修改的地方；二是媒体动员，为公演当天的报道营造气氛。

他原本的计划，是想等公演那天再请张琼去看的，但张琼一听之前有这么一场演出，就非要先看不可。公演那天肯定人山人海的，她说，我最不喜欢这种场合了。你不是说这一场人少吗，正好。

他只犹豫一秒钟就同意了，他很高兴她表现得这么急不可待。

那天到场的人数比预计的要多一些（有些人事先不打招呼就带来了亲戚朋友），大约有四十人，坐满了小剧场座位的前面两排。张琼显然把看演出当成一件郑重的事情,不仅换了套灰白色的职业装,淡淡地涂了口红(颜色和她扎头发的带子一样),还给他和自己都准备了饮料和零食;给他带的是一瓶可乐、一袋红枣和一袋芒果干,她自己则捧着一大盒德克士的鸡米花。他陪她坐在第二排靠右些的位置。演出开始不久,他就听见她小心地咀嚼鸡米花的声响,喳、喳、喳。他几次想阻止她,但最后都没有忍心那样去做,这让他有些心神不宁,好一会才把注意力重新投入到演出中去。

……埃玛捧着那封被人从门缝里塞进来的信,一面读一面在房间里踱步,动作越来越缓慢,脸色越来越凝重,渐渐变成痛苦,变成愤怒……聚光灯从埃玛身上移开,罩住一直站在舞台一角的马玲。她左手捧着一个十六开大的红色硬塑料文件夹,右手拿着一支笔,面向观众,声音缓慢地:1922年1月14日,埃玛·宗兹从塔布赫·洛文泰尔纺织厂放工回家,发现门厅地上有封信,是从巴西寄来的,她立刻就想到她父亲大概已经不在人世了……埃玛在工厂大门外徘徊。她看着洛文泰尔离开办公室的背影,手放在手袋里(捏着手枪),紧张得浑身发抖……埃玛沮丧地来到码头的酒吧,要了杯烈性酒一饮而尽,又要了一杯。一个粗壮的水手站在一旁,始终淫邪地看着她……水手一手扼住埃玛的喉部,一手抓着她的肩膀,在周围酒客的哄笑声中把她拖进旁边的小屋(小屋实际上只是一个用涂色泡沫隔开的虚拟空间,面向观众的一侧完全敞开，但垂下一层黑色的、半透明的纱幕。这个想法还是马玲从那部韩国剧里得到的启发，目的主要是不让强暴过程过于露骨和刺激）……水手半裸着身体从小屋逃窜而出，埃玛一只手提着裙子的下摆，一只手挥舞着手枪朝他胡乱射击，水手一面四处躲闪，一面说你居然开枪打我，看样子你是真生气了，生气的女人真是什么也干得出来。两人追逐而下……埃玛拿着手枪又独自回到舞台，绝望、沮丧、略有所思……

他突然意识他有一会没听见张琼咀嚼鸡米花的声音了，他转头去看，发现她的嘴角沾着一粒鸡米花的碎屑，鼻头发红，浓密的假睫毛上挂着一粒反光的东西，他不确定那是不是眼泪，但还是取出一张纸巾，碰了碰她，示意她擦掉嘴角的碎屑。她接过纸巾，慌乱地擦去嘴角的碎屑，又要了一张纸巾，把眼睛鼻子都擦了一遍。她似乎尴尬得手足无措。他不知道她是因为嘴角上的碎屑尴尬，还是因为大动感情尴尬，总之她显然不希望他看到她当时那个样子，所以他若无其事地继续看戏，直到结束，他再没转头去看她。

讨论会的地点安排在演出大厅楼上一间小会议室。演出结束后所有的人都朝楼上走，他自然而然地也跟着上楼，回头却发现张琼没有跟上来，他只得下楼找，一直找到她停车的位置，才看到她已经坐回车里，正在手机上写着什么。看见他，她说我正要给你发微信呢，你开你的会，我在车里等你。一起去啊。他说，还不知道开到几点呢。没事，她说，多久我都等你。说着，她抽了一下鼻子，他这才肯定她刚才的确是哭了。每个人都可以发表意见的，他说，其实你也可以说说嘛，刚才我发现你好像也看得比较……投入。她用力摇头，你们都是些文化人，我哪插得上嘴哦，别去丢你的脸了。他有点失望。人家剧社还准备了水果糕点呢，你不想去吃点？她还是用力摇头。他不忍心让她独自一人待在黑漆漆的院子里，于是默默站了一会。她没有看他，只是心不在焉地乱翻手机，好一会才像是突然发现了他。你还站在这里干什么？快去开会啊。人家怕是都开始了。他不好再强迫她，只得回去。

那天的讨论会分歧很大。他进到会议室的时候，正听见贵大语言研究所的所长王良范和艺术批评家张建建在激烈争论，两人平时是好朋友，这时说话却毫不留情，似乎都已经动了意气。他听了好一会，才恍然明白，两人实际上都在批评这部戏，王良范的意见是马玲在一旁阐释的这个构想完全多余，影响了角色形象的塑造，还把原本线索流畅的情节分割得七零八碎，让观众根本无法进入情境。这种想法只在观念层面成立，他说，似乎很先锋，很前卫，但今天的演出却证明实际效果不好，而且可以说非常不好。马玲之前显然已经解释过这样做的理由，所以他还听见王良范非常不客气地说，传达不出那种复杂的心理变化，那只能是导演的问题，是演员的问题，不能避重就轻玩这些花招。

张建建的意见跟他正好相反，认为元戏剧的方式正是这部戏最大的特点，问题出在元戏剧的成分不够，观念上不彻底。观念艺术不做彻底就没有意义，他说，这个戏跟《原野》不同，本来就不是给普通观众看的，这一点事先就得想清楚，要有信心。"一鸢"是个实验剧社，本来就该尝试各种可能性，否则"实验"二字又从何说起？他建议让所有的演员参与进来，把演出过程中的所思所想都当众呈现出来。每一场肯定都不一样，他说，那就让它们不一样。这样，每一场戏都是独一无二的，不可复制的。

这个想法不就跟他和马玲导师当初的设想完全一致吗？他连忙插话进去（也是为了缓和一下气氛），把当初排练时两个演员的表现当成笑话说了一遍，大家果然哄堂大笑。张建建非常高兴，大声说太好了，这就对了嘛，就该是这样，我没觉得这有什么不好。

李芯原本在王良范发言的时候已经一副心如刀割大受打击的样子，这时听了张建建的话又才缓过神来。

其余的人有的赞成王良范，有的赞成张建建，还有的模棱两可，比如贵州都市报的记者赵毫，轮到他发言时，他说作为一个普通观众来说，他赞成王良范的意见；但从他的职业角度说，他赞成张建建的意见。因为有新闻点嘛。他说。

马玲悄悄走过来，忧心忡忡地给他说，分歧太大，我都不知道该怎么办了。他安慰马玲，说一部实验剧有争议是好事嘛，没争议才叫麻烦呢；何况今天我带了个朋友来，人家都看哭了。马玲睁大眼睛看着他。真的，我不骗你，他说，一个女的，我还拿餐巾纸给她擦眼泪呢。

讨论会在继续，但他已经不想再待下去了，一方面时间晚了，他不好意思让张琼在外面没完没了地等，另一方面讨论会上两拨不同意见的人不仅争论不休，越说越针锋相对，就是同一个人的发言，也开始前后矛盾起来。

他谁也没打招呼，下楼来到张琼的车边，发现她开着车窗已经睡着了，手里还握着手机。她睡得很沉，鼻息浓重，头向后靠在椅背上。他悄悄在车窗前蹲下来，有点犹豫，不知道是不是应该马上把她叫醒。他发现这是他第一次看到她左边的脸颊。发现这一点让他微微吃惊。他回想了一下他们每次见面时的场景，确定他这真的是第一次看到她的这个侧面。他想起母亲说过，为了不惊吓熟睡的人，最好的唤醒方式就是用中指和食指交替轻点两条眉毛的正中。于是他伸出右手，在她的眉心轻点了几下。她果然眼皮跳动，然后缓慢地睁开了眼睛。开完了？她问，一面说话，一面发动车子。但他蹲在原地不想起来。上次我在高铁上只看到你右边的脸，他说，隔了这么久，我今天才看到你左边的脸。

老天哪。张琼按下门锁。快上车走啰。你这人怎么像做梦醒不过来一样。

他绕到另外一边,打开车门上车。她问他,大家都怎么说?肯定表扬的多吧?

他简单地复述了一下两边的意见。说着说着,他也像马玲那样,心里越来越没底。这种事就是这样,他有些感慨,众口难调,谁的意见都好像有道理。

那等于是说,大家都不喜欢了?

他没有接话。说大家都不喜欢不是事实,但大家显然也不像他和马玲之前以为的那样认可,也是事实。

他的心情开始有点阴郁,有种前功尽弃的感觉。费了这么大功夫……他说,以后我再也不写什么剧本了。

她转过头来,抚慰似的看了他一眼,伸手拍拍他的膝头。我确实不懂你们那些高深的东西,她说,什么圆戏剧,方戏剧,不过我觉得这戏真看的时候,比只是听你说要好。那个水手演得真像,真让人恶心;但女的不行,她躲在黑纱后面其实还是看得出动作,软绵绵的,声音更不对,小声小气,哪像被强奸哦……开个玩笑你别当真,我怎么觉得她倒像挺喜欢这样似的。

他解释说那是为了不干扰导演在旁边的解说。

我已经说过我不懂的,她说,我就是觉得太假。说到这儿,她停下来,似乎微微一笑。她肯定没被强奸过,她说,所以她演不出那种被强奸的感觉。

她可能也觉得自己的这句话有点荒唐,于是咯咯大笑起来。

人家当然没被强奸过,他说,这话听起来就像是你被强奸过似的。他不高兴了,可以说很不高兴,他突然觉得今天好像所有人都在和他作对。你懂个屁。他先在心里骂了一句,等了几秒钟,压压情绪,才又口气冷淡地说,人家可是参加过美国华德福教育专业戏剧大师工作坊培训的……

她没有说话,他也没有说话。他有些懊恼,他知道自己是把演出没有得到预期认可的气撒她身上了。他自说自话地加了一句,反正我只是个写剧本的,要好,也是导演的功劳,要不好,也是导演的责任。戏剧啊,电影啊,都是导演的艺术嘛。

她显然也有点不高兴,没有理睬他。车到蟠桃宫,她才重新开了口,声音又干又涩,就像嗓子里沾满了沙子。我原来有个闺蜜,她说,我们两个好得跟一个人没什么差别。市西路批发市场还没拆的时候,她在那儿有三个门面,两个租出去,一个自己做,做童装。财运好得挡都挡不住,冬天晚上数钱,数到手开裂。可能是因为长得漂亮……

有你漂亮没有?他故意问。

我有什么漂亮的,她说,比我漂亮。

我不相信。

你平时没这么会聊天啊。她笑起来。那种又干又涩的嗓音消失了,就像喉咙里的沙子被她吞了下去。

有个男的,她接着说,冒充水泥厂子校管后勤的,打电话要订八百套校服,说得有鼻子有眼,约好第二天下午送几套样货去学校给他们领导挑。第二天,她开部小面包车,拿蛇皮袋装了七八套过去,到了才发现是个圈套。那男的帮她提袋子,带她七弯八拐,最后进到一间废弃的厂房,四面不靠,到处都是厚厚的水泥灰,另外两个男的就在那里等着;他们用一块不知从哪个餐馆弄来的旧地毯,油浸浸的,铺在地上,从下午两点过到天黑尽,折磨了她六七个小时……

她没再说下去,他也没敢接话。过了几分钟,他才问,人后来抓住没有?

她摇摇头。没报警。放她走之前,他们就这么光着身子围住她,轻言细语地和她商量,说他们也不想伤天害理,如果她不报警,他们以后也不会再找她,如果她报警,他们的原话是说,警察总不见得一次就把他们三个同时抓住吧,只要其中一个还有点时间,就一定先把她老公和女儿都杀了……他们早就打听得清清楚楚,她老公在哪上班,她女儿读哪个学校……

后来呢?

后来她老公就带着女儿和她离婚回老家了。她老公本来不是贵阳人,是黔西那边的。

她后来没有继续做生意了?

哪还有什么心情做生意?她把所有的钱都给了老公,名义上说是给女儿读书用，其实是觉得出这个事，对老公有亏欠……

你和她现在还有往来吗？

她愣了一下，就像这个问题让她猝不及防。几年没见了，她想想说，出这个事情后她好像谁都不想见，包括我……

那你也不知道她现在过得怎么样了？

肯定过得不好啊，她说，出这样的事谁还可能过得好呢，又不是白胆猪。

从她开车到水泥厂和那个男的接上头，她说，一直到那三个男的离开很久，她一个人从毯子上爬起来，她什么都给我说了，我什么都记得，时间久了，我觉得就像我亲身经历的一样。

车来到小区大门，她熄了火，没有开灯，就坐在黑暗里面。已经是凌晨一点，整个街面上死寂无声，偶尔有一辆摩托或者小车从桥上悄无声息地滑下来，低沉地掠过他们的车，像一种冷漠的邂逅。他留意到她叙述的整个过程一次都没有说"兄弟"两个字。

她最后悔的不是她当初太轻信那个打电话的男人，她说，谁会知道那是个圈套呢？她最后悔的是他们折磨她的时候，她因为害怕没有拼命反抗，她后来觉得要是她当时使劲咬他们，挠他们，把他们惹毛了，一刀捅死她，事情反而就简单了。

你能不能想象那几个小时她遭的罪？那之后我就得个教训。她说，一面伸手到座位底下去，弄出一阵塑料袋哗啦啦的声响。只要晚上出来跑车，我都会在座位底下藏一把匕首，如果遇上这样的事情，我打不过他们，我就在自己脖子上来一下……你想不想看看这把匕首？

第二天下午，他比平时提前了一个小时去剧社，因为马玲有点不高兴，觉得他头天晚上不打招呼就擅自离开，留她一个人听那些让人无所适从的批评和建议很不仗义。剧本剧本，一剧之本，她在电话里嚷起来，导演和演员都没溜，你这个写剧本的怎么倒先溜了？她让他马上到剧社去，一起商量接下来怎么办，是原封不动照常演，还是综合一下大家的意见，做一点小范围的改动。为此，她专门请了省话剧团一个退休老导演来把关。

因为事发突然，他没有请张琼送，只是在微信里大致解释了一下，最后说如果晚上有空的话，他还是希望她来接他，他会提前半小时通知她。

老导演是马玲读本科时的老师的老师，八十多岁了，戴着老花镜，花了差不多两小时反复读剧本，读完闭着眼睛又是半天。大家围着他，屏气凝息，就像在等一个老法官最后的判决。终于，老先生睁开眼睛，说剧本没问题，有点花里胡哨的噱头也不是什么坏事，但我还是得看了具体的演出才知道该怎么说。

他松口气，回头看马玲，发现她眼睛都急红了。那时已经是晚上七点半，吴勇建议大家先赶紧出去找个地方把晚饭吃了，然后再回来演。马玲不同意，硬逼着吴勇去给老导演打盒饭和豆浆，一面吃一面看演出，其他人等演完再吃。她抱拳四面作揖，说陈老，各位哥哥姐姐弟弟妹妹，火烧眉毛的事，大家见谅……

整部戏演完大约需要一个半小时，老导演自始至终看得非常专心，腰板挺得笔直。他坐在老导演的右边，饥肠辘辘，神思恍惚，只在演到埃玛被强暴时看得仔细一些。他没发现什么问题。那出戏里，埃玛和水手的对手戏本来就只是背景，重要的是马玲的解说；黑纱后面的埃玛的确声音偏小动作无力，但声音偏小是必须的，不可能真的让她大喊大叫，那样一来，她和马玲之间就没有主次之分了；至于动作无力就更容易解决了，他甚至觉得可以考虑让埃玛完全不发出一点声音，只要加大撕打挣扎的强度就可以了。

但老导演和他的意见正好相反。演出结束之后，老导演先欠起身子用力拍巴掌，又一连说了五六个 very good，这才招手把马玲叫过来，说，你算我的徒孙了，但我看完你们年轻人排的戏，却觉得惭愧啊，好多手法是我们当年想都不敢想的。看样子我们这辈人是真的要退出历史舞台了。

这个开场白把马玲吓坏了，赶紧上前想扶老导演坐下，老导演却把她挡开了。不过我还是要提点意见，他说，仅供你们参考。说得不好，你们就全当耳边风。他所谓的意见，针对的还是埃玛被水手强暴那一节。不能本末倒置，他说，这一节是全剧最重要的转折，是真正的高潮，一般来说，一部戏的高潮大多设置在全剧的四分之三或者五分之四，但这部戏的高潮却是在中间，这正是这部戏的特点所在。这个时候，应该让观众被情境吸引，进入情境中去，而不是让马玲的解说把观众从情境中抽离出来。马玲在这个时候解说，只能遮盖和削弱高潮部分的张力。不是情境应该为马玲让步，而是马玲应该为情境让步……我建议演到水手把女工拖进小屋时，甚至更早一些，马玲就要退开了，退到舞台最边上去，一直要靠到墙，然后聚光灯要打在那间小屋里——你们还没有充分意识到舞台艺术中灯光语言的重要性——好，接下来就是考验两个演员的时候了，男的要表现出那种蛮横的兽性，而女的要表现出那种拼命挣扎但最终无可奈何的虚弱……之后，高潮结束，所有的人都需要一个缓冲，一个安安静静的缓冲，水手干完坏事，要恢复一下体力，女工被蹂躏，要回回神；观众也一样，他们是屏着呼吸看完这一段的，这一段完了，当然也要喘口气——这不仅是现实逻辑的需要，更是艺术节奏的需要。这个时候，马玲就可以重新上来了。记住，马玲回来，灯光也要跟着回来，离开小屋，让小屋一片漆黑,悄无声息,这个时候的小屋就叫"于无声处听惊雷",此时无声胜有声。

陈老的眼睛太毒了。马玲显得由衷地佩服。姜还是老的辣啊。

他也觉得老导演的建议切中要害,改动起来也很容易,只是这样一来,又得加强李芯的表演强度,她能不能胜任还是一个问题。

老导演把外衣脱下来,扔在座位上,走到场子中央,要两个演员马上照他的要求重演一遍。记住,他说,一个兽性大发,越来越疯狂;一个拼命反抗,但越来越虚弱。

陈老……李芯带着哭腔说,我现在就开始虚弱了,我都饿得快要站不住了。

老导演呵呵地笑,说忘记大家还没吃东西了,我这是饱汉子不知饿汉子饥啊。先吃饭,先吃饭。

在等待上菜的过程中,他躲到屋外给张琼打了个电话,让她今天别过来了。吃完饭可能还得继续排,他说,也不知会搞到几点钟。

她迟疑了一下,问他,不会搞一个通宵吧?如果只是晚点倒没关系,反正我天天晚上不吃安眠药都是睡不着的,弄完了你通知我,我还是过来接你吧。

那也好,他说,今天我们请了个话剧团退休的老导演来看,他跟你的意见一样,也是觉得女主角和水手的那场戏要加强。我还在担心,现在这样你都觉得她演不好,再加强怎么得了。

哈,真的啊。张琼有点惊喜,你看,人家老导演也这么说,可见我还是有点感觉吧。

听到张琼这句话,他心里突然冒出一个模糊的想法,还没想明白,他已经说了出来。要不,他说,你现在就过来?看看在老导演的指导下是不是要演得好些?

好啊好啊,她说,我还从来没见过导演怎么排戏呢。

他回到饭馆,把马玲拉到一边,悄悄给她介绍了下张琼的情况。就是昨天我给你说的那个看哭了的朋友。他说,又把张琼闺蜜遇到的事情复述了一遍。

昨天晚上她就给我说李芯演得特别不像,他说,我看李芯也没信心。我刚才已经打电话让这个朋友马上过来。我的意思是一会重排那一段,你也可以私底下问问她的意见,说不定她能提供一些很特别的细节也说不定。

马玲听得惊诧不已。天,太好了,这简直就是雪中送炭嘛。我刚才也在担心,这样一来,不是又回到原来的老问题上了吗。

但他反复告诫马玲,千万别在张琼面前提她闺蜜的事。那事对她刺激特别大,他说,你就当她是个普通观众,假装只是因为她在场,所以顺便问一下她的意见。

明白。马玲说。

排练开始的时候,他看到马玲非常亲热地挽着张琼的手,把她拉来和自己坐到了第一排的正中间,他则故意走开,坐到了第二排她们后面的位子上去。

接下来的排练中,老导演果然显示了深厚的导演功力,短短几句提示,就让李芯的表演起色不少,特别是他设计的一个动作,更是让马玲佩服不已:埃玛先是拼命挣扎,然后突然停下,接着四肢开始痉挛似的抽动,一下,一下,节奏越来越慢,但力度却越来越大,最后完全停顿下来,保持在一个极不自然的、僵硬的姿势上,任由那个水手肆意摆布。

也许是马玲认为在老导演的指导下,李芯已经完全达到了她的要求,所以他看到马玲悄悄在张琼耳边说了几句什么,张琼扭捏地动了动身体,然后用力摇摇手,之后一直到排戏结束,马玲没再和她说过什么。

快离开剧社的时候,他找个机会悄悄问马玲,你问过她了吗?

马玲说问过了。但人家不肯说啊,她说,只是一味地夸演得好。

回去的路上,他问她,我听马玲说你觉得这次演得比上次好?

我哪好意思说演得不好啊，人家老导演亲自指挥的。

我倒觉得比原来好呢，特别是那个抽筋的动作。

我也说不出到底哪里不好，反正还是觉得假，一眼就看得出来是装的；特别是你说的那个抽筋的动作，太搞笑了，像我小时候看过的木偶一样。

那你觉得到底应该怎么演呢？他有点烦躁。要不你给我说说你那个闺蜜，她当时到底什么感觉，你不是说她什么都给你说了，你什么都记得吗？

她没有说话。他不知道她是在回忆那个闺蜜的话呢，还是在想什么别的。

好一会她才又说，我只是觉得那个演员的情绪没有出来，她没有那种从心里面冒出来的东西。我说不出来，但我知道。

情绪没有出来，他夸她，这话说得很有水平呢，已经是专业的了。

是吗？她得到了鼓励，口气也轻快起来。有次我的车和别人剐了，其实是我的责任，不过我当然不可能一开始就认这个账对吧，我没这么憨，我就和他鬼扯，扯了半天，他不说话了，就那么一声不吭地站在那儿，也没看我，但我一看他的脖子就知道他气毒了，气得要开始发狠了，吓得我连忙认错。

他的脖子怎么了？变红了？变粗了？

不是，是突然变粗糙了，起了一层小疹子，就像鸡皮疙瘩。

你怎么知道他脖子原来不是这样？

说不清楚，我就知道。我一看他右边耳朵下面的皮肤变了，我就知道不能再和他扯，再扯就要出事了。那个女演员就没有演出这样的感觉，所以我觉得她假。

他困惑地看着她，想半天，还是觉得不能理解。

她转头看了他一眼。你别这样看我，我给你说过我说不清楚的。不过要是我来演，肯定比她演得好——我只是说小房子里那一段啊，别的当然不行。

他突然想起她对这个故事的评价，是在不同的时间和场合说的：悲惨和恶心。他的心怦怦乱跳。这跟博尔赫斯原著里的话只差了一个字，博尔赫斯是怎么说的？"悲哀和恶心盖过了恐惧"。

要不……他说，我们让那个演水手的和你演一次给我们看？

她完全没把他的话当真。你神经哦，她头都没动一下。怎么可能。

我说的可是真的。他说。他越想越觉得这可能真的是天意，翻来覆去折腾不完的一部戏，难说就在她这里收了口。

你靠边把车停下来，他说，我们好好说说这事。

你别又神道道的了。她说，这深更半夜的停在外环路上,一会警察来还不知道我们在干什么呢……我座位底下还有把刀,查出来可是要拘留的。

他没有说话。她感到了他的执拗,有点紧张。我可是不会去演的,她说,我怕是疯了还差不多。

又不是真的演,他说,只是把那种感觉给他们示范一下。就算最后不行,又有什么关系呢,你又不是演员,谁也不会笑你。

车子缓缓地插进一条斜巷,停了下来。就算帮我们一个忙,他说,你只是按你认为对的样子做给他们看一下,完全是私底下的,又没让你真的上台演出。

她开玩笑似的把手在他额头上按了一下。你没发烧吧?想得出这种傻主意。

他突然很想抽烟。他已经戒了有一段时间了,平时没什么感觉,但他发现每次只要他想要郑重其事地说点什么,就会犯烟瘾。你先等下,我去买包烟。他说着,准备去开门。

啊,你还抽烟啊?她有点惊讶。我这里有。她从旁边的扶手盒拿出半包烟递给他。

这次轮到他有点吃惊了。你抽烟?

她摇摇头。前两天一个客人掉的。她说。把点烟器烧红,递给他,他接过来点上烟,吸了一口,感到后脑勺一阵晕眩。

给你这样说吧。他又抽了一口。这部戏反反复复已经排了好几个月，不是这毛病，就是那问题，不说别的，光是每天吃盒饭就花了几千块钱。问题就出在那个演女主角的演员身上，她毕竟太年轻了，没什么生活阅历……当然了，这种事也不是有生活阅历就能知道的……我的意思是说，像你闺蜜遇到的那种事，可能一百万一千万个人里面也没有一个会遇到……是很悲惨，这不用说，但从另外一个角度，比如从我们排戏的角度，你也可以把它看成一种非常……怎么说呢，非常难得的，甚至可以说可遇不可求的经验……你别多心啊，各人的角度不同。我原来也想过，请你那个闺蜜过来看一次戏，但又觉得太残忍，何况你又说你也好几年没见过她……她肯定给你说了许多细节性的东西，动作啊，心理啊什么的，所以昨天晚上你才会给我说，时间久了，你觉得就像你亲身经历的一样，要不你也不会看出李芯演得不对是吧……我是写小说的，我知道这个，这就是细节的感染力了……你看，离公演已经没有几天了……你帮我们一次，我们所有人都会感激你的……

他觉得自己说得语无伦次，毫无说服力。他越说越气馁，几乎不敢看她。最后，他决定放弃。算了，走吧。他说，不为难你了，这想法是有点神神道道的……其实我都想得很周到了。马玲有个朋友，也是"一鸢"的粉丝，至少有两部戏都是他资助的；他在花溪河边有个庄园，里面有间很大的茶室，起码有六十平方米，我们就可以到那里去，现场人也不要多，只要我、马玲还有那个演水手的演员高宏明，就我们三个……你不是说那个演水手的演得好，演得让你恶心吗？

她没有说话，直直地靠在座椅上，平静地看着窗外的马路。那些不多的、来来往往的车辆亮着灯驶过，在窗玻璃上形成一些发散的光晕，又投射到她的脸上，让她的脸亮一下，暗一下。

我们昨天晚上看演出的那个房子……她突然问，那里原来应该就是一间厂房吧？

是啊，他说，化工原料厂嘛。

其实那里还要更像些……跟我那个闺蜜说的差不多，都是那么高的房顶……还有地毯，脏兮兮的红地毯……

他一阵惊喜。你是说你同意了？

她没有回答他的话，而是问他，上次你说编这个故事的人，就是你改成演出的这个故事，那个老头，瞎眼那个，叫什么斯那个？

博尔赫斯。

嗯。她费力地试图回忆起什么。你说过他是想把所有真的东西都变成假的？

他记不起他给她说过这样的话。其实也不只是他这样说，他说，佛教里也有这样的意思……

我不是想问这个，我想问的是，他用什么办法把真的变成假的呢？把它写出来，真的就变成假的了吗？

他一时语塞，不知道怎么给他解释。

并不是说他写出来就把真的变成假的了，他说，这个作家只是有这样一种想法，于是他就用小说的方式把它写了出来……大致就这么回事。

噢……她说，你还是没明白我的意思，不过我也说不清楚。算了，不说了，和你们文化人说话真的太费劲了。

她发动车子，从巷子里倒出来，重新又回到外环路上。

他迟疑地看着她，说，那么……你到底同不同意呢？

同意什么？

给我们演一下啊。

她没有马上接话，想了一下才说，那……除了你，就只能有刚才你说的两个人，多一个都不行……

秘密演出安排在周三晚上，离周六的第一场公演只有两天时间。之前他给马玲说这个事情的时候，马玲大感吃惊，她说昨天晚上她连说都不肯说，现在倒愿意演了？但她很犹豫，觉得已经没有这个必要。陈老设计的那个细节已经非常精彩，她说，我觉得够了，加上时间紧迫，何必节外生枝。他极力劝说，我费尽口舌，好不容易才说动她，这样的机会可以说千载难逢，以后你还到哪去找这样的事？何况你作为导演，多收集点细节也不是什么坏事，这部戏用不上，说不定下部戏就用上了呢？

吴勇坐在那个大设计台的后面，一直没吭声，这时才慢腾腾地说，我觉得看她演一次也不费什么事。说句不该说的话，陈老这个人有水平，这次也算是帮了忙，但老先生平时爱邀功，爱显摆，经常芝麻说成西瓜，戏出来，说成是你在他指导下导的也保不齐……我的意思是，如果能换成你自己设计的细节，又有什么不好呢？

马玲恨了吴勇一眼，打断他的话。不要乱说，她说，人家陈老什么时候把芝麻说成西瓜了？你看人家昨天说话好谦虚。你就是这张嘴。

吴勇嘿嘿两声，没有继续说下去。

马玲又恨了吴勇一眼，转头对他说，那就趁早，就今天晚上。我先通知高宏明，排练完以后他悄悄留下来，如果有人问起，大家口径一致，就说他的表演也需要加强，我们要单独给他说说戏。

那天下午，他是自己打的去的剧社。临离开单位，他给张琼打了个电话，约好晚上十点她准时到剧社来。你就不要来接我了，他说，你在家好好回忆一下你那个闺蜜给你说的话，把那种……就是你说的从心里面冒出来的东西好好酝酿一下。记住，十点，不要晚了。

张琼在电话那头没有说话，等他说完，才自言自语地回了一句，你们这些人哪……

他不知道这句话什么意思，但怕问多了，她又改变主意，于是假装没听见，赶紧挂断了电话。

他不知道马玲是怎么给高宏明交代的，但他觉得还是有必要给高宏明说说他的想法，所以那天晚上等高宏明演完他的部分，从后台下来之后，他又单独把他拉到吴勇的工作室，反复叮嘱他。虽然这不是真正的演出，他说，但从某种角度说，比真正的演出还要重要；既然是对手戏，你们之间就是一种相互激发的关系，你要投入，她就投入，你要不投入，她也不可能投入……

总之，他总结说，你只有真的想强奸她，她才会真的反抗。

为了不让高宏明太过劳累，也为了让大家能够早点离开，那天晚上马玲只排练了埃玛枪杀洛文泰尔的一幕，所以九点不到，大家就散了。他先是给张琼发了条微信，说排练提前结束，你也可以提前出发了，然后和马玲、高宏明坐在吴勇的工作室喝茶闲聊。他们都有点兴奋，尤其是高宏明，但他同时又表现得忧心忡忡。我只瞥过这个女的一眼，他说，就是观摩演出那天晚上，我还以为是哪个报社的记者呢，样子都没看清楚。我怎么好意思突然就去那个人家呢？何况她又不是干我们这行的，适应得了不哦……

他们安慰他，说她知道这是在演戏。不过，他怕这句话又误导了高宏明，赶紧补充说，一会你可别想这么多，你必须动真格，否则今天晚上就白忙活了。

高宏明又腼腆又局促地搓着手，说哪可能动真格哦。

但那天晚上直到十一点，张琼都没有出现，打她电话是通的，但无人接听，给她发微信、短信，也不见她回。

他开始时非常恼怒，觉得没法向马玲他们交代，后来又担心起来，想起她藏在座位底下的匕首，怀疑是不是遇到警察查车，被搜出来了……直到十二点半，他已经回到家，才接到她的微信。对不起，我觉得我做不到。

他立即拨打她的电话，这一次她接听了，但除了浓重的鼻息（他想起她在车里睡着的情形），她始终一言不发。

他的恼怒一扫而光。其实应该是我说对不起，他说，我这个主意真的是太馊了。

她还是不说话。

你在哪里？他问。我马上过来。

她挂断了电话，但随即给他发来一个微信导航地址，同时简短地说明：五号房。那是恒丰步行街上一家普通的酒吧，名字叫"棕色"。他从来没有去过，甚至没听说过这个名字。

他先是打的到了步行街，之后，又跟着导航走了好一会，才在一条岔路的尽头看到那家酒吧的招牌。酒吧显然是由一座老建筑改造的，很陈旧，顾客也不多，围绕房子的回廊四角都安置有隐形的音箱，只有走到跟前，才能听见若有若无的音乐，烟雾一样从地里冒出来，又飘散在空气中，像在倦怠地营造着某种氛围。

包房里的陈设跟大厅一样陈旧，墙纸、窗花、桌布和沙发的色调都是那种很耐脏的褐色暗纹。之前，跟着服务生在那些回廊里绕来绕去时，他设想过这时坐在包房里的张琼会在干什么，是无声无息地流眼泪，还是正恨得牙痒痒？他设想不出来。他这时才意识到，刚才她在电话里的那阵沉默，深沉得像口井，堆满了他之前想象不到的枯枝败叶。

进门之后他情绪激动，但碍于服务生也跟着进来，守在一旁，礼貌地请他点单，他什么也没敢说，什么也没敢做。沙发前宽大的茶几上除了一杯几乎没动过的柚子茶，别的什么都没有，空旷得就像沙漠中央一处突兀的哨壁。张琼胸前抱着一个肮脏的靠垫，挤在沙发靠背和扶手之间的夹角里，空出了沙发的绝大部分。她从他进门开始就一动不动，只是默不作声地看着他点茶，点水果，脸上的神色平静得让他又一次想到了那口井。她身上穿的还是那天看戏时的灰白色套装，但没有扎头发，而是让它们卷曲地披散下来。

服务生一离开，他立即就坐到她旁边，侧身看了她一会，然后一下把她搂了过来。她的双手自然下垂，下颔沉重而尖锐地顶着他右边肩膀和脖子的交界处，几秒钟之后就让他感到一阵难以忍受的疼痛，但他一动不动；那阵疼痛开始肿大，同时向下传播，最后抵达他身体内部一个什么位置，并在那儿开始形成结核。他醒悟过来，那就是几年前武汉分享会上他突然开始疼痛的地方……他推开她，抓住她的两个肩膀，好让她能够看到他；他想对她说出他在那阵沉默里感悟到的一切，那些黑暗的光亮，那些腐烂的芳香……但他才吸了口气，就听见服务生敲门的声音。张琼往后一靠，回到了他刚进门时看到的姿势。

他不知道服务生是怎么离开的，他茫然地看着托盘里的茶壶、茶杯和果盘里那些切成片、插着塑料叉子的水果，有那么几秒钟，他完全不明白那是些什么东西，为什么会突然出现在他的面前；他只感觉到在他发愣的时候，张琼慢慢向他挪动过来，几乎来到了他的背后；接着他感到张琼的一只手搭上了他右边的肩膀，嘴里呼出来的热气喷在他左边的耳朵上，让他忍不住打了个惊悚般的激灵。

我没法和你做那种事……他听见她说，停了一会，他又听见她说，我身上好多东西都没了，有些还是假的。嗯？你明白我的意思不？我觉得我其实已经不是个女人……

他想扭过头去看她，但发现如果那样他就需要转动一个几乎一百八十度的弧形，那太遥远了，遥远得根本不可能抵达。

那之后他们没再怎么说话。又待了不到十分钟，她提议回家。我下午四点就到这里来了，她说，坐到现在，屁股都坐痛了。

他陪她走出恒丰街,一路来到马路对面的市美术馆停车场。他们还是没有讲话。她坐进车里,没有说要送他,而是把手指按在车窗按钮上,抬头对他笑了一下。我真的不是高铁上那个女人,她说,我没骗你,不过我一直都很喜欢你把我当成她。

他知道这是一种道别的方式。对此他心领神会。

他想问一下她的微信名一直都是现在这个呢,还是后来改的。但没等他开口,车窗已经缓缓地升上来,隔在了他和她之间。

《埃玛·宗兹》按照老导演最后决定的版本如期在周六公演了第一场。让他始料不及的是,现场真就像张琼那天说的那样,人山人海,而且还有人倒票,一百八十元一张的票到开场半小时前居然炒到三百二十元。这是前所未有的事情,剧社的人,当然也包括他,都互相交换着眼色,露出不可思议甚至有点滑稽的神色。事后,剧社专门邀请各界朋友,又开了个研讨会来分析这种现象。有人认为这是经过几年努力,"一鸢"的品牌形象已经完全塑造成功,这次出现的火爆场面正是这种品牌效应的结果;有人认为这与前期宣传的方式和力度有关,而其中宣传方式又更为重要,比如《贵阳日报》文艺周刊的记者郑文丰,就创造性地请了一位心理咨询师,对埃玛·宗兹的愤怒、胆怯以及无论付出什么代价都要亲手杀死洛文泰尔的执拗进行了常人闻所未闻的分析；还有人认为，这是博尔赫斯本人的声名所致，说这话的人提到当年他那本关于博尔赫斯的随笔集在贵阳举办分享会时的情形——楼上都坐满了，他说，达德书店的老板廖云飞为此还担心老旧的木楼板承受不住，最后酿出什么事故来。在我看来，那人总结说，那次分享会实际上是这次演出的一次遥远的伏笔和前奏，而这次演出则是那次分享会的一个回声。后面发言的人显然占了最大的便宜，他们把前面的观点重复了一遍，认为此次的盛况并不是单一原因的结果，而是以上那些原因的综合作用……

这部剧在一个半月的时间里一共演出了六场，其中最后一场是一家银行工会的包场，为此，他多得了五千元的稿酬。第二年五月，《埃玛·宗兹》作为"一鸢"的经典剧目重演了四场，他只观看了第一场和最后一场。最后一场结束前（他记得很清楚，他坐在第三排正中的位置），埃玛突然从挎包里掏出手枪，对准了惊慌失措的洛文泰尔。他知道接下来他会听到连续三声枪响，但那天他听到了四声，只是第四声明显比前三声微弱，就像子弹刚飞出枪膛，就掉到了地上。几秒钟之后，他意识到那其实不是枪声，而是微信的提示音。他打开微信，发现是张琼的信息：你方便给我打个电话不？他暗自笑了起来，觉得他们两人之间算是扯平了，因为上次他们好久不见，是他主动联系的她；只是这一次他们没见面的时间比上次长了很多倍。

他离开剧场，一面拨打张琼的电话，一面往下走，一直来到楼前的院子里。

张琼的声音听上去喜气洋洋。我要去武汉结婚了。她说，嗯，我给你说过的对吧，想追我的人全中国都有，因为……所以我最后选了个武汉的。他也是个黑的司机，人特别好……不过我不是来给你说这个的。我是想再核实一下，我怕我记错了，你说你上次在高铁上看到的那个女人，她坐的是六号车厢的10F位子，对不对？

他想了一下，说没错，是六号车厢的10F。

太好了。她在电话那头几乎欢呼起来，那我就没有买错。我简直不相信我真的买到了这个座位。

他非常困惑。哪有这么巧的事？

什么这么巧？她说，是我挑的啊。你不知道现在高铁已经可以在网上自己选座了吗？

我真不知道呢，他说，那太好了。

挂了电话，他才发现他一直站在那天晚上张琼停车的位置。

他往回走，一面走一面想，我为什么要说太好了呢？这有什么好的。

献给聂佳佳

那几天我正在家休年假,除了吃喝拉撒刷微信,没别的事分心,所以什么都记得很清楚。后来在派出所做笔录,我也是据实供述的。

周三上午,我先是接到陈长兴的电话,约我周五下午四点到他在省二轻校新校区的家里去,看他准备参加威尼斯双年展的一件大型作品,之后,再到附近一家餐厅和他邀请的另外一些朋友吃饭。因为那天正好是他五十五岁生日。

我当时有些为难。我的车子周五限号呢。我说,三十多公里,我咋去?你也不可能来接我,你要在家里准备嘛。

没事,他说,我让李亚红来接你。

没一会儿,我接到李亚红的电话,她说陈长兴已经给她说了,她会先在外面办点事,然后到我家来接我。她和我约定,周五下午三点之前,我必须一切准备停当,然后等她电话。

我把车开到一号门那儿，她说，我一打电话，你就马上下来，别像上次那样让老子等半天，等得烦。

但那天是李亚红自己不守时了。下午两点刚过，我泡好一杯茶，想着一面刷微信，一面慢慢喝完，再换上出门的衣裤，差不多就是三点了。不想才呷得一口，李亚红就炸啦啦打来电话说，我到了，你下来。我措手不及，只得胡乱套了条牛仔裤和T恤就出了门。见到李亚红，她还诧异地问我，你今天怎么穿得上面绿莹莹的，下面蓝莹莹的？我这才发现，慌乱之中，我穿了件果绿色的T恤，配上那条带点紫药水颜色的牛仔裤，是有点滑稽。

那天的道路出乎意料的畅通，我们三点还差几分就到了陈长兴指定的会合地点，比预定时间早了一小时还多。

那是一块很大的水泥空地，停着几辆蓝色、白色和香槟色的小车。一幢只有两个单元却有二十几层高的楼房孤零零地立在空地边上，正对马路，配上两边几个矮矮的土堆和一栋拆了一半的红砖房，看上去就像一根突然从地底下竖起来，正狠狠戳向天空的中指。李亚红跟我想的一样，她笑得喘不过气来。她说陈长兴住这个地方太他妈合适了。接着她模仿陈长兴那句著名的口头禅和与之匹配的同样著名的手势，竖起右手中指，睁大眼睛，鄙夷地朝我抖几下，你？你××灰灰都不得吃。

停好车，我给陈长兴打电话，说我们到你家楼下了，你住几单元几号？

陈长兴几十年来一直住在老城区市北路的一套房子里，二轻校一年前搬到新校区后，他又在新校区买了一套小房子，平时有课就住学校，没课或者周末，还是回市北路。原本我和李亚红都以为他又过生日又邀请我们看作品，肯定头天晚上或者那天上午就从市北路赶回学校，一直就在学校等着呢。不想接通电话，他很诧异，说，不是说好四点吗？你们咋来这么早？我刚从我妈家出来，城都还没出呢。要不，你们先去我家里休息会儿？

说到这里，他的口气变得促狭起来。别人不会来这么早，他说，就你和李亚红，要不，你们先在我床上睡一觉，个把小时够了吧？

这是他一贯的说话风格，我也懒得接嘴。我说你不来，我们怎么进门？

他的声音一下低下去：一单元七楼，右手有个玻璃罩子破了的消防栓，钥匙在顶上。一个单元就两家，我是左边那家。

钥匙的确就放在他说的那个位置，我们轻易就拿到了手，却花了差不多半小时来开门，因为门锁显然被什么重物砸过，把手和锁孔都七歪八扭，钥匙插进去，整个锁会跟着动。李亚红是陈长兴最近一任前妻的闺蜜，很了解他们的情况，所以立马断定，肯定是前段时间两人闹离婚时陈长兴砸的。她一面徒劳地用钥匙在锁孔里转来转去,一面说,陈长兴一发脾气就砸东西,他家顾春梅一发脾气就专挑新买的衣服包包剪,一对活宝。

整个过程中右边那家的男主人出来看过两次,一次是听见响动,一次是响动持续不断,让他不得安宁。这期间我又给陈长兴打过一次电话,说门打不开,问他到哪了。他说门锁被他弄坏了,是不容易打开,只有插准一个角度才行。另外,他才出城不久,因为想抄近路,反而走错了,现在还遇上堵车。

等我们好容易进了门,离四点已经不到二十分钟。

房子很小,只有两室一厅,跟陈长兴在市北路的家一样凌乱。客厅的几面墙上都是用图钉固定的纸片,有大有小,有些是绘画草稿,有些却写着字。我凑近去看,看到一张巴掌大的纸片上写着:陈长兴是个大傻×。另一张写着:顾春梅,你是不是生下来脑壳就被弹弓弹过?

李亚红也跟着看,看完之后她点点头,对我说,没错,陈长兴的确是个大傻×,顾春梅的脑壳也肯定被弹弓弹过。

我知道她作为顾春梅的闺蜜,不知为挽回他们的婚姻费了多少口舌。艺术家根本就不应该结婚,害人害己。她说,加上又是老夫少妻,矛盾更多。好在他们没生孩子,要不孩子才可怜。

你也是艺术家嘛。我说。

你才是艺术家。她说，你又不是不知道，我从艺校毕业之后连画笔都没碰过，直接就进了建行。要不是当年成绩差，没办法，我哪会去考什么艺术类。我闻不来颜料和松节油的味道，加上我觉得画画太麻烦，又脏。

我到卧室、电脑室和厨房逛了逛，看到卧室那张巨大的双人床时，我想起陈长兴的话，就逗李亚红，说陈长兴还说我们来得早，可以先在他床上睡一觉呢。

李亚红显然还在想陈长兴和顾春梅的事，没明白我在说什么，只是神色恍惚地抬手看了看表，说差几分四点，别的人也该来了，还睡个屁。

果不其然，接下来半小时，我和她差不多都在接电话，给不同的人描述陈长兴住处的位置和具体的门牌号。在这之前，陈长兴给我和李亚红分别打一个电话说了，内容都差不多。说他已经给大家打了电话，如果找不到，就打我和李亚红的电话，我们已经先到了。最后，他说，你听清楚，如果我五点没到，你和李亚红就带大家去隔壁单元，四楼二号，那是我租的画室，作品就在里面。钥匙的位置跟一单元七楼一样，消防栓顶上。如果我六点还不到，你们就带大家去吃饭，顺着来路继续朝前走，两百米，右手边，四季宏达餐厅，八月包厢。菜我昨天都点好了，钱也付了，酒存在吧台，你们只管吃。如果还要加菜加酒，你和李亚红随便哪个先给我垫上，下次见面我再还你们。

我觉得不可思议。我说你五点甚至六点都还可能到不了?

我只是说如果嘛,他说,我现在还剩下八点三公里,不远了,但前面三辆车连环追尾,堵得纹丝不动。

别的人陆续到达,房间里很快就挤得满满当当,连阳台都有两三个人。我粗略数了数,不算我和李亚红,大致有二十四个。我没想到陈长兴请了这么多人。这些人大部分我认识,都是这个城市艺术圈内的画家、艺术批评家和几家媒体跑文化口的记者。有三个女的我没见过,开始以为是哪几个画家的老婆,后来又发现不是。

大家估计有一段时间没聚了,有点亢奋,很快形成大大小小几个圈子,沙发上,餐桌前,电脑室里,互相散烟和大声说话。三个我不认识的女人中的一个,感觉应该跟陈长兴很熟,变魔术一样从厨房里拿出一个青花茶壶、一罐茶叶和一袋还没有开封的一次性纸杯,开始给大家泡茶……整个氛围有点像婚礼当天准备出发接亲的男方亲友团,又像接亲队伍刚到女方家,歇口气,还没把新娘接走。

李亚红突然拍拍我的背,示意我和她到一边去。我有点担心。她小声说,你看这阵仗,闹哄哄的。

我问她担心什么。她说她怕陈长兴订的桌子不够大,坐不下这么多人,或者酒水备得不够多,到时候尴尬。

我估计得另加一桌,她说,酒水如果备得不够,就得在餐厅买，那可比外面超市贵多了。这些人我知道的，都是酒鬼，酒不够怕拿不下来。你说，只垫个三百五百，陈长兴记得还，还好，不记得我问都懒得问；但如果垫个七百八百一千的，说多不多，说少不少，到时候我是找他要呢还是不找他要呢？你也知道陈长兴这个人，说过的话根本兑不了现。

接着她又给我说了几桩陈长兴说话不算话的事例，包括几年前找她借钱买花窗，一万多，说好分半年还，但直到现在，一共只还了三千多。

你说他存心借钱不还吗，也不是。李亚红说，关键是他完全不当回事，儿戏一样。有次我们一起吃饭，临到走了，他突然想起来，掏出钱夹，从里面拿一把脏兮兮的零钱，有十块的，有五块的，还有几枚硬币，说是还我。我当然不要，不要他还不高兴，说这次不要，以后他就不还了。你说这人。

那你的意思？我问她。

我的意思是他不来，我们就不吃饭。

那要不要先去他的画室看画呢？

我也想过，最好不去。你看大家现在聊得热火朝天，谁也想不到看什么画。你以为这些人真是来看画的啊，是来喝酒的。一去画室，待不了二十分钟，顶多半小时，就烦了，就闹着要喝酒了。

这个我信。包括我自己。如果不是陈长兴同时要过生日，我可能早一口回绝了。他的作品我看得烂熟，早审美疲劳了。

五点差一刻，陈长兴还没来，有人建议要不要打电话问问。泡茶的女人立即掏出电话来拨。我离她不远，能听见是通的，但没人接。

快六点时，有人注意到天边有大片乌云掩过来。要下大雨。有人说。话音未落，一股强风挟着震耳的雷声闯进房间，遇墙就掉头，在各个房间乱串，发出尖利的吹哨子的声音；紧接着，坐在阳台塑料椅子上聊天的几个人突然惊叫起来，说楼上一户人家的花盆刚刚被吹落下去。开车的人于是纷纷跑到阳台上，探头往下看，看花盆有没有砸在自家的车顶上。

泡茶的女人显然经验丰富，立即指挥另外两个女人，一个跑去关所有的窗子，一个去收阳台横杆上的衣服，她自己则飞快地拔掉了房间里所有电器的插头，包括冰箱、电脑和台灯。有人提醒她，说把阳台窗户关上就行了，没必要收衣服。她说阳台上几扇窗子的玻璃都是破的，不收不行。

等一切安静下来，大家就听见了滂沱的雨水击打窗玻璃的声响，像一个百人乐团在演奏。

房间瞬间就暗淡下来。从门的角度看过去，几乎所有人都变成了剪影。李亚红一直跟我待在一起，这时悄悄给我说,原本还不知道陈长兴告诉他们没有,五点半让我们带大家去吃饭,我还担心,怕过了五点半我们没带他们去,最后两头遭骂。现在好了,六点半怕这雨都停不下来,我们不可能顶着大雨走两百米,对吧?等雨停了,陈长兴再怎么都到了。

但我们谁也没料到,那雨一开下就似乎没完没了。快七点时,天完全黑下来,房间里几乎伸手不见五指,只能看见抽烟的人指间暗红的亮光。这时已经没人说话,大家静静地坐在各自的位子上,似乎都被那场后来以当天日期命名的天灾给镇住了。

这期间,我听见离我不远,有人每隔一段时间就拨打一次电话,按钮的提示音嘀嘀作响,在大雨声中显得又急促又小心翼翼。我猜应该还是那个泡茶的女人,她那么执着,似乎觉得联系陈长兴是她那天唯一的任务。

雨终于停下来时已是晚上九点。我和李亚红商量,看样子不得不带大家去吃饭了,如果要垫钱,我和她一人一半吧。她有点不高兴,说老子又不是垫不起,是不想给陈长兴垫。

在去四季宏达的路上,能看到无数被风雨摧折的树木和被雨水冲到路面的淤泥。路边的排水沟塞满那么多各式各样的垃圾,就像周围不是一个正在放暑假的空旷的校区,而是一个刚收摊的集市。

那场大雨给我们的印象如此深刻，所有人，当然也包括我和李亚红，都想当然地认为，陈长兴一直没来，电话也打不通，是件完全可以理解的事情。那么大的雨，李亚红说，没人敢开车。再说了，他待在车里那么长时间，又喜欢一面开车一面用蓝牙听歌，手机肯定也早没电了。

其实听李亚红说这话时，我心里动了一下，我坐过陈长兴的车，看见他有个车载充电器，就是插在点烟器里的那种。他不回电话，很难想象是因为手机没电。但我当时跟别人一样饿得两眼发昏，只想赶紧大吃一顿，这个疑问一闪而过，没多想。

但等我们走到四季宏达时，才发现整个餐厅黑灯瞎火，人去楼空。所以那天我们是饿着肚子离开二轻校的。

第二天一早，有关头天晚上那场罕见暴雨的各种消息刷爆了微信朋友圈，中午时，我到离我只有一个单元之隔的父母家吃饭，在晚报和都市报上又看到了同样的整版报道。我没想到那场暴雨的威力如此巨大，满眼只见泥石流、山洪、断水、断电这样的字眼。城市稍好些，受损最严重的是城郊和乡村，比如有个自然村，一户人家的房屋就被山洪冲垮了，三代五口人目前只找到两个，一个是爷爷，找到时正趴在河边一块古老的洗衣石上，双手紧紧抓住石头的两个棱角，人已经昏迷不醒；另一个是六岁的孙子，据当天在他家喝酒的邻居回忆，大雨前，一心想要培养儿子酒量的父亲，突然发起疯来，硬逼着孩子喝了半盅米酒，所以等人们在下游三里远的岸边找到那孩子时，他还躺在他的小木床上，睡得正香，脸色红扑扑的。

我妈是个容易紧张的人，她一再追问为什么头天下雨时我不接她电话。急死我了，她说，而且回来也不知道打电话报个平安。但我的确没听见电话响。我说可能是暴雨的缘故，通讯中断了。吃饭时我妈又兴致勃勃地提到暴雨时她亲眼所见的情形。我和你爸站在厨房正朝窗子外面看，她说，楼上刘家的花盆就落了下来，连盆带花，呼的一声，就在眼睛前，吓得你爸往后跳了一大步……

这个场景让我想起了陈长兴家的阳台，还有阳台上那几个人的惊呼，于是掏出手机，拨了陈长兴的号码。一阵静默之后，提示的女声告诉我，电话已经关机，无法接通。原本我还想给李亚红打一个，问她陈长兴后来联系她没有，但我刚挂断电话，我妈又啰唆我，说在家里为什么不用座机，不知道手机的辐射对人体有伤害吗。于是我又陷入对手机辐射的探讨和争论中，把给李亚红打电话的事给忘了。

接下来两天，我虽然仍在休假，却不得不提前开始工作，原因是报社领导联系我，要我写一篇文艺工作者参与抢险救灾的综述报道。你问问省、市、区文联下面的那些艺术协会，看哪个协会有组织到灾区慰问演出、艺术家个人捐款之类的事没有。领导说，作家艺术家们也不应该置身事外嘛。

周四上午，我把稿子发给报社编辑，下午就接到李亚红的电话。

上周五回来，她说，陈长兴和你联系过没有？

没啊。你呢？

也没有。她说，有人说他失踪了。

他经常玩失踪的啊，我说，不稀奇嘛，他不是一谈恋爱或者一闹离婚就玩失踪吗？

谁说他失踪了？我又问李亚红。

他女朋友聂佳佳，李亚红说，我刚和她分手。我们一起吃的中饭，她都报案了。

聂佳佳是谁，我说我没听说过啊。

就是上周五在二轻校给大家泡茶的那个。

我想起了那个面目模糊的女人。我说，我想起来了，就是那个一直不停给陈长兴打电话的女人嘛。

我又有点疑惑。我说你没弄错吧，那女的也太不合陈长兴一贯的口味了。

可能他连着离了这么多次，觉得小的和漂亮的都靠不住吧。说到这里，李亚红突然大叫起来，哎呀，人家找什么样的关你屁事啊，现在的关键是陈长兴。

当天晚上，我和李亚红约着吃了顿饭，才把整件事情的来龙去脉弄清楚。

从二轻校回来的当天晚上，聂佳佳（我怎么老觉得人跟这个名字对不上呢？）就一直不停地给陈长兴打电话，但仍然打不通。

据聂佳佳说，她和陈长兴认识虽然已经几个月，但陈长兴却不许她把他们的关系公布出去，理由是他刚离婚，不想让前妻在朋友们面前难堪。对陈长兴的这个理由，聂佳佳将信将疑，她想也许是陈长兴还想再接触了解一段时间吧，那也没错。这样想，她就想通了。从二轻校回家，连着两天，她不停给陈长兴打电话，始终打不通。到了第三天，又打了十几个电话之后，她就想，也许陈长兴接触了解下来，觉得她不合适吧，于是给陈长兴发了条短信，很克制地告诉他，如果他觉得他们不合适，可以直接说，没必要用这种幼稚和不负责任的方式对待她。接下来两天，她没再给陈长兴打电话。就当是场梦吧，她对李亚红说。但到了周三，她突然想起她还有些东西放在陈长兴二轻校的家里，包括那把青花茶壶和一件枣红色的真丝睡袍，于是打算去一趟二轻校，把它们取回来。

她断定陈长兴不接她电话之后肯定躲回了市北路的家，不会再住在二轻校。

他从来没有带我去过市北路，她对李亚红说，都是在二轻校住，刚开始我想，可能是因为市北路都是老邻居，熟人多,他不愿别人看见我吧;二轻校不同,放假期间,又是新校区,鬼都打得死人。

他不想见我,我也不想见他。她说,所以当时我就打定了主意,到二轻校,我先去摸消防栓顶上,钥匙在,我开门进去拿了东西就走;钥匙不在,也有两种可能,一种是他在房间里,一种是他把钥匙揣回了市北路。不管哪种吧,只要钥匙不在,我就东西也不要了,全当没买过。那件真丝睡袍其实都算了,我只是舍不得那把壶,跟我快二十年了。

聂佳佳是开着自己那辆红色菠萝车去的。钥匙居然在。她进去,发现房间跟周五那天晚上大家离开时没有两样:从阳台上收下来的衣服还胡乱堆在床上,所有的电器插头也都没有重新插回去,满地烟头,二三十个一次性纸杯散布在各个角落,茶水因为天气炎热已经发霉,变成了深褐的颜色……

当时我就觉得有点不对劲,她说,不过我想我和这个人反正没什么关系了,管他的。

她先把那个青花茶壶洗得干干净净,仔细用事先带来的一块毛巾包好,放进包里,这才去叠那件真丝睡袍。临出门前,她隐约有点冲动,想把房间打扫干净再走。但这个念头让她感到羞耻。你是不是觉得我有点贱?她问李亚红。

是有点。李亚红说。

那天聂佳佳只带走了那张写着陈长兴是个大傻×的纸条。

我想留个纪念,她说,就算是个梦,毕竟也是个梦嘛。

她开车往城里走,一路怅然若失。路上有点拥挤,她几次想变到快车道,都没车肯让她。最后一次,她终于成功地换了过去,一抬头,发现前面是一辆黄色拖车,车上绑着一辆白色皮卡,车尾的牌照离她只有不到五十米的距离。

江铃宝典,她说,我觉得太眼熟了。她把车开到距离拖车只有不到十米的地方,仔细看了看皮卡的车牌号。没错,她说,就是陈长兴的车。

联想到二轻校房间里的情形,聂佳佳有点心慌。她冒险单手握方向盘,另一只手掏出包里的手机,对准那个车牌拍了几张照片。接着,她费劲地再次把车换进刚才的车道,和那辆拖车并行,拼命挥手,试图让它停下来。但拖车司机视若无睹,根本不睬她。最后,她不得不尽量挨近拖车的驾驶室,大声问司机,这皮卡是怎么回事。司机说不知道,是宁安乡政府叫他们公司拖的。

人呢?

没人。

死人呢?

也没有。

那时我又害怕又高兴。她对李亚红说,我觉得我可能把人家陈长兴想歪了。

回到城里，聂佳佳立即四处打听陈长兴家人的电话，终于辗转找到陈长兴大姐的手机。但他大姐表现得十分冷淡，大出聂佳佳的意料。

我可从来没听陈长兴说过他大姐半句不好听的话呢，她对李亚红说，原本听到这样的事，哪个当姐的会不着急呢？但他大姐说她这个弟弟从小狡诈无比，谁也摸不透他的心思。

只要没找到人，聂佳佳学着陈长兴大姐的口气说，到底怎么回事就难说得很。

我当时听了特别不舒服，聂佳佳说，亲弟弟呢。所以我也不客气，我说如果最后找到的是死人呢？你猜他大姐怎么说？她说那结果就出来了，陈长兴死了呗。

李亚红没有给聂佳佳解释陈长兴大姐态度背后的复杂原因。其实我们都知道，陈长兴长期和家人关系疏远。父亲死得早，母亲多年来一直挨着他大姐住，他有时一两个月都不会去看一眼。为此，他大姐还专门找过李亚红，让李亚红带话给陈长兴，说他这个独儿子既然没尽到赡养老人的义务，那等他妈百年之后，他也不要来跟她抢他妈住的那套房子。至于陈长兴为什么和他妈关系也那么冷淡，我们就不清楚了。

我也不好给聂佳佳说这些，李亚红说，清官难断家务事，各人立场不一样，也难说哪个对哪个错，你说是不是。

聂佳佳挂断陈长兴大姐的电话，没再犹豫，立即到市北路派出所，以陈长兴未婚妻的身份报了案。但派出所登记人员司空见惯的态度让她很不踏实，加上为自己误解了陈长兴深感内疚，所以从派出所出来，她不顾已经是下午五点过，执拗地打开导航，决心尽快赶到那个她从没听说过的宁安乡去，看看究竟发生了什么。

一路上，聂佳佳不断打电话，试图找到周五当天去二轻校的每一个人，询问那之后有谁还联系过陈长兴或者被陈长兴联系过。

那是个艰难的过程，因为聂佳佳的工作是会计，和艺术圈半毛钱关系没有。但快到宁安乡政府时，她想起曾从一个单位同事那里听说，他们公司的副总是省建行的VIP客户，参加过几次建行专为重要客户组织的艺术讲座，李亚红恰好就在建行负责这一块工作，于是才和李亚红联系。但因为开着车，没法好好说话，加上她也顾虑，不想在去宁安乡调查结束之前就给别人说出那个不祥的预感，最后闹得满城风雨。

假若陈长兴后来又自己冒出来了呢，她对李亚红说，那不等于是我咒他啊。

她那天只是礼貌地请求李亚红把周五去二轻校的人的名字和电话给她，不等李亚红问为什么，她就说了声谢谢，然后挂了电话。

我开始也觉得莫名其妙,李亚红说,但她说她是陈长兴的女朋友,我就以为是陈长兴因为下雨没赶到,想统计下那天具体来了哪些人,好重新请个客给大家赔不是之类,所以还花了差不多半小时把记得并且有电话的人一个个整理出来,给她发过去。

我可没接到她电话,我说。

人家可能还来不及给你打嘛,李亚红白了我一眼。我中午也给她说了,不用给你打,你肯定也没联系上,要不你会告诉我的。

接到李亚红用短信发来的名单时,聂佳佳刚把车开进宁安乡政府大楼前的停车场。原本她以为自己人生地不熟,要想找到陈长兴停车的地方无异于大海捞针,何况当时早过了下班时间,已经没人待在楼里,所以还打主意先找个招待所或者民宿之类的地方过夜,第二天起来再慢慢打听。不想刚停好车,一个穿制服的值班老头就过来询问,她只好说出事情的原委。老头露出没牙的嘴笑,说你要早来半天,哪有这些麻烦事?说完,带她来到停车场的一角,指着地上一串用粉笔写的车牌号和电话号码告诉她,白色皮卡就停在这个位置,因为占着副乡长的专用车位,又一连停了好几天,乡政府办公室四处打听,都不知车主是谁,最后才请了一家机动车施救公司拖走了皮卡。

那就是拖车公司的电话,老头说,你自己打电话去问。

还问什么问?聂佳佳对李亚红说,显得心烦意乱。很明显是陈长兴自己锁上车门走开的,只不过走哪去了没人知道。再说了,提车也需要本人证明啊,我去哪里找那些证明?

回城之前,聂佳佳借着黄昏最后一点光亮,用手机拍下了那串车牌号和电话号码,第二天就约了李亚红见面。

她虽然没直接说出来,李亚红说,但我还是看得出来,她现在可能又觉得没有误解陈长兴,陈长兴还是不想要她了。

那你觉得陈长兴到底怎么回事?我问。不会真出什么事吧?

他这人说不清楚,李亚红说,你还记得不,上次他做什么行为艺术,真的去找了个人家迁坟不要的破棺材,把自己画得唇红齿白地躺进去,还盖上盖子,等到大家都到齐了,才突然掀开盖子坐起来。诈尸啊?吓得我做了三天噩梦。他这人就这样,喜欢装神弄鬼出风头,其实简单、幼稚。

李亚红叹口气说,如果他真不想见什么人,比如聂佳佳,自己躲起来,也可以叫失踪对不对?

那之后好几天,我没再听到陈长兴的消息。休假结束,我记得很清楚,上班第一天,一大早,我正在打扫房间,李亚红又以她那种一贯的急吼吼的嗓门给我打电话,说找到陈长兴了。不过是尸体,她说,听说脑壳涨得有斗那么大。

我一下没反应过来,还像往常一样逗她,说你看见过斗?我不信。

她在电话那头绝望地叹口气。警察找到的,她说,他们通知聂佳佳,聂佳佳又通知我,要我召集那天去二轻校的人下午两点半去市北路派出所做笔录,说因为我们是最后见到他的人。

我相信了她的话,感到震惊。不对吧,我说,我们那天从头到尾没见到过他,至少我从头到尾没见到过他。我最近一次见他是商量画展的开幕式,从今天算起怕有两个多月了……他那天不是还说才从他妈那里出来吗?最后一个见到他的应该是他妈啊。

哎呀,李亚红又一次绝望地叫起来,你就别和我钻字眼了好不好。

据李亚红说,陈长兴的尸体是在牛场乡一户农家屋后的水塘里被发现的,距宁安乡政府有差不多二十公里,而且是完全不同的两个方向。警察说死亡时间至少超过了三天。发现陈长兴尸体的是那户农家的儿子,十六七岁,因为正放暑假,不肯早起去喂猪,被他妈隔着被子抽了几篾片,一气之下连外衣外裤都没穿,只套上内裤就从床上跳起来往后山跑。到了半山,小伙子坐在一块伸出来的岩石上,看下面自家的房子，想等他爹也起来后再回去，免得又被他妈打。因为还没睡够，小伙子坐在石头上又眯了一会，再睁开眼，就看到山脚水塘边趴着个人，四肢蜷曲，整个头部和半个身子嵌进水塘，水已经沁到衣服下摆，半山上看去，这人的颜色一半深，一半浅。

据那小伙子的母亲介绍，塘子原本离她家不远，不过二十来米，但早已废弃不用，四周长满半人高的刺蓬和长草，所以那几天她和家人虽然也屋前屋后地走动，但谁也没有发现那里死了个人。

还是怪前段时间那场大雨，那女人说，水涨起来，要不这人也死不了。

牛场乡派出所的民警上午九点不到就赶到了现场。这样的案子在牛场乡史上罕见，所以派出所破天荒同时派出了三名警察。

人们把陈长兴从水塘里拉出来，发现他的尸体已经开始局部溃烂，而数十条蚂蟥吸在他肿胀的脸上。三名警察中唯一的女性，一个二十多岁的年轻姑娘，一看到陈长兴的脸，立即就呕吐了。

但接下来的勘查却让三个警察迷惑不解：陈长兴浑身上下穿得就像一个复员军人，军装、军裤、解放鞋，且都破旧不堪，但贴身的Ｔ恤、内裤还有袜子，又都价值不菲。比如那件黑色Ｔ恤，据呕吐的女警察说，她刚交的男朋友也有一件，她很清楚价格。即便在网上，她说，也要一千八百元才能买到，实体店至少得再加三分之一。

三名警察中年纪最长，也是警衔最高的一个，知道这种旧军装因为又便宜又经脏，很受当地人欢迎，都喜欢穿着它下地干活，所以思索一会之后就得出了结论：陈长兴很可能是个逃犯。

旧军装是用钱或原本穿的衣服向当地人购买或者交换的。他说，目的很明显，就是为了不引起本地人的注意。

事后，我们听说，警察的确在离事发地点不到三公里一个叫何家村的寨子里找到了那户给陈长兴旧军装的人家。

那户人家的男主人没有右边耳朵，原本是耳朵的地方如今只有一个曲折的洞，据说那是因为年轻时偷盗，被人捉住后用竹刀割了下来。他向警察供述，大雨第二天晚上，大约八点钟，他正和老婆清扫满院子的淤泥和枯枝败叶，一个留着络腮胡子，浑身污泥的男人突然来敲他家门，说饿极了，想找点东西吃。他于是让老婆到厨房里端了一碟牛肉干巴、一碗米酒和一碗米饭，摆在堂屋的饭桌上，让那个络腮胡男人吃。过程中，络腮胡男人问到他了那只消失了的耳朵，他含糊其词，只说是小时候上面长了个有毒的刺瘊，因为没钱治疗，只得让一个游方的骟猪匠人割下来。他说那个络腮胡男人听了之后情绪激动，不等吃完就站起身来，非要把身上的衣服裤子脱下来给他。他不要，两人于是拉扯起来。他说，络腮胡男人的力气大得不可思议，比寨子里那些天天干农活的人还大，而他年老体衰，根本拗不过那人，只能接受。当然，他说，他不会白要别人的东西，所以在络腮胡男人准备离开的时候，他也把自己最好的一套旧军装硬塞给了他。

但在给警察供述时，半边耳朵男人半句不提那双爱步跑鞋的事，直到几天以后，村里一个回家过暑假的大学生主动到派出所提供情况，才知道他把那双跑鞋以三百元的价格卖给了邻村一个寡妇的上门女婿。

半边耳朵男人是当地有名的刁户，以吝啬、好占便宜和喜欢搬弄是非著称，外号"一边聋"。其实他右边虽然没有外耳，却并不影响听力。所有村民，也包括警察，没人相信衬衣、牛仔裤和跑鞋都是陈长兴硬要送给他的，甚至怀疑过是不是他杀了陈长兴，然后移尸别处。但最后的尸检结果表明，陈长兴的确死于醉酒后的窒息。

勘查现场时，因为那个刚上班不久的年轻女警察还没开始工作就吐了一地，两个男警察为了锻炼她，故意让她去检查陈长兴的尸体。她虽然不情愿，但不能不执行，只得屏住呼吸，依次检查了陈长兴的衣袋、裤袋，还有横挎在身上的一个黄绿色的牛仔包。

包里是一部关掉了的手机、一瓶酒、一个装在硬盒子里的太阳镜、一个钱夹以及一个用胶纸和两层塑料袋扎得密不透风的东西。东西有一本书那么大，不厚，摸起来像纸壳。手机设有密码，所以暂时没什么用；酒是五星习酒，只剩不到四分之一；钱夹里则装着陈长兴的身份证、驾驶证和一些五块十块的零钱。

看到身份证和驾驶证，女警察很高兴，她把它们叠在一起，递给了那个年长的警察，说白哥，这里有证件。

那瓶酒的四分之三应该都是陈长兴喝掉的，且是短时间内喝掉的，因为从脚印看，他几次原地站起来，歪歪扭扭地绕个圈子，回到原地，又绕个圈子，如是反复，直到最后一次跌进水塘。这种死法在外人看来，可能很离奇，但三个警察却司空见惯，每年春节期间，四乡八寨总有那么几个人以完全相同的方式醉死在水田里，不同的只是绕的圈数，有人统计，最多的绕过七个圈，才终于把自己的脸埋进了水田。

那个像纸壳的东西是最后才被女警察发现的，它隐秘地躲在牛仔包的夹层里。女警察一看到它就知道有戏。她花了相当长时间来撕掉塑料袋外面的胶纸，发现里面果然是张粗硬的纸壳。她看到纸壳表面发亮，不知是松节油，还以为是涂了一层清漆。纸壳上面写着一句话：献给聂佳佳。字体很大，笔迹奔放。这句话的下面还有一行小字，是一串电话号码，后来证实是聂佳佳的手机号。

李亚红说，聂佳佳接到警察的电话后，不顾阻拦，立即就开车到了牛场乡事发现场。她把那张纸壳翻来覆去地看了一遍又一遍，就像那上面不是一句话，而是一个很长的故事。之后，她抬起头来，用手拍自己胸口，只给警察说了一句话，是献给我的，接着就原地坐了下去。

我听得有点蒙，问李亚红，陈长兴把什么献给聂佳佳了？

我哪知道。李亚红说，连聂佳佳自己都说不清楚。不过她说，那张纸壳上的话，至少表明了陈长兴对她的感情吧。或者陈长兴是想说，他把他的感情献给了聂佳佳？

而且是最后的感情。我说。

是啊，李亚红说，不过如果陈长兴没死，就不见得是最后的了。

这句话是不是有点恶毒啊？我说，人家人都不在了。

李亚红吐吐舌头，说撇开这个，你说我说的是不是实话？

原本我对去市北路派出所做笔录有些莫名其妙的紧张，但等真到了派出所，才发现其实很简单，就是一人发一张A4纸和一支针管笔（纸不够可以再要），把那天去二轻校的过程写下来，签上自己名字，留下手机号和住址，就可以离开了。

但做完笔录，大家都舍不得散，就聚在派出所的小院子里，男的抽烟，女的吃零食，叽叽喳喳地议论。聂佳佳是最后一个从房子里出来的，比大家晚了差不多一刻钟，我想这是因为她多了段去宁安乡和牛场乡的经历吧。

那天聂佳佳穿了一件黑色连衣裙,面容憔悴,比在二轻校第一次看到她时显得更加苍老和臃肿。我再一次为陈长兴居然会和她谈恋爱感到困惑。

聂佳佳从屋里一出来,大家就纷纷过去向她表示慰问,同时介绍自己,介绍自己和陈长兴的关系。二十多个人挤在派出所的正门前,立即遭到警察的呵斥,说你们能不能到外面去闹,这里可不是菜市场。

大家往外走。搞艺术批评的李建伟提议到附近他一个朋友开的餐厅去,继续聊。先喝茶,他说,找个大包房,晚上我请你们吃饭。我这人你们是知道的,神经质,出了这种事,回家也是坐立不安的。

大家都同意,有人甚至小声地欢呼起来。

李建伟也邀请了聂佳佳。她先是摇摇头,但又突然点点头。好,她说,但不能你请,我来请。

那家餐厅果然不远。茶端上来,大家继续聊,话题当然还是陈长兴离奇的死亡。讨论很激烈,而且随着时间推移,大家的分歧越来越大,渐渐成了两派。两派都同意派出所刑警的初步判定,那就是排除他杀,而认定死于酒醉。分歧主要表现在如何看待陈长兴种种古怪的行为,比如周五那天,他为什么会突然想着去看他母亲;他为什么会在路上耽误那么长时间;在那样一个大雨滂沱的晚上,他为什么会把车停在宁安乡政府的停车场，然后锁上门独自离开，而且最后走到离车二十多公里远的地方；他为什么要和那个半边耳朵男人换衣服；他为什么要在那样一个荒郊野地里把自己喝得酩酊大醉……

这些问题，当然没人能够解释。争论的焦点是，陈长兴的这些行为，是有意为之还是无意而为。以李建伟为代表的有意派认为，陈长兴的这些行为不可能是无意的。

凡是和陈长兴熟悉点的朋友都知道，李建伟说，他和他妈，还有他大姐，不只是没感情，甚至可以说有仇恨，但他那天怎么会突然想着去看他妈了？还有，他明明知道大家都在二轻校他家里等他，他却给李亚红打电话，说五点不到你们应该怎么样，六点不到你们又应该怎么样，你们不觉得奇怪吗？他怎么像事先就知道自己来不了似的，这不都是预谋好的吗？当然，最能说明问题的，还是他换衣服和那句写在纸壳上给聂佳佳的话，不是有意，这些怎么解释？我现在甚至怀疑陈长兴既不是死于他杀，也不是死于醉酒，而是自杀……如果把陈长兴的死看成自杀，好多事情就解释清楚了，比如他去看他妈，那是最后的道别，毕竟是他妈嘛；纸壳上的话就是遗言……

听到这里，另一派，也就是无意派，当场就有人跳出来反驳他。说如果是自杀，那些脚印又如何解释？

这句话把李建伟问倒了，他有些气急败坏。我是解释不了，他说，单独看这些事，都不说明问题，但如果把这些事串在一起，如果还看不出这是场预谋，那只能说这人脑子进水了。陈长兴这人莫非你们不了解？不做出点稀奇古怪的事他肯消停？

那他为什么自杀？

我哪知道？

我和这些艺术圈的人来往，原因是我在报社长期跑这一口，想不来往都不成；而李亚红是因为这些人不是她当年的老师、同学，就是她同学的同学或者同学的学生。所以在这种艺术圈聚会的场合，我们都不怎么说话，只冷眼旁观。但事后聊到那天的情形，我们意见一致，都比较倾向无意派的观点。代表这一派说话的是市美术馆的副馆长廖东平，他是陈长兴美院的同学，两人也是酒友。他认为一切都不过是巧合。

比如陈长兴的确很少去看他妈，他说，但也没有从来不去啊；他说五点如何，六点如何，也很正常，他不是明明白白给李亚红说只是如果吗？一大堆请来的客人坐在自己家里，但自己又迷路，又遇到连环追尾，后来还遇到大雨，总不能没个安排吧？至于他把车子开到宁安乡独自离开，也不是不能解释。他自己说的，想抄近路，反而迷了路，说不定就是迷到宁安乡政府去了呢，然后他想找人打听路，或者想去找卫生间，所以离开了车；再或者他回来，发现车点不着火了,坏了,只得走路,但不认识路,又遇到大雨——那天的雨你们是知道的,能见度可能还不到一米。他绕半天绕不出来,越走越远,最后绕到牛场乡去了,都是完全可能的嘛……然后,半路上,他饿了,就去了那户只有半边耳朵的农民家。我们不管那人说的是不是真话,不管是陈长兴硬要换给人家,还是那个半边耳朵的人主动要求用衣服来换——我比较相信是那个半边耳朵主动要求的,人家警察不是说了吗,这人是有名的吝啬鬼——好,陈长兴手机没电,就算有电,人家也可能不玩微信,没法微信收款,现金又不够,谁现在还带现金啊?所以只得拿衣服裤子换一顿饭……他的衣服裤子还有鞋子,都是名牌,一碗牛肉干巴、一碗饭和一碗米酒,再怎么也值不了几个钱,这中间是有个差价,但人在屋檐下,不得不低头,饿极了,人家趁火打劫,你又有什么办法?旧军装?这也很好解释啊,没有衬衣,里面还有件T恤,没有牛仔裤,他就只剩下一条内裤了。一个大男人,穿一条裤衩,成什么体统?所以最后,人家才把那身旧军装给了他嘛……也可能是他自己要的,补那个差价……我觉得合情合理,滴水不漏……

两派各执一词,直到晚饭开始上菜,才算告一段落。

那之前我注意到聂佳佳从头至尾始终一言不发,只是低头看自己的那杯茶。开席之后,大家这才想起东道主是聂佳佳,于是举杯,一起看她。

聂佳佳端起茶杯站起来,清了两声喉咙,又想了下,这才开口说话。

我本来不想来吃这个饭的,她说,没心情。一阵不易觉察的红晕出现在她脸上,让她看上去似乎没有之前那么苍老和憔悴了。

但后来我又改变了主意。她说,你们都是陈长兴的好朋友,要不那天他为什么只约你们不约别人呢。我今天特别想给你们说说我,还有陈长兴。反正我又不是搞艺术的,今天之后,明天开始,我们可能一辈子都见不着了,所以有些话,我说出来,你们不要多心。

这个开场白似乎过于郑重,大家都觉得吃惊,有些跟着聂佳佳站起来的人又坐了回去。

我离婚已经好多年了。她说,一直没找,开始是因为儿子在读书,到儿子去外省读大学,我年纪也大了,人又长得不漂亮,就更没这个想法。今年四月份,四月十五号,星期一,我记得特别清楚,我们单位加班,我是个会计,加得很晚,可能都快十点了,我从单位出来,又饿又渴,路过一家离我们单位不远的酒吧,我就进去,我听单位一些年轻同事提到过,说那里有现烤的面包卖。我进去要了两块烤面包和一杯牛奶,正在等它们凉会儿再吃,陈长兴就过来和我搭话。我们就是这样认识的。他说要给我买杯红酒。我闻到他满嘴酒气,就知道遇到酒鬼了。我本来想马上站起身走掉,但面包和牛奶刚端上来，我也不知道怎么办。然后他就在我对面坐下来，开始说他自己。他说他是个艺术家，还是一个大艺术家，已经画了几千张画，每一张值多少多少万；又说他名声大得不得了，好多国外的艺术杂志都介绍过他，无论走到哪里，都是一大群美女围着，他在北京搞展览时，还有个外国女人主动邀请他，要和他去长城搭帐篷过夜……

在座的人面面相觑，没人能够想象陈长兴会说这样的话。我看了一眼旁边的李亚红，她表现得比任何人都要瞠目结舌。

我也不知道该不该信他的话。聂佳佳，我想我哪会随随便便就在一家小酒吧遇上一个大人物呢？我只想赶紧吃完东西回家睡觉。但我刚伸手去拿面包，他却抢先拿了一块。说要喂我吃。他掰下一块，递到我嘴边，说恐怕从来没哪个男人这样对待过你吧？我觉得这话太侮辱人了，但不知为什么，又觉得他说得对，于是张开嘴把那块面包接了过来。那天晚上，就这样，我和他隔着一张桌子，把两块面包全吃了。我这样说，你们肯定觉得肉麻吧，但我从小到大，没觉得这么有意思过。再后来，我们就一起去了二轻校。那天晚上他可能喝得太多，上床就睡着了，一根指头都没碰我。第二天早上我醒得早，我想起来悄悄回家，但睁眼才发现，他起得比我还要早，已经不见了，只在桌上留了张纸条和一把钥匙，说早餐在厨房的蒸锅里，出门时记得把钥匙放在消防栓的顶上。早餐很简单，就是一碗用藕粉调的营养糊，很浓，里面还有那种黑豆粉、芝麻粉什么的……

李亚红这时插了句话，她说坐下来说啊，站着多累。我们这才发现，聂佳佳说了这么多话，一直站着。于是大家一起说，坐下来说坐下来说。聂佳佳犹豫了下，坐下来，把杯子放到桌上。

第二天，我故意加班，她说，拖到晚上十点，又去了那家酒吧。陈长兴果然已经坐在头天他坐的那个位子上了。他看到我就笑，说还是两块面包一杯牛奶？我说好嘛，不过今天我来喂你。那天晚上我们又去了二轻校。之后，连着几天，我们没有再在酒吧会合，而是每天下班之后，我直接开车到二轻校去，和他一起洗菜做饭。不知为什么，即便不喝酒，他也从来不碰我。我不知道艺术家是不是都这样，这种事情莫非也要等灵感？直到有天晚上，他又喝了酒，睡到半夜，我惊醒过来，发现他不知什么时候汗淋淋的，已经趴在我身上。之后我去了趟卫生间，回来就听见他好像在哭，那声音细声细气的，像猫叫。我拉亮灯，发现他真的在哭。我不知他为什么哭，就上去抱他，他像个孩子一样伏在我胸口上，哭得上气不接下气。我记得我看了下墙上的钟，四点差一刻，他突然不哭了，说要拿些东西给我看。然后他就从抽屉里拿出五本相册，相册都编有号，从一到五，他打开第一本，全是他小时候和他爹、他妈、他大姐还有二姐一起的照片。他一张张指给我看，一张张解说，哪张是什么时候在哪照的，那天又发生了什么好玩的事。这中间他又哭过几次，但没第一次那么没完没了。从第二本开始，就是他和四个前妻的照片，一人一本。这次，他不像翻第一本那么仔细，而是乱翻，翻到哪张，就竖起中指，打在那个前妻的照片上，嘴里还骂，鸡婆、烂柿、盖浇饭、烙铁……打得啪啪响。那天晚上我才第一次知道他结过那么多次婚又离过那么多次婚。后来我想，我当时应该很生气才对是吧？他第一次约我去他家时就应该说的。但那天我真的一点都不气，我只觉得他又可怜又好笑……

李亚红悄悄问我，鸡婆、烂柿我懂，盖浇饭和烙铁又是啥意思？

我说，跟鸡婆、烂柿一个意思。

有时候晚上很长，聂佳佳说，他就拿他存在手机里的画给我看，就像给我看第一本相册那样，一张张解说，什么时候画的，画的是什么意思，每张都忘不了说它们以后是要进什么什么博物馆的。我不懂画，但有几张我真的很喜欢，就给他说我喜欢。他听了高兴得不得了，夸我有艺术感觉，比好多学这个专业的人都有眼光。这个时候我就开始觉得他说的那些话都是吹牛，如果他真的那么不得了，怎么可能被我这样一个人夸几句就激动得那样。后来，就是我去宁安乡的那天晚上，我按着亚红妹妹给我的号码，一个一个给你们打，还记得吧，我就知道我没猜错。我觉得差不多每个人，在和我说到他的时候，其实我都听得出来，都不大瞧得起他。不，不，你们别否认，我这人文化是不高，但也不笨，这些还是听得出来的……

说到这儿时，眼泪从她眼眶里涌出来，一下就流得满脸都是。

他对我有时候很冷淡，她说，有时候又热情得不得了。冷淡的时候他可以几个小时不说话，就躺在沙发上看手机，看到深更半夜，你问他什么他都爱理不理；喊他睡觉，喊多了他还发脾气。但他情绪好的时候就像换个人，就要和我做那种事，有天晚上他做了三次，我睡着以后做了个梦，梦到……我觉得他有时候像个孩子，有时候像个坏蛋……他有些想法很怪，说出来你们不要笑我，他有次喝多了，非要吃我的奶……还有些更怪的，我都不好意思给你们说。他最让我不舒服的是，我都给亚红妹妹说过，他不让我给别人说我和他的事，其实这挺让我伤心的，也想过和他分手，但每次一想到他哭的样子，我就犹豫了，舍不得……

说到这里，她又哭起来。

他把你们都当好朋友，她说，哽咽了好几次才把话说完。你们实际上却没把他当好朋友。我是不了解他，他这人是有点……我说不清楚……但我觉得你们更不了解他……

那真是一个无比尴尬的时刻，整个房间里静寂无声，只有聂佳佳用餐巾纸擤鼻子的声音不时响亮地回荡。

第一个站起身来的是李亚红,她走到聂佳佳身后,弯下腰,慢慢抱住她,停三秒,然后松开,回到自己位子上。另外两个女人互相看看,也站起来,学李亚红的方式,走上去,抱住聂佳佳三秒,松开,回到自己的座位上。我是男人里第一个这样做的,因为李亚红在桌子下面猛地踢了我一脚。见我这样做了,别的男人谁也不好意思再坐着不动。

最后一个去抱聂佳佳的是李建伟。他是我们这群人中年纪最大的,比陈长兴还大三岁。抱完聂佳佳,他没有回到他的座位上,而是红着眼睛对大家说,聂佳佳没有说错,我们在对待老陈这个事情上,确实少了情怀。别的不多说了,我有个想法,提出来大家讨论。他站在那儿,突然之间变得神采奕奕,就跟他平时给艺术家们策展或是做学术主持时一样。

当着聂佳佳的面我也不避讳。他说,陈长兴跟我是老朋友,我太了解他了,几十年执着于艺术,就想出名,这也没什么不好意思说的,哪个搞艺术的不想出名呢?但限于种种条件,始终功不成,名不就,搞了一辈子,甚至没办过一场像样的个展,没出过一本像样的画册,也没有一个像样的批评家给他写过一篇像样的评论,好像也没卖脱过一张画吧?这是个遗憾。所以我提议,我们在座的人,有钱出钱,有力出力,把陈长兴的画尽可能收齐,有多少算多少,给他办个文献展，出本文献性质的画册，我来写篇评论，今天不是有好几个媒体人在吗？再在媒体上轰轰烈烈炒一炒，算是圆他的遗愿，也算我们尽一次朋友之谊吧。

大家哄然响应，都说李建伟毕竟是弄理论的，脑子就是比别人好用。李亚红这时大声说，大家别忘了陈长兴放在二轻校的那幅画，那可是他最后一件作品呢，遗作，意义非同一般。

对啊，李建伟一拍脑门，那天下大雨，忘记看了。

他转头问聂佳佳，那幅画很大吗？

聂佳佳迟迟疑疑地说，我和他认识的时间不长，只知道他在隔壁单元有个画室，但从来没去过。我每天去那儿，都是下班之后，他已经在家里了……我不知道大不大。

亚红说得对。李建伟说，这幅画意义特殊。我有个新想法，画册编排和展览布置都要倒着来。一般文献性质的活动是按时间顺序安排，从最早到最后，这次我们应该从这幅画开始，倒着往前推，一种倒叙的方式……

说到这儿，他有点激动，来回踱步，又掏出手机看了看，说现在还不到八点，也难得那天的人全在，下次想约这么齐就难了。我的意思是我们现在就去二轻校看那幅画。老陈如果地下有灵，肯定也希望我们第一时间看到他的新作品……他那天这么郑重其事邀约大家，这可是从来没有过的事……

大家有点犹豫，互相看。李建伟不高兴了，大声说，今天不去，我不信你们回家睡得着……

钥匙就在消防栓顶上。聂佳佳小声补充一句，但不知道还在不在。

肯定在啊。我和李亚红都说，他那天就给我们说过钥匙在那儿，之后就出事了，他没再回去过啊。

但最后还是有那么三四个人因为种种原因去不成。去不成的人显然满怀愧疚，临走前分别给聂佳佳和李建伟做了详尽解释。

那天晚上，除了我，大部分人都是开着自家车去的。原本有人提议，没必要开那么多车，可以组合下，原则上每车四人，多出来的车还停在原地，从二轻校回来再各自开回家。但这个建议没人附和，大家都觉得何必来回折腾呢，还是开自己的车方便，看了画，扁担开花，各自回家，最合理。我还是坐的李亚红的车。

临行前，李建伟以不容置疑的口吻一辆车一辆车亲自叮嘱，要大家一上路就记得开应急灯，以免走散。但我猜测，作为一个理论家，他更看重的，也许是某种无以言喻的仪式感吧。二十多辆车闪着此起彼伏的应急灯，每辆相隔一百米，行驶在夜晚的高速路上，绵延无尽，去看一个刚死之人的遗作，是有点那啥感觉。

在去二轻校的路上，李亚红说那天下午聂佳佳给她打电话，说找到陈长兴的尸体之后，她马上就给陈长兴的大姐打了电话。我也只能给她说了，她说，至于她要不要给她老妈说，要不要给陈长兴在日本的二姐说，那是她的事。我当时觉得与其让派出所通知，不如我先给她说一声，也有个思想准备是不是？我们这堆朋友里，也只有我跟他大姐熟悉些。你可能不知道，他大姐跟我小姨是二中的同班同学。我说到陈长兴换衣服的事，你猜他大姐什么反应？她马上打断我的话，说陈长兴换衣服，肯定就是要干坏事，要不这么鬼鬼祟祟干什么？

这又是一种解释，算第二种解释中的一个分支吧。我说。

到了二轻校，大家把车横七竖八地停在楼前那块空旷的水泥坝子上，乱糟糟闹哄哄，就像一群约架的人正在集合。那幢楼房在夜晚显得更加挺直和突兀，我又一次想起一根竖起来的中指，但这次没觉得有什么好笑。

陈长兴偶尔会弄些装置、影像或者行为之类，但主要还是以架上绘画为主。所以在进到画室之前，我们都想当然地认为，我们会看到一幅尺幅巨大的画，也许会大到超过一面墙。陈长兴向来喜欢画大画，其实老早就有人劝过他，说他笔触粗糙，尺幅小些会好得多。但他对此嗤之以鼻，坚持认为尺幅巨大是油画的优势，能产生更强烈的视觉冲击力。我曾亲耳听到过,好像是在某个画展上吧,他对一个学生模样的年轻人说,你可以想象一下,如果我画了一幅像三峡大坝那么大的画,不管内容,它会对你产生多大的压抑感?压抑感也是一种冲击力和感染力对不对?

但那天从消防栓上拿到钥匙,进到画室之后,我们却发现里面什么都没有。

拿钥匙开门的是李建伟。我站在他后面,中间隔了两个人。我看到开门之后,他伸手到右边的墙上去摸,嘴里还念叨,咦,开关呢?大约是没找到,他放弃了,掏出手机,打开电筒,一面乱晃,一面朝里走。啥意思?我听见他又惊讶地咕哝了一句。

我们鱼贯而入,一进门就闻到一股刺鼻的气味。这气味我觉得有点熟悉,但一时又想不起是什么。

进去之后我才知道李建伟为什么惊讶。

那是一间二十平方米不到的房子,空空荡荡,什么也没有。天花板、四面墙,包括地面,都刷得雪白;没有窗户,除了刚才我们进来的那扇防盗门,也没有别的门,整个房子就像一个封闭的纸盒;再仔细看,我还发现整个房间找不到任何一个插座,当然更没有电灯。

古怪,我听见有人说。这时,几乎所有人都打开了自己的手机电筒,无数灯光交织在一起,相互重叠,在四周的墙上投下条条隐约的阴影。我觉得自己每走一步,都踩在什么凸凹不平的东西上，我蹲下去，用手摸，发现那些把地面刷白的材料就像墙上那些阴影那样条条隆起，既粗糙，又绵软。

钛锌白。一个恍然大悟的声音在房间里响亮地叫起来，吓我一跳。

这间房子整个是用钛锌白刷出来的。我听出来那是省美术馆油画家王成忠的声音。而且用的不是刷瓷粉的那种排笔，他说，是三十号油画笔，不信你们看墙上的笔触。

地下也是用钛锌白刷的。另外一个人说。

哪个离得近的去看下门。我听见李建伟慢吞吞地说，如果我没猜错，门的背后也是刷白了的。

有人去看了，大声报告，李老师威武，果然是刷白了的。

这就对了。李建伟说。他把双手举过头顶，在空中招手，大家都围拢来，听我说。我只打开我的手机电筒，你们关了，本来就老眼昏花的，这光晃得我……

从我第一次听说在牛场乡发现陈长兴的尸体，他说，种种迹象，包括把车停在宁安乡政府的坝子上，自己锁门离开，那张纸壳，身份证、驾驶证，还有那瓶五星习酒，等等，当然最主要的是他换衣服这个环节，我就觉得事情不简单，是有计划、有预谋的自觉行为。但陈长兴这样做的目的是什么，我不知道，证据呢，我也拿不出来，只是直觉。但我坚信我的直觉不会错。大家都是搞艺术的，哪个敢站出来否定直觉的重要性？这里我要特别告诫那些认为整件事情都是偶然，是巧合的人，麻烦你们从现在开始闭嘴，不许再啰唆了，在我看来，所有的疑问都已经不存在，都可以得到合情合理的解释，清楚得就像你们把所有的电筒光打在我脸上……

有人不耐烦了。老李，说正题。

好，我长话短说。他说，走进这间画室，大家都看到了，什么都没有，该有的都没有，有的只是无处不在的蹊跷和古怪。转了一圈，我就想，如果这不是蹊跷和古怪，而是创意呢？但当时我还没想通，直到成忠老弟发现这天花板，墙壁，甚至地面，都是用三十号油画笔蘸着钛锌白的颜料一笔一笔涂上去的，我才豁然开朗……

他走到墙边，伸出右手食指擦着墙面。你们注意看，每一下都是奔放的笔触，看这一条，竟然长达一米二三。你们说陈长兴为啥这样做？如果他粉刷这间房子，用的是排笔和规范的装饰材料，比如瓷粉，那我还不敢肯定我的结论，但他用的是他用了一辈子的油画笔和油画颜料，你们说，他想告诉我们什么？我觉得他就是要告诉我们，这是一次创作，一件作品，一件在完全自觉的精神状态下完成的艺术作品。

房间里有人发出轻微的惊呼声。我想看看是谁，但没找到。

李建伟在听到惊呼声时停顿下来，我听见他轻声地笑了一下。

这还不是最后的结果,他说,如果仅仅是这样,又有什么意思呢?一间用钛锌白刷得白花花的房间,有什么意思呢?大家都知道,当代艺术,尤其是当代艺术中的观念艺术,最高明的手法就是提供给观众一对、两对,甚至更多对的相对物,让它们之间产生相互挤压的压差。相对物就像正极和负极,艺术家让它们强行合并……比如徐冰的天书系列,如果不是相对于大家都习以为常的规范汉字,他那些缺胳膊少腿的所谓天书又有什么意思呢。于是我想,这间用油画颜料刷白的房子如果是两极中的一极,那么另一极又是什么呢?你们说,是什么呢?

他又一次停顿下来,而且停顿了那么长时间,长得我都想跳起来扇他一耳光。我后来给李亚红说,我觉得那阵静默里,包含着一个批评家全部的傲慢、自大和对一群没他嘴皮子利索的人的蔑视。

终于有人忍不住了,似乎还是刚才那个提醒李建伟的人。老李,老李,时间不早了,你拣重要的说。

然后我就想到了陈长兴离奇的死亡方式,李建伟说。他的嗓音比起刚才,突然变得十分嘶哑。以我对他的了解,我知道那是因为他觉得自己说到了特别重要的地方。

那就是另外一极。他说,两件事情,他的死,加上这间房子,合在一起,才是他想让我们看的一件完整作品。缺了哪一样都不完整。我刚才想了一下，没有一个现成的术语来称呼这件作品，我觉得姑且可以把它叫作"装置行为"，或者说"行为装置"。他的死是一次行为，这间房子是一个装置……所以我现在可以断定，陈长兴是自杀。如果不是自杀，这一切就毫无意义。我知道有人还在想那几圈脚印，那只能表明在艺术与生命之间，他犹豫过，这是完全可以理解的，但最后，他选择的还是艺术……这也解释了他为什么会把自己灌醉，那是为了保证自己在窒息之前，不会因为求生的本能又放弃这个决定……

我把手机电筒关了。他说，口气听上去非常沉痛。免得打扰你们，你们闭上眼睛，好好品味一下我说的话。

房间一下变得无比漆黑，黑得我不相信在用了那么多白色颜料抹出来的空间，居然感觉不到一点光亮。

有人嗫嚅着开了口。好吧，如果这是件作品……

李建伟的声音立即打断了他。当然是件作品，而且是件大作品，一件伟大作品。说实话，我现在对陈长兴刮目相看，我简直没想到他临到老了，还有这样的爆发力、想象力和面对艺术的勇气。一般人到这个年纪，早就混成了老油条、老江湖，但陈长兴不是。我个人可以肯定，这件作品会在中国当代艺术史中占有一席之地。一个人用他的生命来完成一件作品，大家觉得那是什么概念？生命是什么？只此一次，永不再来。

好吧。那个嗫嚅的声音接着问，那陈长兴要表现什么呢？他这个算观念艺术吧？

啊，李建伟发出一声长叹。我能想象他仰头向天的样子。可以阐释的东西太多了，太多了。他说，可以说无穷无尽。我现在脑子里就像一口煮开的锅，各种言说都在翻滚。一件普通作品只有一个入口和一个出口；优秀的作品有无数入口但也只有一个出口；只有伟大的作品，比如陈长兴这件，有无数的入口和无数的出口，你从哪个入口进去，都能从另一个出口出来。但我现在最有感觉的还是房间的空和陈长兴的死。这间房子里什么都没有，这是我们可以眼见的空，白色也是一种空，是一种象征意义上的空；那么陈长兴的死呢？在我看来，还是一种空，"死去元知万事空"嘛，两种空，不，三种空，合并在一起，互为言说，互为指涉，又互为填充；这样一来，空中有空，是更空了，还是又不空了？是有空之空，还是无空之空？而且，那天还是他生日啊，他选择了在他生日的那天完成这件作品，所以现在还要再加上生与死两个维度……太有意思了……我觉得其中有一种悲凉的禅意，对了，展览的前言就用这个名字，多好，"悲凉的禅意"。

说实话，我完全听不懂他在说什么，这倒也不稀奇，我几乎从来就没听明白过他的话。

大家把手机电筒打开吧。李建伟说，聂佳佳在哪？麻烦你过来下。

大家纷纷重新打开手机电筒，四周又变得一片雪亮。聂佳佳之前一直躲在人群后面，这时听见李建伟叫她，连忙从人群里挤出来。

李建伟握住聂佳佳的手，又一次红了眼睛。这才是陈长兴献给你的作品。他说，他把他最伟大的作品献给了你，一件别人无法复制，甚至他自己都无法复制的作品。

聂佳佳的表情显得惊慌失措，几次想说点什么，但每次都缩了回去。最后，她突然叹口气，小声说，李老师，我特别感谢你，虽然你说的这些我都听不明白，但我觉得没关系……其实对我来说，什么都不重要，有那张纸壳就够了，我会好好留着它的。

聂佳佳的反应显然让李建伟有点失望。

那是因为你不知道这件作品的价值。他说，不过你不知道也好，这要多硬的命才消受得起啊。谁要是把这样一件作品送给我，我觉得我会受不了的，我会产生心理阴影，巨大的心理阴影，而且怕是一辈子都消除不了……陈长兴不是经常喜欢说压抑感造成的冲击力吗？这就是了……

说到这儿，我看见他似乎一下有些恍惚。会不会正是因为陈长兴知道你理解不了这件作品的价值和分量，才献给你的呢？他说，把一件伟大的作品献给一个完全不知道它价值的人，是不是又形成了另外一组相对的两极呢？也就是说，这也是他事先的一种设计，是他计划中的一部分……如果真是这样，那事情就更有意思了……

我看到一旁的聂佳佳脸色都变了，忍不住打断他。我胡乱找了个话头，说李老师，展览的事咋办？

展览的事？他说，照我的想法，陈长兴别的作品都不用展了，和今天这件相比，他之前的所有作品都黯然失色，平庸至极，就是一堆臭狗屎。就展这件，就在这里展。如果真的要达到效果，当然，这很难，就要和陈长兴的家人还有公安局商量，也不知道国家对这种事有什么政策没有……我的意思，应该把陈长兴的遗体抬来放在这间房子的正中央，或者挂在墙上……展现一种生命的艺术担当……其实我那篇序言的标题改成"生命的艺术担当"，也很不错，一目了然……悲凉的禅意，是不是晦涩了点？得把两件作品，也就是我说的两极，摆在一起，才会产生意义嘛……包括那天发现他时他穿的旧军装，牛仔包，包里的身份证、驾驶证，还有给聂佳佳的那张纸壳，酒瓶子，一样不能少……不，不，把陈长兴摆在房子中间或者挂在墙上都不好，我有个新想法，要不我们就在这间房子里把那个水塘复制出来，花点钱都值得，然后再把陈长兴的上半身埋进去，一模一样，还原当时的场景……聂佳佳拍的拖车照片，乡政府停车场地下的粉笔电话号码，对了，还有我们今天下午在派出所写的那些笔录，如果原件派出所不肯拿出来，就和他们商量下，复印件也行……所有这些东西,到时候都用玻璃柜子装起来,文献展嘛,这些都是文献。除了那篇《悲凉的禅意》或者《生命的艺术担当》的序言,我再把整个事件的来龙去脉写出来,制成反转片,用幻灯机打在这些白墙上,反复滚动……先在这里展,展完我来替他向威尼斯双年展申报。今年是偶数年,人家只展建筑,我给他申请明年的,不轰动我把脑壳割下来……

那怎么可能?好几个人都叫起来,公安局怎么可能同意你把人家遗体抬到这里来折腾?这也太疯狂了吧,就算你真的抬来,哪个观众敢来看……

李建伟愣愣地看着大家,好一会才失落地笑一下,说,我其实也知道不太可能,能理解的人太少了。不过我这人就这样,脑子动起来收不住,职业病……

他想了一下,似乎非常沮丧,说,既然大家都觉得这个展览不可能,太惊世骇俗,那就不展了吧。但如果这个作品都不展,老陈别的那些又有啥展的意义呢?说了半天,最终决定不展,还是一场空,也算个行为吧,从老陈的空里引出来,最后又回他的空里去……不早了,大家回去吧。

那之后,我再没见过聂佳佳,也没听到任何关于她的消息。陈长兴的房子结案之后被他大姐拿了过去;而那间用钛锌白刷白的画室,不等租期到,房东又把它租给了二轻校另外一个老师,那个老师把那些厚厚的钛锌白铲得干干净净,换上了正儿八经的瓷粉。有人把这个消息告诉李建伟,他听了叹口气,说现在好了,真的是万境归空了。

从二轻校回城的路上,我问李亚红,我说你要比我懂点,你觉得陈长兴真的像李建伟说的那样,是在创作一件作品?

鬼扯,李亚红说,李建伟是批评家嘛,就喜欢把简单的事情说复杂,不说复杂显不出他是个批评家嘛。寡嘴一张。你相信陈长兴那脑子能想得这么花里胡哨?

我也不同意李建伟的解说,我说,太牵强了,都是他在自说自话,不过整个过程,你说陈长兴是无意的,也说不通,特别是把地板都刷白了。

那我就不知道了。李亚红说,管他的,到底怎么回事,只有陈长兴自己知道。

还有听聂佳佳说陈长兴,我说,我也觉得不可思议,完全是另外一个人嘛。你说聂佳佳是不是因为得了陈长兴那张纸壳,太激动,把陈长兴对她的好多事情都理解错了,或者说故意理解错了?

还有,会不会有这样的可能,我继续说,开始所有的事情,比如那间房子,陈长兴请我们过去,故意不来,换衣服,给聂佳佳的纸壳,等等,的确都是有意的;但喝酒摔在池塘里淹死了，却是个偶然事件，是他自己也没想到的。可能酒瘾犯了，真的喝多了。

那又怎么样？李亚红说，你到底想说什么？东一榔头西一棒的，一会说聂佳佳，一会说陈长兴。

我是想到哪里说哪里嘛，我说，我还有另外一个想法，就是聂佳佳，我始终有点不相信陈长兴会喜欢她，所以我在想，陈长兴会不会因为结了那么多次婚，都离了，对年轻漂亮的女人怕了，然后突然遇到聂佳佳，觉得聂佳佳长得不漂亮，年纪又大，理智上觉得和这样的人一起生活才对，安全嘛，也可能长久，但天性上又实在无法接受，所以布了个大局，不想活了，但又不伤害聂佳佳，还能让人家感念他一辈子……

你刚刚才说陈长兴可能是喝多了偶然摔在池塘里淹死的，李亚红说，现在又说人家可能是自己不想活了，你那脑子怎么跟糨糊似的？

我笑起来，说瞎猜呗。

那之后好长时间我们都没再说话。不知为什么，我有点难过，而且越来越难过，难过得在副驾驶的位子上坐立不安。快到五里冲时，我对李亚红说，你还记得不，那次去二轻校陈长兴家，他打电话，说既然我们两个先到，不如去他床上睡一觉。

李亚红侧头看我一眼,说怎么了?

我说我现在就特别想和你去他那张床上睡一觉。这样说的时候,我觉得我鼻子都酸了。

但李亚红说,啊呸,你想得美。

虚构的灰

吴桐先是按计划买了两袋麦片、三根手臂粗的萝卜和一些葱葱蒜蒜,等要结账时才获知超市正在做活动,每桶金龙鱼油比平时便宜三分之一,于是又顺便买了两桶。所有东西加在一起,提在手上就有点沉了。她站在超市门口,给李江打电话,想叫他下来接她,但连打几次,李江都没接。她有点气恼,拿不定主意是该打辆的士呢,还是自己走回去。超市距她住的小区其实不远,只有八百来米,打辆的士似乎有点夸张,但提着这么多东西,照她的估计,中途至少也得休息两到三次。她又站了几分钟,正准备再给李江打个电话,一个背着双肩书包,看上去十三四岁的男孩突然走过来,问她要不要帮忙。

阿姨,男孩说,我家也住丽景阳天,我见过你。我帮你提回去吧。

吴桐进超市之前就看到这个男孩站在门口一株布满了

灰尘的发财树旁边，比树还矮一截。听了男孩的话，她有点意外。

我们原来住一个小区啊，她说，难怪我发现你一直在看我。

她原本想让男孩帮她提轻一些的萝卜和麦片，但男孩坚持要提那两桶金龙鱼油，说两只手重量一样，正好保持平衡。

我力气很大的，他说，平时都是我帮我爸爸翻身。

吴桐停下来。你爸爸怎么了，为什么要你帮他翻身？

男孩也停下来，把右手的油放到地上，指了指自己的脑袋，然后重新把油提起来。

他这里出血了。他说。

啊，脑出血。吴桐怜悯地看看男孩，想着是不是还是自己把东西提回去，但立即意识到两件事之间没关系。

你爸爸现在是住在医院里还是家里？她问，你妈妈在陪他吗？

医院里。男孩说，我妈下班的时候去陪他，上班的时候就是一个穿蓝色衣服的阿姨陪。

吴桐想了一下才反应过来。

你说的是护工吧。她说，为什么不请个男的呢，女的多不方便。

什么不方便？男孩问。

比如你爸爸要小便或者大便……吴桐没说下去，她觉得和一个小孩子讨论这些细节有点滑稽。

医院里穿蓝衣服的全都是女的。男孩突然笑起来。我爸爸每次要擦身上的时候，都要先躲在被子里，不让那个阿姨看见他的下半身。

吴桐笑起来，说，这么热的天，是要经常擦干净身上的汗，要不会得褥疮。

他们是从小区三号门进去的，走到第一个十字路口时，男孩用下巴指了指左边的岔道，说，我家就从这里进去，二十三栋二单元三〇二。

丽景阳天是依山势而建的小区，高一组低一组，吴桐虽然已经搬进来七八年，却从来没弄清楚过那些似乎跳来跳去的序号，所以她也不知道二十三栋具体在哪个位置。她想等男孩帮她把东西提到家时，她是不是应该拿点什么东西谢谢他。

到了十五栋电子门前，吴桐把东西放到地上，准备从挎包里掏钥匙开门，男孩却把两桶油往门边一放，说我要回家了。

反正有电梯，他说，我就不上去了。

你还是帮阿姨提上去吧，吴桐说，阿姨家里正好有一盒巧克力，俄罗斯的，特别甜。

男孩轻轻笑了一下，那一瞬间，吴桐觉得他的年纪应该不止十三四岁。

阿姨，男孩说，你是不是听了我爸爸的事，可怜我，才要送我巧克力？

当然不是，吴桐说，是因为你帮了阿姨呀。

不，男孩说，你就是因为可怜我才要送我巧克力的。

吴桐有点难堪，她想了下说，谁家遇到这样的事都挺可怜的呀，不是吗。你还这么小，你爸爸年纪也不会太大吧。

男孩的脸朝旁边看了一下，又笑起来。

其实我刚才说的都不是真的，他说，是我编的故事。

吴桐睁大眼睛蒙住了。

我们作文辅导班的老师说的，男孩说，如果你以后想当一个作家，就得会编故事，要编得所有的人都以为是真的。

吴桐好半天才回过神来。你以后想当一个作家？

不想当。男孩摇摇头，我喜欢黑洞和时光穿越，所以我长大要当天文学家。不过我也想看看我会不会编故事。

吴桐的手停在挎包里，把钥匙攥得紧紧的，她觉得自己有满脑子的问题想问眼前这个男孩，但一时又不知先问哪个好。

那你爸爸……话才出口她又觉得不妥，正想换个问题，男孩已经转身准备走了。

不和你玩了，阿姨。他双手一上一下，比画了一个像是武功招数的姿势。我要打"传奇英雄奥特曼银河大格斗"去了。

回家之后,直到把晚饭做好,摆上餐桌,吴桐都没怎么搭理李江。李江开始以为吴桐是因为给他打电话他没听见,所以不高兴,于是两次进到厨房解释,说他当时正在客厅里试听他刚为电视配的环绕音响,而手机又一直放在电脑室。

以后我们看大片的时候就爽了,他故作轻松地说,你能听到炮弹从远处飞到跟前,轰的一声,就在你的脚边炸开,真实得你都想扑倒在地。

其实吴桐自己也没弄清她心神不宁到底是因为李江没接她的电话呢,还是因为那个男孩处心积虑地戏弄了她,或者两样都有。可能还因为那个男孩。真是一个小魔鬼。她想。所以等她和李江坐到餐桌前吃饭时,她决定给李江说说那个男孩。

今天我下班,她说,去星力百货买东西。原本我就只想买两袋麦片的,不想又看到做活动,金龙鱼油打七折,所以我又买了两桶……

李江啵的一声把碗砸到桌上。

你还真是不依不饶了啊。他说,我还要给你解释多少遍?我试音响,我试音响,手机放电脑室了,手机放电脑室了。

吴桐端着碗愣了一会儿,感到眼眶一阵发热,她长长地吸了口气,等眼眶重新凉下来,这才慢慢把碗放到桌上。

我没怪你啊,她说,我是想给你说另外一件事。你砸什么碗?

她清了清喉咙,一面想一面说。

东西不是很多吗,她说,所以我从超市出来,站在门口给你打电话,你没接,我就想要不干脆打辆的士回来算了,也就十块钱的事。正在犹豫,旁边有个男的过来,要帮我提东西……

李江睁大眼睛,露出越来越难以置信的神情。

你为什么要用普通话和我说话呢?他很费力地笑了一下。这也太奇怪了吧。

听了李江的话,吴桐这才意识到自己的确正在用普通话说话,这让她跟李江一样感到惊讶,但她同时又觉得这样才是对的,而且非如此不可。她没理睬李江。

我根本不认识这个人,她继续说,他肯定也不认识我,但他就是坚持要帮我提,我怎么推托都不行。你说奇怪吧?

李江局促地看了她一眼,说,你能不能不要用普通话,听着怎么那么别扭呢。

吴桐还是没理他。

这男的看上去年纪也就四十出头吧,她说,笑得有点贼,穿得倒挺有品位的,也时尚。

后来呢？李江问。

后来？吴桐说，后来我拗不过他，只得让他帮我一直提到小区门口。我不想让一个陌生人知道我们家的具体位置，就说进小区没几步就到我家了，坚持不让他跟进来。这次是他没拗过我。

你是遇到个热心人了。李江说，这有什么好奇怪的。换成我，我也会帮一把，路又不远。

你是没看到他那种笑，吴桐说，又讨好，又阴险。一般人脸上看不到，只有电影里才有。

你能不能不要再用普通话和我说了，李江说，你这样我们没法讨论。

你不用和我讨论，吴桐说，你只要听我说就行了。

好吧。李江叹了口气。然后呢？

没有什么然后了。吴桐说，我进到小区，回头看了一眼，那人没跟上来，就站在三号门花杆外面。不过，他也没离开，一直在后面笑嘻嘻地看我，看得我脊背发麻，所以走到第一个十字路口，我就赶紧朝左边那条路拐了进去。

你为什么拐进去？李江有点困惑。

刚才不是已经给你说了吗。这次是吴桐嘭地一下把碗砸在了桌子上，只是声音没有李江那么大。我不想让一个神神道道的陌生人知道我们家的具体位置。你到底在听还是没在听啊？

啊，李江露出恍然大悟的表情。你反应真快，已经可以当特工了。

接下来一个星期，吴桐和平常一样，每隔一天或两天到星力百货超市去买一次菜，每次回来，她都会用普通话说到那个男人。

他每次都站在超市门口那盆发财树的旁边，她说，不过每次穿的衣服都不一样。有时候是亚麻休闲西装，有时候是衬衣，有时候又是T恤。我发现这人喜欢简单搭配，全身上下的颜色从来没有超过三种。如果不是他每次见到我，都要莫名其妙地帮我提东西，我会觉得这是我见到过的最有品位的男人。

他还是每次都硬要帮你提东西？李江问。

是啊，吴桐说，简直不由分说。不过好像也没什么坏心眼，除了笑得有点怪，整个感觉甚至可以说是温文尔雅的。而且自从第一次我只让他提到花杆那儿之后，人家每次都是一到三号门就停下来，然后站着看我一直走到第一个十字路口。

你还是每次都先拐进去，过一会儿又绕出来？李江问。

是啊，吴桐说，还是小心点好。

李江想了下，问吴桐，他也帮别的人提东西？

这个我倒不知道。吴桐想了想说，至少我没看到。

这人脑子怕是有问题。李江说。

是啊。吴桐说，可能。

按照吴桐和李江沿袭多年的习惯，每个周六下午他们要回李江父母家吃顿饭，周日下午又回吴桐父母家吃顿饭，所以周五下午又去超市买菜的时候，吴桐分别给两家父母各买了一条鱼和一只鸡，再加上二十只土鸡蛋，回到家时已经一头热汗。这次是李江责备吴桐不给他打电话了。

我又不是每次都在听音响，他说，现在我随时都把手机放旁边的，就是怕再出现上次那样的情况。

没事，吴桐说，我是想着你也刚下班回家，何必跑上跑下的。今天我特别准许那个人帮我一直提到电梯口。

李江歪着头看吴桐，捏捏自己的鼻子。

你不是怕陌生人知道我们家的具体位置吗，他说，怎么这次又不怕了。

我会那么傻吗？吴桐轻松地笑起来。我同意他帮我提到电梯口时就想好理由了。我说这是一个朋友家，这个朋友正好要到南京出差，这些东西就是请他带给我在南京大学读研究生的儿子的。

为什么要把多多说成是儿子呢？李江问，再说多多明明才本科二年级。

你真笨。吴桐说，我说我有个这么大的儿子，是为了让他心里有点忌惮啊。我说了,我儿子站着比我整整高一个头不止,篮球打得好,穿四十三码的鞋;从小还喜欢打架,高中时曾经把一个同学打成脑震荡,害我们上门道歉,赔了一笔钱……

瞎七瞎八。李江说,你不能少说点,或者干脆不说吗。

好玩呀。吴桐说,我记得高二我刚分到文科班的时候,我们语文老师就说过,如果哪个同学长大想当作家,就得学会编故事,要把假的编得像真的,听得别人一会儿哭,一会儿笑。

那人信了?李江问。

为什么不信?吴桐说,他还说,啊,你看着这么年轻,没想到会有个这么大的儿子。

我觉得这人不对头。李江看着吴桐。我劝你以后还是小心点,不要再让他接近你。

怎么了?吴桐问。

李江轻蔑地看着吴桐。

这么热的天,他说,把鱼和鸡带到南京去,就算坐飞机,还能吃吗?何况人家准你带上机?

这倒是吴桐没想到的,一时有点语塞,但她倔强地辩解说,我托运不行吗?

托运?李江脸上的表情更轻蔑了。反正我劝你不要玩火,以后少和不认识的人啰唆。

吴桐闷了一会儿，说，就算他不信，又有什么关系，不信就不信呗。

所以我才觉得这人不对呀。李江说，明明稍稍动下脑子就知道你在撒谎，却始终不表露出来，还假装相信你，让你继续说。你在骗他，你怎么知道他不是在骗你？

你还以为你找到一个免费小工了。李江最后说。

吴桐被李江口气里的什么东西激怒了。

对了，她平静地说，我还忘了告诉你一个细节。今天那个人没有站在外面，而是一直跟着我在超市里逛，只是我没发现而已。直到我买齐了所有东西，在收银台那儿准备付款时，他才突然冒出来。你猜他想干什么？

李江没说话，只是眯着眼睛看吴桐。

他居然打开微信要给我付款。吴桐说，真是神经病。

你让他付了？李江问。

当然不可能啊。吴桐为难地看着李江。但当时收银台的人排着队，他硬要付，我怕我硬不让他付，推来扯去的，引起什么误解，反而不好；再加上收银员以为我们是客气，还劝我，说女士买东西嘛，当然得男士掏钱了。所以……

出乎吴桐的意料，李江没有一下跳起来，而是慢慢转身，走到茶几边，拿起烟盒，掏出一支点上，吸了一口，这才又回到吴桐身边。

多少钱？他问，我是说他给你付了多少钱。

两条鱼，两只鸡，再加上二十个鸡蛋，两三百吧。吴桐说，当时我心慌慌的，也没听清。

李江没再说话，而是埋头抽烟。

你觉得，吴桐试探着问，这人到底什么意思啊？

我哪知道。李江说。

吴桐看看挂在冰箱上方的钟，说，哟，六点一刻了。你坐沙发上一面抽烟，一面好好替我想想，我得做饭去了。

那天的晚饭吃得很沉闷，李江从头至尾一句话也没说。吴桐不想打破他们之间这种在她看来极富张力的状态，就像他们各自待在一个吹胀的气球的两边，于是用手机遮住脸，一面刷，一面心不在焉地夹菜吃。

一般情况下，他们吃完饭，吴桐会顺手把她自己的碗和离她最近的一碟菜端到厨房去，之后就留在厨房里收拾油盐酱醋、擦灶台和油烟机，等着李江把桌上所有的东西都端进来，这才接着洗锅刷碗。但那天晚上他们就像事先达成了某种默契一样，吴桐独自做完了所有事情，甚至把餐桌都擦得一尘不染；而李江放下筷子后就重新坐回了沙发，继续一声不吭地抽烟。

吴桐从厨房出来后，没有像平时那样去女儿多多的房间，而是也坐到了沙发上。自从多多出去读大学之后，她的房间就成了吴桐的私人空间，她喜欢用多多留下来的一台旧电脑上网浏览新闻或者看看网络小说。

她总觉得过了两个多小时，李江应该想给她说点什么，但直到她困倦得受不了，自己先洗漱上床之后，李江都没有说过一句话。

睡着之后，她梦见那个背着双肩包的男孩在多多的房间里教她打一个古怪的电子游戏，她明明打得极其糟糕，但那个男孩却在一旁拼命地夸奖她。

你是怎么找到窍门的？男孩故作沮丧的声音让她一阵反感。我打了三年，秒杀全班同学，怎么你一招就杀死了我。

开始的时候她不敢表现出她的反感，不知为什么，她隐隐有点忌惮那个男孩，所以听了男孩的话，她很勉强地说，是不是啊？阿姨其实还是挺聪明的吧。但她终于按捺不住，腾地站起来，正准备给那个男孩一耳光，李江却把她摇醒过来。

还没睁开眼睛，她就闻到一股浓重的烟臭味。

你是抽了多少烟啊。她说。

你到客厅里来。李江说。

她在床上坐了一会儿，等后脑勺里那阵五色斑斓的晕眩慢慢消失，这才披了件衬衣来到客厅。

你第一次见到那个人的时候，穿的是哪套衣服？李江问她，还有第二次，第三次。包括今天，不对，已经是昨天了，穿的又是哪套？

听李江这样说，吴桐看了下挂钟，才发现指针已经指在一点四十的位置。

那么多天前的事情了,吴桐说,我哪记得住。我只记得今天的。

好吧。李江说,那就把今天的换上我看看。

这才过了多久啊,吴桐说,我穿什么你就忘记了?

我当然记得啊。李江说,我是想看看你穿起来什么效果。

吴桐没明白李江的话什么意思,但她被李江眼里的什么东西慑住了,没再多说,回卧室准备找下午的衣服和裤子穿上。找了一会儿,才想起下午天热,东西又重,出了一身热汗,所以回家后就把衣服全部换下来扔洗衣机里去了,于是又到阳台的洗衣机里把蓝衬衣和白裤子拿出来,就在阳台上穿上,回到客厅。

李江上上下下地打量她。

鞋子呢,他问,你下午穿的哪双鞋子?

还要换鞋子?吴桐急起来。差不多就行了吧。脏鞋底踩在地板上……我前天才打扫完的房间,累得腰酸背痛的。

拿张废报纸垫着不就行了?李江一面说,一面从茶几下面抽了张几天前的都市报,展开,仔细地铺在电视机的正前方。

吴桐提着她下午穿的那双白色旅游鞋,迟迟疑疑地站到了报纸上。她把两只脚穿进旅游鞋,弯下腰准备系鞋带,李江却阻止了她。

不用系鞋带了，他说，你站着别动，我好好看看。

他坐回沙发，又点了一根烟，先是左右调整身体，尽量让自己与吴桐处在同一条直线上，接着又眯起眼睛，前俯后仰，调整与吴桐的距离。终于，他把刚点上的烟拧熄在烟缸里，双手抱住后脑，背部紧紧贴在沙发上。

但他脸上渐渐露出困惑的神情。

开始我有点怀疑那人是不是对你有点那种意思。他比画了一个含糊的手势。但我现在觉得不至于啊。我没别的意思啊，我是想说，你毕竟也已经是四十老几的人了。

不对。他突然拍了拍自己的额头。你下午一身汗，脸色是红扑扑的，还有，你头发扎的是个马尾辫，看着可比现在精神多了。

吴桐站在那张都市报上，感到睡意阵阵涌来，就像地平线上突然冒出来的黑烟。

好了。她说，你玩够没有。我明天一早还要上班呢。

我也要起早上班啊。李江有点不快。不是你要我好好替你想想的吗。我们这是在做实验啊。我就是想看看，你在一个陌生男人眼里会是什么模样。

那我是什么模样？吴桐问他。

说不清楚。李江有点沮丧。我发现我没法做到假装不认识你。

躺回床上之后，吴桐很希望能把刚才没做完的梦做完。她觉得那一巴掌如果不打在男孩脸上，整件事就不算完。但睡着之后她做了另一个梦，梦到她穿着蓝色制服，在一间空气污浊的病房里，与另外几个也穿着蓝色制服的女人围住一张病床，焦虑地检查一个中年男人肥胖的裸体，把他翻来覆去……

她仍旧每隔一天或两天到星力百货超市去采购一次东西，但回来后不再主动提及那个男人，除非李江问到。她不想让那个男人消失得就像他出现时那样突兀，而且再说到那个男人时，她也不再用普通话讲述了。

我已经警告过他。她说，我说请你自重，我不想让我先生有什么误解。

那他怎么说呢？李江问。

我都这么严厉地警告他了，吴桐说，他还敢说什么？他当然只能躲得远远的，不再死皮赖脸地要帮我提东西了。不过，我每次横穿马路，都感觉他还在后面看我，一直看。有一次，我刚走到花杆边，一辆七路车从四季园方向冲下来，穿过横在我和他之间的马路，就像猛抽过去的一巴掌，把他看我的眼光打得七零八落。

但有个周三的下午，吴桐从星力百货买菜回来，进家第一眼看到李江，就觉得他看她的神情里有种明明灭灭的东西，就像一个人刚准备发一个誓，又突然胆怯了一样。直到吴桐回卧室换了衣服，又到厨房里把刚买来的一蔸白菜和几根蒜苗泡在苏打水里，李江这才慢慢踱到她背后。她能感觉到李江的目光在她裸露的后颈上扫来扫去。

最近这段时间，李江说，估摸着你该买菜了，我就提前下班，到星力百货超市附近去躲着，有时候躲在和平药店，有时候躲在意合园餐馆，还有一次躲在一家牛肉粉馆，看你进了超市，我才出来。我在超市附近四处转，看进进出出的人。有两次，我还进到超市，远远跟着你，直到你买完东西，从超市出来，穿过马路，进到小区。但我一次都没发现你说的那个男人，连稍微像一点的都没有。

吴桐捏着白菜和蒜苗在苏打水里反复涮，欣慰地意识到，整件事情总算自然而然地来到了结尾。

难怪我发现你这段时间下班比平时晚呢，她说，原来是跟踪我来着。

她一面说，一面取下挂在墙壁上的揩手帕准备揩手，还没揩干净，就无法抑制地笑起来，越笑越厉害，到最后几乎喘不过气，

我坦白。她举起双手，做出一个投降的姿势，感到右手手掌上有一股细细的水流，顺着她的手臂一直流到了胳膊肘。

整个事情其实就是个玩笑。她说。

她从那个背着双肩包的男孩开始，一直说到那个永远等

着她而实际上并不存在的男人。

那个男孩我后来也在小区里遇到过。她说，但我不敢招惹他。你真的不敢相信，一个那么小的孩子，会把故事编得那样真实，居然还有细节，比如护工衣服的颜色，他爸爸擦身体时候的那种害羞。

这小屁孩长大肯定是个诈骗高手。李江说。

所以我也想看看我能不能编一个故事。她说，这就是我要用普通话给你说的原因，相当于背台词嘛。我承认，这个玩笑开得有点过头，时间也太长了点。

问题是，李江慢吞吞地说，你如果只是想编一个让我相信的故事，可以编的事情很多啊，你为什么要编这样一个故事。

一个什么样的故事？吴桐问。

一个天天缠着你的男人的故事。李江说。

我当时也没想得很多。吴桐一面想，一面说。帮我提东西的是个小男孩，我不知道一个小男孩会有什么故事，所以就把小男孩放大，变成了一个成年男人。我可能当时就这么想的吧。

李江对吴桐的回答不置可否。好一会儿，他才又问吴桐。

我们结婚整整二十一年了，他说，你说句实话，我算不算是个好丈夫？

哎呀，吴桐愣了一下，叫起来，你想到哪去了。

你先别管我想到哪去了。李江说，这么多年，你想过这个问题没有？

李江这样一说，吴桐才意识到，她还真没认真想过这个问题。

这个问题太严肃了。吴桐笑起来。这样吧，我一面做饭一面想，等吃完饭我再正式回答你。再不做，天都要黑尽了。

不行，李江说，你现在就想，现在就回答我，要不我哪有心思吃什么饭。

好吧，吴桐说，我专心致志地想，你别打扰我。

刚说完这句话，她就发现她其实是有答案的。只是她不敢马上说出来，怕李江认为她在敷衍他，于是假装想了一会儿，这才抬起头，咳了两下。

你是想听真话还是假话。她故意问李江。

当然是真话。李江说。把身体慢慢坐直起来。

你是个好丈夫。吴桐说。

虽然你有这样那样的毛病，她继续说，比如烟灰抖得到处都是，怎么说都改不了，再比如，换脏衣服，你以后能不能换下来就直接放洗衣机里，不要哪儿换的就扔哪儿。还有，吃饭的时候咂嘴，那声音太难听了，太不文明了。平时在家里就我们两个还不觉得，来个客人，我在旁边，都替你不好意思。

不咂嘴不香啊。李江说，从小养成的习惯。

吴桐不想又为这些小事拌嘴，所以没继续指责李江。

不过这些都不是大事。吴桐说，除了这些鸡毛蒜皮的毛病，我敢保证你是个好丈夫。

真的？李江问。

真的。吴桐说。

那你到底为什么要编个男人的故事呢？李江说。

吴桐惊愕地张开了嘴。她没想到说了这么多，李江又把问题绕了回来。

我还没说清楚吗？她感到她的嘴唇突然变得十分干燥。我以为我已经解释得很清楚了。

你自己好好捋捋，李江说，你没发现你实际上什么也没说清楚吗。

我觉得我已经说得很清楚了。她执拗地说，看着对面电视机黑色的屏幕上映出来她和李江的影像：一个直挺挺地坐着，另一个则侧身看着对方，姿态里有种咄咄逼人的意味。

随你怎么想吧。她说，反正我从头到尾就是想开个玩笑。

那天晚上，她始终盯着电视屏幕里李江侧身而坐的身影，直到某个瞬间，她突然意识到，虽然李江的姿势没有变化，但那种咄咄逼人的意味不知什么时候已经消失，她这才把背重新靠到沙发上，感到后腰像做了一天的家务活那样僵硬和酸痛。

李江伸手到茶几上拿烟，掏了几下没掏出来，一下显得有些焦虑。

哎哟，他说，我得赶紧下去买条烟，要不人家关门了。

走到门口时，李江回过头来，看着仍然坐在沙发上的吴桐。

但你得承认，他说，你这个玩笑开得太无聊了，相当的无聊。

是无聊，吴桐说，这个我也承认。

国庆长假前几天，原本计划和三个同学利用假期去爬泰山的多多突然打电话回来，说爬泰山的计划取消了，她准备回家过节。吴桐和李江都很欣慰。

就是啊，吴桐在电话里说，有时间就该多回来陪陪父母，看看爷爷奶奶外公外婆，泰山什么时候不能爬？柱然给你取了个多多的名字。多多，意思就是多陪陪妈，多陪陪爹。两个多嘛。

但多多回来的日程也安排得满满的，大多数时间并不在家里待着，要和高中同学K一次歌，和初中同学吃一顿饭，还要和一个据说因失恋患上抑郁症的小学同学深谈一次。

她几次给我说不想活了，多多说，我不知道就算了，知道了不劝劝她,哪天她真从楼上跳下去,我良心不安啊。

你还会良心不安啊?吴桐说,你要对我和你爸也这么上心就好了。

这样算下来,多多单独和吴桐李江待在一起的时间只有三个半天。吴桐有点不高兴,李江就安慰说,她虽然每天出去,但好歹也在这个城市里,何况她每天晚上都要回家睡觉。

第二天又不上班,他说,你们聊晚点也没关系嘛。

也好,吴桐说,我只准备三顿饭,倒也省心。

按李江的想法,第一个半天,也就是多多回来的当天,在家里吃;第二个半天去爷爷奶奶家;第三个半天去外公外婆家。

七天假期,他说,不去和爷爷奶奶外公外婆吃顿饭,肯定说不过去,所以你实际上只要准备一顿饭就够了。

多多的机票是李江在手机上给她订的,选择的降落时间是下午四点三十八分,这样,从机场回来,冲个澡,再休息一会儿,正好从从容容吃晚饭。原本李江是准备开车到机场去接多多的,但被多多拒绝了。

我又没有什么行李,她说,跑这一趟干什么。我已经在网上预约了车,你们在家安心等着就行了。

因为时间比较充裕,所以当天吴桐和李江是吃了中饭才出门分头买菜的。李江到兴关路海鲜市场给多多买虾和鱼,吴桐还是到星力百货超市买小菜。

下午两点过，吴桐提着大包小包的东西从三号门进小区，一路犹豫着是不是再给多多买个她喜欢吃的蹄髈，正走神，一辆印着景云山殡仪馆字样的黑色面包车突然从右手边岔路拐出来，差点碰到她。好在旁边一个胖女人伸出手来，抓住她的后领猛地一拽，才算避开。胖女人穿着红色的薄毛背心，对吴桐的连声感谢充耳不闻，只是盯着黑色面包车看，直到车子开出小区，这才回过头看吴桐。

总算是解脱了。胖女人说，反反复复好几年。

吴桐没在意胖女人在说什么。那天她心情好极，所以就开了个玩笑。

如果不是大姐你拽我一把，我今天说不定就完了。她说，还恰好是辆殡仪馆的车，多巧，撞死了，将就一车拖两个。

说句不怕你多心的话，胖女人说，真要被车一头撞死，倒也干脆了。你看刚才拖走的那个男的，就住我家楼上，二十三栋二单元三〇二。脑出血，第一次发作就瘫在床上，全靠他老婆护理得好，好不容易慢慢好起来，拉屎拉尿可以自理了，又发作一次，直接就进了重症监护室，那叫什么？CIP？

ICU。吴桐说。

对。胖女人说，在医院一躺就是半年多。前几天说稳定了，送回来，这不，今天突然就不行了。人哪。所以老辈人想咒谁，就说不得好死。你想想，都要死了，还有好坏之分。

吴桐没有接胖女人的话，她老是觉得对胖女人说的那个楼号和门牌号有点印象，接着她就想起了那个男孩。

这家人是不是有个十三四岁的男孩？她比画了一下。这么高。

是啊，胖女人说，小佳。这几年他妈只顾着招呼他爹，没时间也没心肠管他，学习成绩全班倒数第二，还经常逃学。

那天下午李江从兴关路回来，进家没看到吴桐，叫了几声也没人应，以为还在超市没回来。不想进卧室准备换衣服，才发现吴桐一身穿得齐齐整整的，正用被子蒙着头躺在床上。

你怎么了？李江问，上前揭开了被子。

吴桐原本是背朝着李江的，这时她转过身，从床上慢慢坐起来。

你还记得星力百货超市那个男人吗？她问李江。

怎么了？李江问。

其实我说的全都是真的。吴桐说，立即又用力摇摇手，不让李江说话。不过你一点都不用担心，以后他再也不会出现了。

什么意思？李江问。

因为他死了。吴桐说，我就说怎么好久都没见到他。后来你跟踪我，不是也没看到吗？今天我去超市买东西，才听一个穿红衣服的胖女人正在给别人说——那人是胖女人的邻居，就住她楼上——他今天早上突然死了，胖女人亲眼看到火葬场的车开来把他拖走了。我肯定她说的就是那个男人，因为她形容的样子和那个男的一模一样。

李江坐在床沿上。怎么死的？

听那个胖女人说，吴桐显得有点犹豫，是脑出血。

那你当初为什么说是在编故事呢？李江问。

因为你是个好丈夫。吴桐抽泣起来。我不想你多心。

那今天又为什么要给我说是真的呢？李江又问。

因为你是个好丈夫。吴桐说，我不想有什么瞒着你；何况那人现在死了，烧成了一堆灰，再也不会来烦我们了。

李江从口袋里掏出烟盒，抽出一支点上。自从他们结婚，吴桐是坚决不许李江在卧室抽烟的，但这次她没出声。

当初你说到那个人，李江问，为什么一定要用普通话，劝都劝不住？

因为我怕你不相信。吴桐说。又一次哭出声来。

被占领的房间

我准备回来办一家出版公司。毛毛在电话里说。口气又突兀又亢奋,完全扰乱了李楠当时的心情。

接电话时,李楠正一个人坐在家里的餐桌前,就着一碟烤香肠喝闷酒。那天是他三十八岁生日,也是他婚姻死亡整整一周年的祭日。两个日子之所以叠在一起,是因为过三十七岁生日那天,他和前妻王晶吵架,吵过了头。虽然他们从谈恋爱开始就不断吵闹,但他从没想到他们会吵到离婚的地步。事隔一年,他觉得自己应该好好反省一下整件事情,从他认识王晶的那个周五开始,到他们一个在客厅,一个在卧室,各自起草离婚协议的那个周三为止。但那天晚上,他才梳理到他们第一次接吻,嘴里一股刚吃完的重庆火锅的麻辣味,毛毛的电话就打了过来。

你上次不是说在卖酵素吗?包治百病那种。李楠说,对了,再上一次你好像又在什么地方打隧道。你跨界是不是也跨得太大了。跟个瞎眼蚊子似的，左一嘴，右一嘴。

李楠和毛毛是小学到高中的同学，关系谈不上特别亲密，但毕竟在一间教室里坐了十多年，毕业之后又始终没断过联系，所以按王晶的说法，他们有点像一对关系疏远的亲兄弟。

我仔细盘算过了，毛毛说，搞出版，比打隧道成本低，又比卖酵素利润高。这次我好不容易才请到几个朋友加盟。这几个朋友跟我原来认识的那些人完全不是一个档次，都是一些大人物。当年有一本书，反腐的，名字有点复杂，火得要命，第一次就印了五万本，半年之内加印三次。最后你猜一共印了多少？二十多万呢。一本定价三十八，二十多万本你算算码洋是多少。做这本书的人，名字我暂时不告诉你，商业机密，这次就被我说动了，同意合伙。我听他说过做这本书的过程，就跟看电影似的，让人一惊一乍。他不知在哪里听说有人在写这样一本书，半夜三更跑到人家里去，跷起二郎腿，坐在沙发上，拿着才写了一半的稿子就看，烟灰抖了人家里一地。而且那还是初稿，红一块黑一块的。看了不到一小时，他唰地从口袋里掏一张工行卡，递过去，说兄弟，这里面有十五万，你先拿着零花，算定金，其他事写完咱们再聊。果不其然，就像赌石一样，赌石你知道的吧，一大块丑石头，放在古文里那叫璞。璞不琢不成玉，玉不琢不成器嘛。

毛毛说话向来就这样，天一句地一句。李楠听得不耐烦，就问他，所以呢？

所以我对这个出版公司很有信心啊。毛毛继续说。除了这人，我还在一家大出版社挖到一个编辑，也是一个伟大的人物。年纪不大，但无书不读。据说有个得过卡夫卡文学奖的中国作家，卡夫卡你知道吧，就是那个有次好不容易找到工作，但怎么也进不了城，又有一次莫名其妙被公安抓起来的那个，外国的，反正挺倒霉，但也挺有名。那个中国作家每写一本书，都要找这个人先看，看故事啊人物啊什么的，跟别的作家写的有没有相同的地方。有，就赶紧改，没有，这才拿来出版。

你说正事，李楠说，所以呢？

是这样的。毛毛的声音一下有点吞吞吐吐。因为人家要加盟我这个公司，所以这个月底，就不再续签原先在北京租的房子了。但别的几个人一时又还到不了位，交接工作需要时间对不对，中间有个时间差。反正就是得给人家先找个地方住下来。这人原先是个写诗的，有一句很有名：她拿着一个干净的玻璃杯，擦着一块肮脏的抹桌布。女人的那个"她"啊，不是男人的那个"他"。男人一般不做家务嘛。

神经病啊。李楠说，这也叫诗？

毛毛没接他的话，而是在电话那头吞了口唾沫，说，所以我想来想去，就想到了你。

李楠没发现这些乱七八糟的事跟他有什么关系，但以他对毛毛的了解，他知道这些话不会是闲扯淡，于是前前后后把毛毛的话捋了一遍，这才有点反应过来。

你的意思是要让谁来我这里住？他问毛毛，工行卡那个还是神经病那个？

神经病那个。毛毛说，又赶紧解释。我不是说人家是神经病啊，你可别乱说。我是说你不是和你爸妈住对门吗，现在又孤家寡人一个。你爸妈请得有保姆，不用你做啥，其实也就是多双筷子多个碗的事。也只有你有这个条件。你要没和父母住一起又没离婚，我也不会想到你。就算你没跟王晶离婚，你不也一样啥都不做吗。

毛毛说的都是事实，但李楠始终觉得哪里不对。在没想清楚哪里不对之前，他又问毛毛，住多久？

毛毛想了下，说最多不超过两个月。

两个月？李楠叫起来。怎么可能。

这事是怪我，毛毛说，公司离不开这人。说实话，要我出钱去住宾馆，人家那江湖地位，至少也得四星。两个月呢。公司筹备期，花钱的地方多了去了。还要吃要喝，这钱花得多冤。我一冲动，就给人家说没问题，可以住我一哥们家。住家里舒服啊，有情怀，有温度。我这人就是冲动。冲动是魔鬼。我知道，但没办法，我这是胎里病，改不了的。

住几天还可以商量，李楠说，两个月不可能。

我话都说出去了。毛毛说，就算你还我个人情好不好。当年我其实也是比较喜欢王晶的，但我可没和你抢，我要是出手，你知道的，就不用说了。你们是一直吵，但离婚之前，你好歹也算是个有老婆的人对吧。

离婚之前是个有老婆的人，李楠笑起来，这是什么屁话。

我都给人家打了包票。毛毛有点急起来。我又收不回去。公司还没开张，我就失信，人家怎么看我。做生意，最讲究的就是诚信。你帮我这一次，事成之后，我提头来谢。

但两个月实在是太长了点。

李楠发现有个重要的问题一直忘了问。

这神经病到底男的女的啊。他问。

女的，毛毛说，三十四岁，比我们小四岁。

啊，李楠脱口惊呼了一声。

你看，毛毛笑起来，我就知道，一说是女的你态度就不一样了。这一年，是不是很寂寞，很难熬啊。果然。

果然个屁。李楠说，我是想说男的方便些，一个女的，孤男寡女住在一套房子里……

你想多了。毛毛说，你还怕人家打你主意？

毛毛在电话那头沉吟起来，好一会儿才重新开始说话，口气变得慢吞吞的，就像嘴里含着一颗融化的糖。

这女人跟别的女人不一样。他说，据说生下来嘴唇上就长了个什么东西，人长大，那东西也跟着长大，所以后来只要出门，就会用丝巾遮住大半个脸。从来没人——我是说在我认识的人里——见过她具体长啥样。不过又有人说，后来她到国外去动了手术，把那个东西摘掉了，但出门还是喜欢用丝巾遮着脸，可能习惯了吧。听说她家里的衣橱里，收得有几百上千条丝巾，各式各样，世界各地的。我第一次见她，去年冬天，在深圳，她围的是一块一半是黑花，一半是白花的丝巾，一直遮到下眼皮，跟她的眼白和眼珠子混在一起。你知道我眼神一向不太好，加上又是在一家咖啡馆，灯光调得暗，我在她对面坐着，觉得她满脸都是眼睛，不过只有两只黑眼珠在动，其他的黑眼珠和眼白从头到尾盯着我。我这样说你可别被吓着。她的脸我是没看到，但那两只眼睛，怎么说呢，太漂亮了，可能是我这辈子见过的最漂亮的眼睛。当时我就想，光是凭这双眼睛，我就想娶她当老婆，不管她的脸长得啥样，长得跟夜叉一样又有什么关系呢。

李楠从来没听毛毛用这种口气说过话，有点别扭。自从毛毛十多年前辞职经商以后，就跟无数的女人纠缠不清，而且每次带一个新女朋友参加同学聚会，或是到他家里来，都要大大咧咧地说，来，介绍一下，这是我的新姘头。为此，王晶很不乐意李楠和他来往。

这是人渣中的人渣啊，渣精。她说，你早晚要被他带坏。

想到王晶，李楠嘴里那股重庆火锅的麻辣味似乎又重新冒了出来。

所以这样一个人，毛毛继续说，答应住在你家，也是有条件的。

还有条件？李楠说，住在我家，吃喝拉撒，要添多少麻烦，还提条件。

你别急呀。毛毛说，人家提的条件，恰好就是不想给你添麻烦。第一，给她腾间房子，有张床和一张书桌就行。这个你在网上买，我报销，不要太贵，但也不能太便宜。第二，她不和你一起吃饭，当然也就不和你爸妈一起吃饭。你家不是有保姆吗，做好饭菜，给她拿一个大碗，菜啊，饭啊，混一起端给她，对了，她也是南方人，湖南的，可以吃辣。估摸着她吃完了，保姆再去敲门，把空碗拿出来。人家说得很清楚，就是她住你家的这段时间，你就当她不存在。你不打扰她，她也不打扰你。你看，人家想得多么周到。

这样啊，李楠一面想一面说，如果真是这样，倒确实不算麻烦。

就是嘛。毛毛说，那就定下了？

李楠没接毛毛的话。他忍了忍，没忍住。

她的眼睛，他问毛毛，真的像你说的那么，我的意思是说，她看了那么多书，不戴眼镜吗？

不戴。毛毛说，你不说我还真没想过这个问题。不过人家如果戴的是隐形眼镜，我也看不出来。

她什么时候能来呢？李楠又问。

人现在在国外。毛毛说，十天半月还来不了。是她老东家一个什么版权的事。

李楠不好意思再继续这个话题，于是说，我这里问题不大，不过还是得跟我妈商量一下，莫名其妙家里住进一个陌生人，还是个女的，一天三顿饭。

两顿，只有两顿。毛毛说，人家从来不吃晚餐。据说这样可以延长人身上一种什么细胞的尾巴。这个尾巴越长，人就活得越久。

好吧，李楠说，就算只吃两顿，那也得给我妈说一声。你知道的，在我家，什么事要她点头才作数，我爸我姐说了都不算，何况我。你等着吧，我妈决定了我回你。

李楠说的是事实。他母亲身材高大，性格强势，几十年来，大到买房子，小到一块抹布是挂在厨房的墙壁上，还是对折放在灶台上，都得依她，没别人插嘴的份。事实上，王晶下决心离婚，除了跟李楠的矛盾，也有婆媳关系长期不好的原因。但李楠没有告诉毛毛的是，过了七十岁，特别是在他离婚之后，母亲的性格发生了外人不易觉察的变化。表面看来，大事小事，她的态度仍旧强硬，但别人如果耐心劝说，她也有一半概率妥协，而且这个概率正在变得越来越大。李楠把这个现象当成一个好消息告诉他姐姐李桐，认为这是因为母亲年纪大了，心性趋于平和的表现。但李桐不同意这个观点，她认为母亲的变化主要源于记忆力衰退。

老妈其实不是不固执了，她说，是忘了上次啥态度。前一会儿同意，后一会儿又不同意；或者前一会儿不同意，后一会儿又同意，对她来说，都等于是第一次拿主意。

不管什么原因，母亲的变化都是件好事。他现在有几乎八成的把握可以肯定，只要找准机会，他就可以说服母亲同意那个女人住进来。但他不想给毛毛说这些，他怕毛毛真以为他寂寞难耐，听见是个女的就急不可耐。

挂断电话，他原本想继续回忆和反省他和王晶十年的婚姻生活，但他很快发现自己无论怎么努力，都很难再进到那种虔敬的、略带感伤的心境里去了，但他又不想放弃这个几天前就预设好的主题。犹豫了一会，他干脆直接给王晶打了个电话。

那天是周一，他本以为王晶会在家里陪他们刚读小学二年级的儿子波波做作业，不想电话打过去，听见那边闹哄哄的，一个忽高忽低的男声在唱王菲的《传奇》，还有几个男女忽前忽后地跟着唱。

我正在和朋友K歌。王晶的口气显得很不耐烦。有啥事你简单说。

李楠有点猝不及防，愣了两秒钟，想挂断电话，但又觉得不妥，最后只能按王晶的要求把事情简化成了一句话。

有个女的要到我这里住一段时间。他说。

啊，王晶说，啥时候找到的，都要同居了，挺快的嘛。

王晶显然一面接电话一面往外走。李楠听见歌声变得越来越远，越来越小，猛地一静，就像王晶失足跌进了一个黑窟窿。但不等李楠说话，她的声音又冒了出来。

那规矩以后就得改一下了。她说，你星期天早上再来接波波，下午晚饭前必须送到外公外婆家。不能让波波在你那边过夜。

为什么？李楠没明白。

为什么？王晶的口气一下变得很严肃。你跟别的女人同居，总会弄出点什么声响吧，波波那么小，不该知道的事情当父母的就坚决不能让他知道。

什么呀，李楠叫起来，是一个朋友介绍另一个朋友来我这里暂住一段时间。

你刚才不是说是个女的吗。王晶说，这很正常啊，有必要骗我吗。一个朋友介绍另一个朋友，你觉得我傻？

李楠这才发现事情变得有点复杂。他不得不把毛毛供了出来。

是毛毛的一个合伙人。他说，从北京过来，暂时找不到地方住。

王晶一听是毛毛，立即在电话那头发出一长串冷笑。

合伙人，她说，他的话也只有你信。绝对又是他不知从哪儿拐来的，按他自己的说法，姘头。我敢肯定他同时跟几个女人鬼混，这个实在找不到地方安置了，就想到你。我可给你说清楚了李楠，如果哪天波波在你那边，听到了不该听到的声音，看到了不该看到的事情，给他造成心理阴影，我是不会饶你的。我可以去法院申请取消你的探视权，你信不信？

李楠没想到王晶会这样反应，而且反应得如此激烈。他想可能还是他传递的信息不够完整。等王晶稍微平静下来，他耐心地把事情经过大致说了一遍，只是隐去了那个女人的嘴、丝巾和眼睛。他觉得如果说出来，有点对不起那个他从未谋面的女人；另外，他也不想节外生枝，引起王晶不必要的联想。

开始我是不同意的。说到这儿，他突然对自己在王晶面前这种低声下气的态度很不满意，于是说，我早晚也得找个人，你早晚不也得找个人吗。你今天不是就把波波一个人丢在爹妈家，自己跑出来和别人嗨吗。

这个你放心。王晶说，离婚那天我就给你说得很清楚。不到波波进大学，我是不会考虑这些事的。我说到做到。

王晶是说过这样的话，而且不止一次。李楠一时有点语塞。

你还这么年轻。他说，说完才发现这话扯得有点远，但一时又绕不回来,不得不临时撒了个谎。

我同不同意没用,他说,毛毛实际上是先给我妈说了,得到我妈同意后,这才又给我打电话。你看,这人是够狡猾的。

不出李楠所料,一提到母亲,王晶立即就泄了气。

你妈都同意了,她说,那你给我说有屁用。莫非我还敢反对你妈?

听王晶这样问,李楠这才意识到,他自己也没搞懂为什么要给王晶打电话。

挂掉王晶的电话,李楠走了会神,之后发现不知什么时候,他已经把一碟香肠和整整一瓶啤酒吃喝殆尽。这让他有点惊讶,也有点不安。他重新去烤了一碟香肠,又打开一瓶啤酒。然后拨了毛毛的手机。

你老妈不同意?电话才一接通毛毛就问他。

我还没给我妈说呢。他说,我先给王晶说了,她很不高兴,说既然有个女人要来住我这里,那以后星期六不能接波波了,星期天上午才能接,当天又要送回去。

毛毛显然没明白李楠要说些什么,愣了一会,才问李楠。你们不是都离婚了吗,这事你给她说干吗,还要征得她同意?

毕竟她是波波的妈啊,李楠说,我是怕她误解。

怕她误解，毛毛说，你不是还想和她复婚吧？

那倒不是。李楠说，不过波波才八岁，还有，我想到我这边只有一个卫生间，我平时一个人，习惯了，也可能想不到。如果半夜三更憋急了，又迷迷糊糊的，假若碰上人家正巧也在里面，你这说事。

这只是个技术问题嘛，毛毛松了口气，人家一个女的，进卫生间肯定要锁门的啊。你不会先敲门吗，你倒想得美。

我卫生间的锁是坏的。李楠说，我一个人住，锁什么门。不过我可以修好，这个简单。但刚才我和王晶打电话的时候，我吃完了一碟香肠，还喝了一大杯啤酒，整个过程我完全没有印象。也就十来分钟的时间。人有时候自己都不知道自己在做什么，会做什么。我是想说，两个人住一套房子里，久了……

你是不是喝多了？毛毛说，我今天怎么听不懂你的话呢。

我莫名其妙的每个星期就要少见波波一天。李楠说，一个月就是四天，一年就是五十多天。

好了好了，毛毛说，你他妈别发酒疯了。你不想帮这个忙就直说，我另外想办法。

你恰好说反了。李楠说。有点拿不准自己在不知不觉喝了那么一大杯啤酒后，脑子是变得更清醒了还是更糊涂了，但他还是把想说的话说了出来。

我给你打这个电话,他说,就是要正式通知你,那个神经病随时可以来住。我妈那边你不用担心,我妈现在谁的话都不听,就听我的。反正最后发生什么事,也是天意,怪不得我。

接下来几天,李楠没给母亲提这事。以防万一,他觉得他应该找一个恰当的时机再说。这之前,他要做的事情还很多,比如,先给那个女人腾一间房出来。

他的房子面积不大,不到八十平方米,房间却多,而且每个房间的功能都很明确:客厅、电脑室、他的卧室和波波的房间。电脑室过于狭小,他的卧室也不可能挪作他用,可以考虑的只剩下波波的房间和客厅。按他起初的想法,波波的房间最合适,床和书桌都是现成的,波波现在又不被允许在这里过夜,最多换一套床单和被套就能解决;波波过来时,如果有作业要做,也可以在餐桌上做。但他很快打消了这个念头,他不能确定如果王晶知道那个女人住在波波的房间里,会有什么反应。以他对王晶的了解,他甚至想象出一个栩栩如生的场面:王晶披着一头狮子般卷曲的长发,突然找上门来,当着波波的面,用普通话(她也许认为这样会显得更郑重其事)严厉警告他们,千万不要弄出什么影响波波的声响来,否则……

所以唯一的选择就是客厅了。但客厅有客厅的问题。自从离婚之后，他很少进客厅，加上现在朋友聚会，也大都约在外面，许多一时用不上，或者一时懒得丢的东西都堆在里面，渐渐成了贮藏室。可以料想，要把一间堆满杂物的贮藏室收拾成一间女人的卧室兼书房，不会是件简单的事，何况还是那样一个写过诗，用丝巾蒙着大半张脸的女人。

为了不在那个恰到好处的时机到来之前就引起父母的注意，他只能在晚上九点左右开始清理客厅，那正是他父母看国产电视剧看得入迷的时段。电视音量开得很大，几乎可以屏蔽周围所有声音。这个时段大约会延续一个半小时，这之后，老两口就会吃药、洗漱、准备睡觉。也就是说，他每天晚上只有不到两小时的时间把客厅里的杂物一一搬进电脑室；而且因为电脑室的空间问题，摆放时还得煞费苦心，否则就无法合理安排下所有东西。这让清理工作变得像是永远也无法结束。

好在到了周五晚上十点过，客厅终于露出他和王晶离婚之前的一种模糊的轮廓，似乎只要再把地板和家具上的灰尘擦洗干净，事情就可以完结了。但他站在客厅中央，四面环顾，又总觉得还有许多细碎的东西需要处理，比如王晶的照片。那些照片装在大大小小的精美的相框里，电视机柜、茶几、窗台、阳台的墙壁……几乎无处不在。自从王晶熟识的一个发型师给她建议做那种长卷发之后，她就变得非常喜欢照相，几乎达到一种痴迷的程度。李楠甚至隐约意识到，是王晶喜欢照相之后，他们吵架的次数才开始急剧增加的。

离婚时王晶要求李楠不许动那些照片。

我不想波波到你这边就见不到妈妈，她说，我这边也摆有你的照片。

那些相框上如今蒙着一层细密的灰尘，某种程度上掩盖了照片上王晶那种夸张和造作的表情。

刚开始，李楠只是觉得要擦干净所有的相框，会是一件特别琐碎细致的活，但紧接着他又意识到，真正的问题不是擦相框，而是他该不该把这些照片留在客厅里。为此，他又专门打电话和毛毛商量。

我大致数了数，他说，可能有四五十个。小的有我半个巴掌大，大的像一面镜子。整个客厅到处都是。你说，人家住在这样的环境里，会不会不太舒服。特别是每张照片上，王晶的眼睛都盯着镜头，也就是说，盯着看照片的人。

这个我说不准。毛毛想了一会说，不过王晶肯定不是嘎嘎的菜，如果你能收起来，当然最好。

嘎嘎。李楠说，她叫嘎嘎吗，这名字多怪。

然后他就想起了那句让他费解好多天的诗。

我明白了，他说，是不是用干净玻璃杯擦脏抹布发出来的声音？

对啊。毛毛说，有可能。抹布擦玻璃杯，不就是吱吱嘎嘎的吗。

周日早上九点半，按王晶定下的新规矩，李楠开车到王晶父母那边把波波接了出来。一到街上，波波就缠着李楠给他买了一个冰激凌。王晶对波波向来在各方面要求都很严格，轮到李楠，他就有意纵容些。不想刚上车没几分钟，波波就把冰激凌里的巧克力弄到了印有卡通图案的白色T恤和牛仔短裤上。这让李楠有点紧张，因为在王晶制定的禁止事项中，夏天吃冰激凌排在很靠前的位置，不是第二就是第三。王晶有套古怪的理论，认为冬天可以吃凉东西，夏天反而不行。据说那跟人体内的阴阳二气有关。

李楠在车上一面数落波波，一面盘算怎么处理这件突发事件。他不知道T恤和短裤上巧克力的褐色印迹能不能洗干净，也不知道就算洗干净，送波波回去之前能不能晾干。

回到家后，他没有像往常那样，直接带波波去见父母，而是先到波波的房间，让他把T恤和短裤脱下来，准备换一套留在他这边的旧衣裤后再到父母那边去。

在给波波找衣服的过程中，他总觉得有两件事跟这件事有关，但直到波波把旧衣服和裤子都穿上了，他才豁然开朗，于是又让波波把衣服和裤子重新脱下来。

站好。他命令道，自己坐到了波波的小木床上。

从今天开始，他说，你在这边哪都可以去，但绝对不能进客厅，知道不？

其实自从客厅堆满杂物,波波原本就很少进去,但他还是不放心,想了想,又说,只要进去一次,我就告诉妈妈你今天吃了冰激凌,还把衣服裤子都弄脏了;另外,以后过来,不准再玩电子游戏。

知道了。波波说。

用普通话。他说。

波波用普通话重复了一遍。他这才抱着弄脏的T恤和短裤,带着只穿了一条内裤的波波来到对门。

李楠的母亲一看到波波,立即惊呼起来。

怎么光溜溜的,她说,这不是要着凉吗。

李楠把手里的衣服和裤子晃了晃,说把巧克力弄上面了,得洗,可能还要用电吹风吹干,要不下午送回去时干不了。

要洗脏衣服也得先找别的衣服换上啊。母亲说,你看你这个当爹的,基本常识都没有。不是明天才回吗,怎么今天就要送回去?一面说,一面随手拿了件李楠父亲搭在餐桌上的外衣把波波裹起来。

今天是星期天。父亲在一旁说,明天要上学。我看你是过昏了。

那昨天怎么不去接?母亲又问。

以后都星期天上午接,李楠说,下午就送回去。以后星期六在外公外婆家。爷爷奶奶,外公外婆,一家一天。

外公外婆星期六不是要打麻将吗？李楠的父亲说，雷打不动的。

我哪知道，李楠说，可能打了几十年，打烦了吧。

母亲怜惜地看着波波说，你看你瘦得跟个竹竿似的。你妈不是比我们会带孩子吗。转头又问李楠，咋不马上把衣服裤子洗了？

洗衣机坏了，李楠说，坏一段时间了。

坏一段时间了？母亲说，那咋不拿到这边来洗？

懒得。李楠说。

那你平时咋穿的？母亲问。

李楠把头慢慢低下去。换着脏的穿呗。

说完，他屏住呼吸，等了几秒钟，果然等来了母亲那句一年来全家人早已耳熟能详的唠叨。

你看你过的啥日子。她说，还不赶紧找个人重新把家成了。波波可怜，我看你也过得拖衣落食的。

李楠没接话，他慢腾腾地把波波的衣服和裤子拿到厨房外面的洗衣机里，按下快洗开关，又把波波带回自己这边，看着他重新穿上衣服和裤子。

你到对面厨房去，他对波波说，悄悄把奶奶请过来，不要让爷爷听见，就说爸爸请奶奶过来看样东西。

在等待母亲过来的那几分钟，他出神地看着客厅的玻璃格子门，心里想着等那个叫嘎嘎的女人住进去后，那几十面装着磨砂玻璃的小方格子,会不会在他夜不能寐的晚上,透出别有意味的光晕。

母亲正在厨房指挥保姆小陈准备中饭,被波波拉过来有点不耐烦。

你只要不守着,她说,她就会把火开到最大,弄得满屋子油烟。

今天你就不要守小陈了,李楠说,吃晚点也没关系。

一面说,一面把手机递给波波,让他到自己房间里玩游戏。直到波波坐到小书桌前,打开手机,他这才转过身,左手扶着母亲,右手打开了客厅的门。

你看,他说。

母亲朝前跨一步,伸头进去看了一周,笑起来。

哟,她说,转性子了,比王晶在的时候还要干净。

李楠又等了一会儿,见母亲还是没看到关键处,有点沮丧。

你没发现我把王晶所有的照片都收起来了吗?他小声说。

母亲上下四方看了一遍,点点头。

早该收起来。她说,我看着就烦。所以我从来不爱来你这边。

你还记得我那个同学毛毛不?见母亲点头,李楠又接着往下说。他要介绍一个女同事来我这里住。就住在客厅里。床啊，桌子啊什么的，我已经开始在网上订购了。湖南人，比我小四岁，很有文化，眼睛长得特别漂亮。住两个月，然后他们要一起开一家公司。

母亲先是笑起来，但马上又不笑了。

住两个月，她说，然后又走？

你还没明白吗？李楠说，本来人家毛毛是可以出钱让她住四星级宾馆的，但他觉得我跟她很合适，想让我先近距离接触下，看相得中不。相得中，买家具的钱就我出，相不中，就毛毛出。那女的自己还不知道这事呢。你看，毛毛替我想得周到吧。

啊，母亲露出恍然大悟的神情。

你刚才说她很什么？她问李楠。

很有文化。李楠说。

对呀，母亲说，要找就要找个有文化的，你看王晶……

李楠怕波波听见，赶紧打断她的话。

但毛毛说这人很害羞，他说，所以平时不和我们一起吃饭，每天让小陈把饭菜单独端给她，人家和我们都不熟嘛。

母亲狐疑地看一眼他。

为啥？她说，偷偷摸摸的。

这是我的主意。李楠说，你想，要不人家一个单身女人，凭啥肯到一个离婚男人家里住着，吃饭时要找话和你们说，你们是长辈嘛；吃完，不帮着收碗擦桌子的，又怎么好意思。

这样说的时候，他觉得自己的口气很像毛毛，东拉西扯的，似乎对母亲这样说才能说明白。

果不其然，母亲一面听一面点头。

也对，她说，一个女人家，就要害羞些才好。你看王晶，第一次来我们家吃饭，那吃相，像个饿死鬼。

因为毛毛说的时间范围比较模糊，十天半月，所以李楠在心里取了个中间值，十二天或者十三天。在这个期限到来之前，他决定不主动联系毛毛，他觉得这事从表面看来，是毛毛在求他，不是他在求毛毛。他甚至没有发一条微信通知毛毛，他已经正式取得了母亲的同意。而在家里，他也绝口不提这事，免得全家人都像他那样躁动不安。倒是母亲，几次问到他，说你女朋友怎么还不来呢。每次他都很郑重地解释，第一，那还不是他的女朋友，只能说在理论上有可能成为他的女朋友；第二，人家现在在国外，回国后还要收拾东西，打包托运，也需要时间。

说到收拾东西，他不知道一千条丝巾需要多大一个箱子才能装完，不知道在给那个叫嘎嘎的女人网购床、书桌、床垫以及其他配套物品时，是不是应该再加上一个衣柜，专门用来挂那些五颜六色的丝巾。他都想好了，这个衣柜由他出钱买，他甚至都不打算告诉毛毛。

按他最初的设想，就算是一千条丝巾，有一个比波波的衣柜稍大的柜子，无论如何也就够了。但他很快意识到，他觉得够的概念，其实还停留在他平时放衣服的习惯上，也就是说，随便叠一下，然后摞在一起。这显然是极无诚意的一种做法，还不如不要这个衣柜。最好的方式，当然是每条丝巾都折成巴掌大的宽度，互不遮挡，一条一条挂在横杆上，一目了然，随时可以挑选使用。

为此，在修好卫生间的门锁后，他专门腾空了波波房间里的小衣柜和他卧室里的大衣柜，又从母亲那里借来六七条丝巾，做了一次力图精准的实验，结果让他大为沮丧：如果所有丝巾都必须等距地挂在同一个平面上，那么，他就得把客厅除窗户外的三面墙壁全部安上一种特制的衣柜，每个衣柜高两米，宽一米六，深二十五厘米。

这显然是个无法实施的计划。在考虑了很长时间之后，他福至心灵，决定在茶几的中央，放一个透明的玻璃杯，下面再垫一块陈旧但浆洗干净的抹布。他觉得这是他有生以来最聪明的一个决定。他唯一担心的是，如此微妙而隐晦的恭维，那个叫嘎嘎的女人是否能够觉察和体会。

这期间，王晶曾给他打过一个电话，口气咄咄逼人。但李楠不得不承认，她一下就抓住了事情的要害和核心。

你为什么不让波波进客厅。她问，你把我客厅里的那些照片怎么了?

没怎么呀。李楠一面想一面说,有客人来住,满房间都是你的照片,四面八方盯着人家,你觉得合适吗?

不等王晶反驳,他立即接着说下去。

我挑了一些我喜欢的,他说,擦得干干净净,已经放到波波的书桌上了。

他一面说,一面来到电脑室,随手拿了几个小尺寸的相框,在衣服上擦了几下,放到波波的书桌上。

我可以拍照片给你看。他打开王晶的微信,拍了几张图片发过去。

你也喜欢这几张啊?王晶的口气缓和下来。我也挺满意的。别的那些呢?

我喜欢的还不只这几张呢。他说,我准备每周挑两三张,轮流换着放。大小搭配,错落有致。

人还没来吗?王晶问,啥时候来?

她来不来,啥时候来,都是毛毛的事。他说,毛毛不急,我急什么。

他每天都在手机上关注那些网购物品的物流动向,看它们从全国各地一站一站地移动,有些离他还远,有上千公里,有些已经来到离他只有不到五公里的分发点。它们最终将汇聚到设在小区物管的菜鸟驿站,由他一件一件取回来,布置在他的客厅里。他曾在脑子里描绘一张地图,每个物品的物流路径都被显示成一条红线,那些红线因物品的大小而粗细不同,也因距离的远近而长短有别,但它们无一例外都目标明确地朝向他,很有点你追我赶的意思。这个图景让他隐隐振奋。某个瞬间,他甚至产生了一种他自己都觉得荒唐可笑的感觉,就像整个世界都在心照不宣地为他忙碌。

他已经设计得很周到,也精细地丈量过:那张一米二宽的单人床摆在客厅放两张单人沙发的位置,两张沙发和沙发中间的小茶几挪到阳台上靠墙摆放;而那张精致的书桌正巧可以放在如今电视机柜的位置;电视机柜连同电视机一起,他准备挡在两张单人沙发和小茶几的前面,这样,不仅可以遮住沙发,不致让那个区域显得凌乱,而且那个叫嘎嘎的女人如果想看电视,只要坐在床沿上,就正好与电视机距离适中。

首先到达菜鸟驿站的,是一个从广东佛山寄来的柔软的东西,十六开大小,裹在一种被胶带反复捆绑的灰黑色塑料包装袋里。他平时收到包裹,并不直接拿回家,而是向驿站工作人员借一把美工刀,来到物管大厅的一张长条桌上,拆开包裹,取出东西,把包装袋扔在桌子旁边一个立式大垃圾桶里。但那天他刚把包裹放到长条桌上,拿着美工刀准备划第一刀,就接到父亲的电话。

你在哪里？父亲说，你妈可能中风了，半边身子不能动。我已经打了急救电话。你赶紧回来。

他只得胡乱把包裹塞进随身背的双肩包里，急匆匆地赶回了家。

母亲在医院抢救，直到第二天凌晨三点才勉强清醒过来，可以含含糊糊地说话了，但整个左边身体还是毫无知觉。

母亲说的第一句话，就是嫌弃急诊住院部的被套和床单不干净，要李楠到家里去拿一套干净的过来换。这让他非常为难，因为当时只有他一个人守在病房里，也不可能这个时候给家里人打电话。但母亲固执地坚持，他不得不花费几乎半小时，才说服母亲同意等到天亮。

看到母亲重新睡着，他来到电梯间，坐在一排蓝色塑料椅子上，斟字酌句地在微信上给毛毛写了一条很长的留言。他首先说到母亲突发的脑出血，说到在送母亲去医院的途中他无法抑制的恐惧和绝望；还说到在此之前，那个清理客厅的让人筋疲力尽的漫长过程，他为那个叫嘎嘎的女人选购的床、床垫和书桌，特别强调了那个他早就准备好的玻璃杯。

他觉得自己似乎领悟到了些什么，于是写道：用抹布擦玻璃杯不是诗；只有用玻璃杯擦抹布，才是诗。

真的很对不起，他向毛毛真诚地道歉。现在我只能先顾我妈，其次是我爹，所以实在是帮不了你了。

为了证明他说过的那些话都是真的，他拍了张母亲沉沉昏迷的照片，有意把吊针的管子、小桌上不时嘀嘀作响的监控仪器都框了进去，再加上他在淘宝、京东上选购物品的页面截图，全都一起发给了毛毛。

最后，他写道，也请你代我向嘎嘎说声对不起，我和她虽然从头到尾没见过面，但在给她腾房间，给她在网上买这买那的时候，我觉得我和她已经是很多年的朋友了。简直可以说，我为她操碎了心。这不，我包里还放着给她买的东西呢。

写到这里，他才意识到，他至今还不知道那个包裹里是什么东西。从头天下午开始，他完全忘记了它。

他蹑手蹑脚地回到病房，提着双肩包，重新回到电梯间，拆开了那个包裹。

那是他为那个叫嘎嘎的女人精心挑选的一款床单，质地柔软，白底印着小紫花的图案。在网上选购时，他一眼就看中了它，他认为她也一定会喜欢这种花色。

他把床单拿在手上，打开一半，想起母亲刚才说过的话，有一种近乎惊悚的感觉。这种感觉随着天渐渐发亮，变得越来越强烈，让他坐立不安，所以等母亲一睁眼，他就迫不及待地把一直捏在手上的床单在她眼前晃了几下。

还记得那个要来我家住的女生吗？他说，毛毛准备介绍给我的那个。

母亲仰面躺着,目光炯炯地看着他,一连在鼻腔里嗯了几声。

人家听说你生病了,他说,专门寄来一床新床单。你不是正想要换一床吗。你看。

他知道他的话漏洞百出,母亲心里也一定充满困惑,但他已经顾不了那么多。他捏住床单的左右两个角,唰的一声,把整个床单尽力抖开来,就像在寒风凛冽的山顶展开一面大旗。

住院的第一个星期,李楠和李桐意见一致,都不愿请护工,担心护理得不够周全;再说,把母亲孤零零地丢给一个陌生人,自己在家里待着也于心不忍,所以各自在单位请了年休假,轮流看护;一个在医院的时候,另一个就在家里陪父亲,同时帮着保姆小陈准备带到医院的饭菜。周末,他姐夫也会到医院来帮忙。但时间一长,年假休完了,加上母亲只能在病床上大小便,李桐在的时候要好些,如果是李楠在,她就很不自在,所以他们最后还是不得不请了一个女护工。

母亲先是在急诊住院部住了一个月,之后又换到康复科住了一个月,每天接受各种奇形怪状的器械的测试和训练,直到能够自己挂着一个专用的铝材架子缓慢行走,才被医院批准回家。这期间,他接待了许多来探视他母亲的亲戚朋友和同事,还有王晶。但王晶没有进病房,而是把李楠约在医院大门口见面。

我给你在微信上转了五千块钱,她说,你记得收一下,算我的一点心意。我就不上去了,怕你妈见到我,反倒不高兴。幸好你妈是在我们离婚之后发的病,要不,怕还会有人怪我,说是我把她血压气升高的呢。

但他始终没有等到毛毛的回复。他也曾打了几次电话过去,第一次通了无人接听,第二次、第三次,都是一个女声的语音提示,干脆说是空号。刚开始,他猜测会不会是他发过去的那些网购截图引起了毛毛的误会,以为他没帮上忙不说,还似乎暗示要报销买那些东西的费用;后来又觉得以毛毛对他的了解,不至于这样想他;再后来,他想他已经把事情说得很清楚,毛毛无论怎么想,他都没时间,也没心情理会了。

临出院前,管床医生告诉他,母亲因为抢救及时,加上没有什么基础病,情况已经稳定下来,回家后只要能按照科学方法坚持训练,半年后,恢复到生活基本自理的程度,问题不大。而事实上,母亲恢复的速度比医生预料的还要快,效果也更好。回家不到三个月,她已经可以夹着一根拐杖,围着他们住的那幢楼来来回回走上一公里了;指挥或者斥责保姆小陈时也跟从前一样中气十足。唯一不同的是她现在不从头到尾在厨房里守着小陈做饭了，而是坐在过厅的饭桌前，一面看平板电脑上的头条新闻，一面听着厨房里的响动；听到什么，或者想起什么，就立即喊叫小陈的名字，声音大得就像她们隔着千山万水似的。

从表面上看，生活似乎又重回正轨，和母亲发病之前相比没有太大差别：小陈每天中午十一点买菜过来，先打扫房间，擦桌椅，然后洗菜做饭，中午十二点半准时开饭；他中午有时候回来吃，有时候不回来，那得看单位下午有没有事；周六下午，李桐两口子会带着女儿妮妮来看外公外婆，或者开车把父母接到家里吃一顿晚饭。这种时候，李楠也要看心情，有时候带波波一起去，有时候不去，而是和波波一起到街上吃。自从母亲出院回家，他明确告诉王晶，不会再有人住到他家里来后，王晶又同意他周六上午接波波，第二天下午再送回去了。

为此，全家人深感欣慰。只有李楠，始终有种心绪不宁的感觉，就像还有什么事情没有完结似的。

有好几个晚上，他坐在餐桌前，试图像从前那样，烤一盘香肠，倒一杯啤酒，无所事事地一个人待上两个小时。但每次待不上十分钟，他就觉得胸口那儿像长出一蓬刺，让他坐立不安，他不得不胡乱吃几片香肠，把杯子里的啤酒一饮而尽，早早上床，刷刷手机，然后关灯睡觉。

刚开始，他以为这种不安感还是出于对母亲身体的担忧，但他很快排除了这个可能。因为母亲出院后，血压一直非常稳定，始终保持在正常范围内，而且几次去医院复查，医生都认为恢复得很好。接下来，他又怀疑是不是跟那个叫嘎嘎的女人有关，准确地说，是跟他自己的某些行为有关。比如在明知道那个叫嘎嘎的女人不会再来的情况下，他每隔几天，还是忍不住要挽起衣袖，打半桶水，把客厅里里外外打扫一遍，就连阳台上被窗帘遮住的墙缝也不放过；每周六接波波回来时，他都会再次叮嘱波波不要进客厅；这还不算，他发现自己在家里走动，总是轻手轻脚，就像幅度大了，会惊扰到那间永远关着门的静寂无声的客厅；而且每次上卫生间，他都会不由自主地先咳嗽一声，把手按在门把上，停两秒，这才拧门进去，出来时还不忘锁门。

他已经做过好几次同样内容的梦：他像一只壁虎那样吊在客厅中央的铜灯上，看到那个叫嘎嘎的女人用他为她准备的玻璃杯整晚擦拭她刚从脸上摘下来的丝巾。但因为视角自上而下，他只能看到她乌黑的头顶，看不到她的嘴。

为了验证自己的怀疑，他从街上找来两个民工，一起到物管的菜鸟驿站，交了滞纳金，把那些他一直没想好怎么处理的东西全都搬了回来。那些东西几个月来占据着菜鸟驿站库房的一角，工作人员几次电话和他商量，说要么他赶紧取走，要么他们帮他把东西退回去。他自己其实很清楚，把东西退回去是最理所当然的做法，但不知为什么，每次同意这样做之后他又觉得草率，于是马上改口，说还是先放着吧，等他想清楚了再做决定，到时候该怎么处理，就怎么处理。

东西搬回来之后，他并没有按原先的想法布置在客厅里，而是全部换进了波波的房间。这让那间原本十分简陋的房间焕然一新，像一间婚房。旧的书桌和床，包括床垫、被子和床单，他都一股脑地送给了那两个民工。他觉得这些曾经为那个叫嘎嘎的女人准备的东西，如今正式地归在了波波的名下，这样一来，事情应该就可以彻底结束了。

等两个民工离开，他兴致勃勃地拍了几张房间的图片发给王晶，还留了言：怎么样，漂亮吧。

他几乎立即就接到了王晶的电话。

你脑子有毛病吗？她说，你搞明白，波波是个男生呢，你咋把他房间弄得跟个寡妇家似的。我明白了，都是你给那个女人买的东西吧，她现在不来了，你舍不得丢，就换给波波。你是打算把波波教育成一个不男不女的人吗？

挂断王晶的电话，李楠恍然明白，那种阴郁的不安感其实一刻也没离开过他。

有个周六的下午，李桐卤了个很烂很糯的蹄髈，把父母接到她家里去了。李楠没去，因为他事先和几个要好的同事约着一起带孩子到东郊公园游乐场玩。那天孩子们兴致很高，从公园出来已经六点过，又一起吃德克士，所以差不多晚上十点才回家。

为了不耽误父母看电视剧，一般情况下，李桐下午五点钟接父母过去，九点之前就会送回来，安顿好后也不会多待。但那天李桐一直等着李楠，听见李楠这边有响动，立即过来，一开口就把李楠吓一跳。

我可以肯定，她压低声音说，老妈老年痴呆了。

据李桐说，当天下午六点，她正切蹄髈，无意间透过厨房的玻璃门，发现母亲在客厅里倾着身子，耳朵贴近冰箱和墙壁之间的缝隙，专心致志地听着什么。她开始没在意，过了好一会儿，她发现母亲仍旧保持着那个姿势，于是过去问她在听什么。她母亲回答说，她家冰箱后面有一窝蜜蜂，嗡嗡嗡地闹。

你没听见吗？她问李桐。我刚才都被蜇了。

李桐觉得奇怪，心想天寒地冻的，哪来的蜜蜂。也凑近去听，才发现那是冰箱在响。

哪有什么蜜蜂啊，她说，这是冰箱的声音。

但母亲笑起来，向李桐炫耀似的举起了她红肿的右手食指。

李楠听得有点迷惑，说老妈的手不是真的被蜇了吗，我怎么觉得倒是你有点像老年痴呆呢。

不是我大惊小怪，李桐说，老妈的手怎么肿的我不知道,也可能真的是被什么东西蜇了,但当时她的那种笑,我从来没见过,太诡异了。

接下来发生的一系列事情,让李楠越来越相信李桐的猜测很可能是对的。他发现母亲现在很喜欢站在阳台的落地窗前,长时间看着小区园囿里那些枯败的花花草草,同时自言自语,问她在说什么,她又根本不承认自己在自言自语;在交代小陈第二天买什么菜时,她时常记不起诸如茄子、西红柿或者香菇这些菜蔬的名字,只能反复描绘它们的颜色、质地或口感,有时候把自己都逗笑起来。那段时间,李楠觉得母亲最大的改变,是突然之间对那些小猫小狗充满了怜惜之情,每天下楼到小区广场上锻炼时,都会用一个塑料袋包上中午吃剩的饭菜,去喂那几只一直守在物管门口的流浪猫。

有天中午,他下班比平时略早,于是先回自己家换好衣服,才到对门去给父母打招呼。进了门,见母亲没像往常那样坐在过厅的餐桌边,也没在阳台的落地窗前,问在厨房准备中饭的小陈和躲在屋里看报纸的父亲,都说不知道。

不在家里,父亲说,就在楼下花圃里,还能跑哪去。

他有点心慌,几个房间找,最后在客厅长沙发的背后发现了母亲。母亲坐在地毯上,与沙发背靠背,正抬起袖子挽得高高的右手胳膊,死死地盯着上面看。他松口气,正要开口,又停下来,决定观察一会儿。但他站得双腿都开始发酸,母亲还是保持着那个姿势一动不动,就像在手机上看电影，突然断网，画面静止，他甚至觉得母亲身上立即就会出现五颜六色的马赛克。

他上前叫了声妈。母亲却回过头来，冲他嘘了一声。

人家还没吃饱呢，她悄声说，别把人家吓跑了。

什么呀？他有点紧张，他没在母亲胳膊上看到任何东西。

但母亲没接话，只是对他又做了个别出声的表情。

他悄悄倒退着离开客厅，先给父亲说了声母亲就在客厅里，没下楼，然后又回到自己这边，给李桐打电话，把刚才的事情描述了一遍。

你现在该信了吧。李桐说。

是诡异，李楠说，要不要带去医院检查下？

当然要去，李桐说，我在网上查过，很有可能是脑出血引发的，不过不叫老年痴呆，叫血管性痴呆。

但母亲无论谁来劝，怎么劝，都不愿再去医院。

我感觉好好的，她说，血压不到一百四，能吃能睡，你们真是无事找事。你一去，啥病都能给你查出来，然后又折腾，没病的人都折腾出病来。谁也别再啰唆，我是绝对不会再去遭那份罪的。

这样说的时候，她的声音大得异乎寻常，吓得李楠的父亲连忙过去抚摸她的肩膀。

不去不去，他说，我们不去。你不要这么用力，免得把血管胀破了。

看着母亲几近狰狞的神情,李楠没敢再劝。他给李桐打电话,说了下母亲的反应。

先拖着吧,他说,别痴呆没治好,脑出血又发了。

李桐想半天,没别的主意,也只好同意李楠的建议。

那我去医院开点药给她吃,她说,我们口径一致,就说是疏通血管的药。

挂断电话前,她特别提醒李楠。

以后别再说老年痴呆了,她说,是血管性痴呆。

冬天将尽的时候,母亲开始不太说话,神情变得十分阴郁,一天的大部分时间都一声不吭地坐在卧室的床沿上,似乎陷在某种邈远而黏稠的东西里无法自拔。李楠几次小心翼翼地问她是不是有什么事不高兴。她努力地移动着两只眼珠,试图让它们固定在李楠的脸上。

没什么不高兴啊,她说,但又有什么可高兴的呢。

为此,李楠专门和父亲谈了一次话。

我觉得你应该多和老妈说说话,他说,毕竟每天你和她在一起的时间最多。多说话,等于锻炼脑子。

我说的呀。父亲有点委屈,你是不知道,我每天晚上都有意找话和她说,还把我年轻时候给她写的信都翻出来念给她听了,可她一点反应都没有。

你们姐弟两个也要有些思想准备。父亲说，人老了，什么事都可能发生。你看你最近瘦得两个腮帮子都鼓出来了。

李楠听一个朋友说，养宠物可以缓解抑郁，于是到宠物店花两万块钱，买了一只做过绝育手术的布偶猫，在母亲生日那天作为礼物送给了她。他给父亲和李桐解释说，虽然抑郁不是老年痴呆或者血管性痴呆，但他坚信老年痴呆或者血管性痴呆里必定包含着抑郁的成分，而且很大。

那只毛发披散的布偶猫漂亮得不可思议，走在房间里，像一道华丽的光晕，让周围所有的东西都为之黯然。刚进家的那几个小时，它还有点犹豫，似乎不知道该在李楠的父母之间选择哪一个，但很快，它就牢牢地黏在了母亲方圆五步之内。这让李楠十分得意。

你们还怪我不该花这么多钱买一只猫，他对父亲说，你看，它只靠鼻子闻一下，就知道谁才是这家里真正的老大。别的猫没这智商，只有布偶猫有。

在商量给猫取一个什么名字的时候，李楠想都没想，就说叫嘎嘎。

当然叫嘎嘎。他说。

这让李桐感到很奇怪，说为什么是当然呢。

李楠对李桐和父亲做了个含糊的手势，没有回答。

嘎嘎果然很快引起了母亲的注意，她虽然仍旧长时间坐在床沿上，但两只眼睛因为跟着嘎嘎来回移开始变得灵活；脸上也渐渐有了些表情，特别是当嘎嘎在她周围踱来踱去，突然抬起头对她呻吟般地叫唤一声的时候，她会惊吓似的笑一下；再后来，她甚至离开了床沿，不顾李楠父亲的阻拦，每天三次，固执地把猫食从小盆里捧出来，蹲在地上，亲自喂那只猫。

猫舍一开始安在过厅餐桌下面靠墙的位置，所以每天晚上临睡前，李楠的父亲都得把嘎嘎抱出卧室，然后关上门，否则它就会赖着不走。这对父亲来说，是一个越来越不堪忍受的差事，因为母亲每次都很不乐意，会一直不满地嘟囔，直到关灯之后也不止歇，让父亲久久不能入睡，就算好不容易睡过去，也会不时被那种嘟囔声重新闹醒。

但李楠劝说父亲，说目前家里最大的事情就是母亲的病，一切都得以这个为中心，都得为这个让步。他建议直接把猫舍放到卧室里去。

这不就都解决了吗。他说，你想想，之前老妈谁都不睬，嘎嘎来了之后，她正常多了。我的意思是说，老妈现在就像一个房间，她把门窗都关得死死的，只有嘎嘎可以进去，等于它在替你陪她，你还有什么想不通的呢。

保姆小陈每天晚上回家前，会把猫砂和里面混杂的猫屎猫尿一起铲出来，用塑料袋包着，丢到楼下的垃圾桶里。周六她休息，这个事情就由李楠来做。但时间一久，父亲又受不了了，坚持要把猫舍移出卧室。

我现在一睡着就会梦到小时候掉到烂泥淖淖里的事，他说，臭得要死，又淹过鼻子，完全出不来气。那次我差点死掉。好在你奶奶站在旁边，一伸手把我捞上来，要不，哪还有你们。

小陈和我不是每天都打扫得干干净净的吗。李楠说。

莫非嘎嘎每天临到你们要去打扫才拉屎拉尿吗。父亲反问他。不信你现在进我们卧室去闻下，比那个烂泥淖淖还臭。我已经想好了，你妈要念叨就由她念叨，你们去给我开点安眠药，我从今天晚上就开始吃。我就不信安眠药的本事还大不过你妈的声音。

但等猫舍真的被移出卧室，母亲的反应就不是嘟囔这么简单了。每次父亲要把嘎嘎抱出卧室，她都会一把抢过来，紧紧搂在怀里，然后口齿清晰地骂人。刚开始，大家都想当然地以为她骂的是父亲，后来才意识到，她骂的是王晶，而且污言秽语让所有人都感到既难堪又不可思议，特别是小陈，她满脸通红地看着李楠，说奶奶这些话都是从哪里学来的呀。

那之后，除非累极了睡过去，她一直牢牢地抱着嘎嘎不放手。嘎嘎难受地扭动和挣扎，嗷嗷直叫，把屎尿拉在她的衣服和裤子上，有一次甚至暴躁起来，在她的胳膊和手背上挠出几条血淋淋的印子。

李楠把父亲和李桐叫到他这边商量。李桐作为大姐，表现得十分果断。

只能分开住。她说，要不老爸也要出问题。目前这种情况，要么老爸搬到李楠这边，要么老妈搬到李楠这边。反正门对门，老爸想看老妈，也离得近。

父亲首先表态，不愿到李楠这边来。

我留着不动吧。他说，我那边住习惯了，好多东西用着也顺手。你把你妈和嘎嘎搬过来吧。反正她现在这种情况，住哪边都一样。搬完了，李桐记得带瓶你用的香水，要味道浓的那种，把那边所有房间都给我好好喷一遍。

李楠起初的打算是想说服波波，让他把那张原本给那个叫嘎嘎的女人准备的床换到客厅来，给母亲睡。他觉得波波一个小孩子，没必要睡那么昂贵的床，他会另外给波波买一张普通的。

你年纪还小，骨头没长硬。他对波波说，这床太软了，睡多了脊椎骨会弯，长大了你走路就会像虾子一样。

但波波不太愿意，回去给王晶说了，王晶又打电话来骂李楠。

你老折腾孩子干什么。她说，你不能另外给你妈买一张吗。

李楠不想在这事上惹得大家不高兴，只得又在网上给母亲买了一模一样的床和床上用品，只没买那床白底起紫花的床单。对他来说，那张床单有着某种很难说清楚的意义。自从母亲出院后，他就把它洗干净收在衣橱里，这次又拿出来铺在了新买的床上。

东西陆续到齐之后，他把母亲连同那只嘎嘎一起搬了过来。床摆放的位置也就是他从前给那个叫嘎嘎的女人安排的位置。虽然没有书桌需要安放，他还是把电视机柜放到了两个已经挪到阳台上的单人沙发前面，好让母亲坐在床沿上就能很方便地看电视。电视机柜挪走后留下的空处，正好用来放嘎嘎的猫舍。

按李楠的预想，这样安排之后，大家也许能消停一段时间，但自从母亲抱着嘎嘎不撒手，而嘎嘎又把母亲的胳膊和手背挠伤之后，猫和人之间似乎就有了某种微妙但是显而易见的戒备心。母亲不再像从前那样，眼睛时刻看着猫，而是坐在床沿上，又回到了成天一声不吭的状态。嘎嘎也离她远远的，除了晚上睡觉和大小便要进猫舍，大部分时间都只在阳台的两个单人沙发底下蜷曲着，像李楠的母亲一样悄无声息。它已经不许任何人靠近它，身上和尾巴上的毛都掉得厉害，整个身体看上去既肮脏又暗淡，完全失去了从前的光鲜。

看到这个情形，李桐就给李楠建议。说嘎嘎现在已经起不到当初的作用了，反而让母亲紧张，不如把它卖掉。

上次我去，她说，嘎嘎出来吃东西，我注意到老妈看它的表情，说句不该说的话，和当初她看王晶时一模一样。有点厌烦，又有点忌惮。再说，嘎嘎的身体也像是出了问题，这样下去，我看它也活不了多久。不如趁没死，你赶紧拿去卖了，好歹收点本钱回来。

李楠不太同意李桐的说法，他心里隐隐还抱有点希望，他觉得比起之前出现过的那种激烈场面，现在已经算是非常平和了。

什么事总得有个过程嘛，他说，他们现在可以说是冷战。时间久了，又恢复到原来的关系也说不定。

但有天下午，李楠下班回家，洗了手之后，先剥了个香蕉给母亲拿在手上，自己回卧室换了衣服，准备到对门去和父亲说说话。刚出卧室，就听见母亲在客厅里惊叫。他跑过去，正看到嘎嘎露出尖利的牙齿，先是把身体向后绷得像一张弓，冲母亲发出凄厉的叫声，然后跳起来，瞬间就夺走了母亲手上的香蕉。

他几步跨过去，想狠狠地对嘎嘎踢上一脚。但嘎嘎已经重新钻进了沙发底下。

他怕嘎嘎又过来，不敢离开，就守在母亲身边给李桐打了个电话。他完全控制不了他的声音，反反复复好几遍，才总算把事情说完整了。

李桐在电话那头闷了好半天，有点诧异。

没什么呀。她说，那就是只猫，可能饿了，你怎么抓狂成这样。

你不明白，李楠说，尽力想把事情说得有些条理。动物都有种直觉和本能，它们能预感到一些人觉察不了的事情。比如地震，人一点预感都没有，动物先有感觉了，所以才有地震之前，猫啊、狗啊、蚂蚁啊什么的，要么乱叫，要么成群结队地搬家……

李桐更诧异了。你到底要说什么啊？

我的意思是，李楠吞了口唾沫，感到自己稍微平静了些。你还记得嘎嘎刚来的那天不？它在地上转了一圈，就跑到老妈脚边去了。我当时还开玩笑，说它一进家就知道谁才是真正的主人。但刚才它居然想去抢老妈的香蕉……

他发现自己还是无法把他想说的说清楚，干脆不说了，等李桐慢慢理解。

你是觉得……李桐吞吞吐吐地说，但没说完就停住了。

李楠知道她想说什么。

是，他说，我就觉得这不是个好兆头。其实好长一段时间了，我心里老是隐隐约约有种什么感觉，让我心惊肉跳的。

李桐闷了一会，说老妈虽然糊涂，但上次检查，各个器官功能都还不错。你别一惊一乍的。我看你也要重视下你自己的心理。

李楠没有把嘎嘎卖掉,而是趁它进猫舍的时候连同猫舍一起拎着,送给了卖它的宠物店。他觉得他不能用一只叫嘎嘎的猫来换钱。

那之后,母亲又继续那种成天枯坐、无声无息的状态。她两只眼睛的眼角如今随时堆满了眼屎,刚擦干净没一会儿,再去看,又跟之前一样;她的头发、眉毛和睫毛就像之前的嘎嘎一样,掉得稀稀拉拉,整个客厅也渐渐弥漫出一种浑浊的气味,按波波的说法,就是奶奶的房间里好像长出了好多水草一样的绒毛。

李楠感伤地把这个说法转述给李桐听。

我也有些奇怪的感觉,他说,但和波波说的不太一样。我觉得好像老妈身上那些硬的部分正在稀释,变成眼屎,被我擦掉;那些软的部分,就变成气味,一点一点散发出来。等没有眼屎,也没有气味的时候,可能人也就差不多没了。

除了一日三餐,他要求小陈每天都要给母亲擦一遍身子,每三天要里里外外换一身衣服,一星期要彻底打扫一遍房间,每半月要洗一次床单和被套。为此,他给小陈增加了一倍的工资。但房间里的气味并没有因此消散,甚至透过两边的门和中间的过道,传到了父亲那边。

你拿李桐上次带来的香水每天喷喷,父亲说,不要只喷房间，也给你妈身上、床上、枕巾上，都喷一下。

不知是香水持续不断的刺激，还是因为夏天到了，五月份，母亲有了些让人欣慰的变化，她的脊背慢慢直起来，面颊也停止了凹陷；眼角的眼屎从最早的黄色变成乳白色，最终变成了眼泪一样的透明液体。她开始从床沿上走下来，趴在阳台那两张单人沙发中的一张，俯身看下面花圃中那些像她一样正在复苏的花草。

有一天，她指着一白一黄两只翻飞的蝴蝶，突然开口问李楠。

那是我们家养的灰眼和白条吗？她的声音听上去跟从前没有太大的分别。

灰眼和白条是李楠小时候住照壁巷时在楼顶养的一对鸽子的名字。

是啊，李楠故意平淡地回答，假装没有意识到这是母亲两个月来第一次开口说话。

它们一直就跟着我们的啊，他说，从照壁巷到南昌路，又从南昌路到海影花都。

它们的翅膀变得好大。母亲问他，你说，是身体小了，翅膀才变大的呢，还是翅膀大了，身体才变小的？

当天夜里一点过，李楠迷迷糊糊地听见母亲在客厅里说话。他先躺在床上听了一会儿，悄悄起来，走到客厅门边，蹲下来，把耳朵贴着玻璃格子门，又听了一会儿。但声音细微，断断续续，他听了半天，没听出个所以然来。他不敢惊动母亲，又轻手轻脚回到床上。

那之后，每天夜里，一点过到两点过，他都能听见母亲在说话，而且声音越来越大，语气时而忧伤，时而又兴高采烈，到最后，不用蹲在客厅门边，只要坐到餐桌边，就能很清晰地听到母亲的声音。

有好几次，李楠事先把烤香肠和啤酒准备好，夜里再爬起来，坐在餐桌靠客厅的那张椅子上，不开灯，一面悄无声息地吃香肠、喝啤酒，一面听母亲说话。为了不发出声响，他专门在餐桌上铺了一块很厚的茶巾，用来放他的杯子和筷子。

母亲说的，大都是过去的事，她的老家、她的父母、李桐和李楠小时候的事、灰眼和白条、他们在照壁巷和南昌路的邻居，特别提到了那个只有一只眼睛的卖肉的女人。

后来得乳腺癌死了。李楠听见母亲叹了口气。可惜了，好人不长命嘛。

李楠把母亲每天夜里说话的事说给父亲和李桐听，大家都高兴。父亲说，又能讲话了，说明脑子还没完全坏掉。为此，父亲有一天特意多睡了四十分钟的下午觉，目的就是半夜和李桐两口子一起到李楠这边来听母亲说话。但听了不到半小时，他就困得受不了，只得先回去睡了，临走前说了一句，她把好多人的辈分都搞错了。

何况,他说,是李贵先,也不是王贵先。

等父亲离开之后,李桐看着李楠,似乎有什么话想说,但可能自己也没想清楚,或者是怕惊动到母亲,最后啥也没说就走了。

第二天,李桐给李楠打电话。

我昨天听了半天,她说,我也拿不准。我怎么觉得老妈不像是一个人自说自话,而是还有个人陪着她,她是在说给人家听呢。

李楠正要反驳,又一下恍然大悟。

我就说哪里不对。他说,你这样一说,好像真是那么回事。

所以,李桐说,我们别盲目乐观,这说明老妈的病不是减轻了,而是更严重了,都开始幻听幻视。不过这话你可别给老爸说。我们心里有数就行。

第二天下午,李楠下班回来,照例陪母亲趴在阳台的两个沙发上看下面的花圃,徒劳地等着那两只蝴蝶再次出现。他忍了很久,终于还是没有忍住。

妈,他故意不看母亲,而是像母亲一样看着窗外。你每天晚上都在和谁说话呢。

母亲笑起来,脸上出现一层淡淡的光泽。

你媳妇啊,她说,毛毛介绍那个。你这次总算找对了人。我们很合得来。

那一瞬间，李楠恍然明白，之前一直搅得他心神不宁的那种感觉，并不是还有什么事情没有结束，而是有些事情刚刚开始。

你们合得来就好。他说，这样我就安心了。

九月下旬的一个周三上午，李楠在单位会议室参加每月一次的各部门工作汇报会，其实没他什么事，他只是列席。他所在部门的领导开始汇报时，他注意到对面一个女同事正用挑衅的眼光盯着他。他们头天下午刚刚因为一件工作上的小事吵了一架。女同事的嗓门很大，他当时也没过脑子，随口说了一句，你这么大脾气，早晚要得脑出血。这话彻底激怒了那个女同事，她当即拿起桌上一个别人的茶杯砸向他，他躲开了，杯子于是在对面的墙上撞得粉碎。事后，他有点后悔，一直在考虑是不是应该主动向这个女同事道个歉。女同事的丈夫是他们单位所在辖区派出所的一个副所长，他不知道如果他主动道歉，别人会不会以为他是因为怕了她丈夫。

他没有再去看女同事，而是把手机拿到桌下，盘算着是不是可以给女同事在微信上说说母亲的病情，好让女同事明白他头天下午说那句话时的背景。他不想直接对女同事说，他担心交流的过程又会因为某句话口气不对重新呛起来。

最关键的一句他都想好了。

我并不是在诅咒你,他在心里默默地复习了一遍,否则我就是在诅咒我自己。

人心都是肉长的,他想,女同事看了这样的话,应该能够理解和原谅他。

他解开手机锁,准备进入微信,一个电话插了进来。手机显示那是一个陌生号码,加上正在开会,他没接,掐断了它。但那个号码执拗地不断拨打,显然不是推销电话。他给旁边一个同事悄悄说,他姐找他,不知是不是他母亲的事,他出去一会儿,如果领导问起,就请他代为解释一下。全单位都知道他母亲在生病,所以那个同事很用力地做了一个你赶紧去的表情。

他回到自己办公室,回拨了那个号码。怎么也没想到会是毛毛。

对不起啊兄弟,毛毛在电话那头炸啦啦地喊叫,你不接我电话,我还以为你生我气了呢。

你换手机号了,他说,我怎么知道是你。

事隔一年零三个月,加上中间经历了那么多事,李楠以为自己会有千言万语想对毛毛说,但一听到毛毛的声音,他发现他其实一句都不想说了。

那天毛毛一个人足足说了一小时。说到他如何因为几年前一项工程款的事情,招惹了几个人,一夜之间身陷绝境,为了避祸,不得不躲到云南边境的一个寨子里,随时偷渡出去,随时又偷渡回来。好在他得罪的那几个人突然被抓,他才敢重新露面。这期间,他吃过烤焦的蚂蟥(据他说像辣条),也喝过牛蹄坑里的雨水(并不像牛肉汤),还被缅甸一家赌场的保安一脚踢中下体,以至于在长达十天的时间里,他动作稍微大些,就会痛得死去活来。

所以那段时间,他说,我不敢高兴,也不敢不高兴。

等他开始说到他下一步准备贷款买几台隧道挖掘机重操旧业时,李楠终于忍不住打断了他。

那个嘎嘎呢,他问,你又是怎么给人家交代的。

毛毛愣住了,就像他从一条打通的隧道中穿过时突然遇上塌方,他被阻绝在了一片混沌的黑暗之中。

没什么好交代的啊。他好一会儿才说,我出事之后,不敢联系任何人,人家当然也就懒得睬我。我只是最近听说,就是那个"工行卡"说的,她目前留在国外,有可能偶尔回来,也可能永远不再回来。

据毛毛说,那段时间,他躺在一座竹楼前的吊床上,忍着花脚蚊子的叮咬和双腿之间的疼痛时,也想到过那个叫嘎嘎的女人。

可能是因为我正痛着呢,他说,我想起嘎嘎,觉得这名字不是你说的玻璃杯擦抹布的声音,而是模仿乌鸦的叫声。你不觉得吗。我仔细排过时间表,发现自从我遇上她,看到她满脸的黑眼睛白眼睛,我就开始倒霉,没过一天好日子。

和毛毛打完电话，他回到会议室，发现过了这么长时间，会议仍在继续。他于是坐下来，在一种不可抑制的冲动之下，给那个女同事写了条没头没脑的微信。

你不用生气了。他写道，你很快就再也见不到我，因为我要带着我妈，满世界去找一个叫嘎嘎的女人。

海影花都的射手座

告示贴在每个单元的电子门上,A4纸,文末盖有海影花都小区物管公司的公章。

告示内容大致是说,最近半个月,小区内持续发生多起业主窗玻璃被打碎的事件,"疑是弹弓或气枪射出的子弹所致"。告示上还说,目前物管公司已报警,片区派出所也已就此事介入调查。

他隐约想起,他在微信的业主群里听人讨论过这事,两天前在楼下"海影花都"小超市买东西,售货员和一个顾客聊天,聊的似乎也是这个内容。不过两次他都没怎么放心上,现在看到告示,才知道事情闹得好像还挺大。

他四处看看,想找个小区住户问问具体情况。但正是晚饭时分,周围几乎没人,只有远处一个人影走得飞快,几乎才瞥得一眼,就已经消失在道路的拐角处。看走路的架势和速度,应该就是小区里那群喜欢快走锻炼的中年妇女中的一个,他管她们叫"暴徒",就是暴走之徒的意思。她们长年绕着小区的主干道不依不饶地绕圈子,风雨无阻,似乎没有任何事情可以让她们停下脚步。刚搬来海影花都时,他不知道人家走那么快是在锻炼,还以为是突然想起没关煤气呢。

小超市的店门大敞着,可以看到那个身材瘦小的售货员坐在柜台后面,盯着电脑屏幕,雕塑一样纹丝不动。他有点犹豫,不知道是不是该进去和她聊聊。他平素不太喜欢交际和应酬,跟周围邻居往来不多,搬来将近半年,除了经常去超市购物,与两个轮班的售货员比较熟悉,他甚至不知道住他对门的邻居姓甚名谁。

但他最后还是放弃了这个念头。他饥肠辘辘,一心只想着赶紧回家煮碗面吃,然后安安心心等彭小娅;再说了,他觉得只要没人流血受伤,碎几扇窗玻璃,再怎么看,都算不上什么大事。

他把告示又从头到尾扫了一遍,才掏钥匙打开电子门,上楼回家。

他每天的习惯是进门之后先去卧室换衣服,然后再打开卧室的窗帘和窗子通风换气。这个顺序不能乱,如果先打开窗帘和窗子,再换衣服,他会不自在,觉得有人透过敞开的窗户看他的裸体。但那天进了卧室,他没有先去衣柜那儿换衣服,而是带着某种预感,径直朝窗户的方向走。果不其然,他的目光刚越过隔在窗户和衣柜之间的大床,已经看到窗帘底下一些零碎的、不规则的东西在反光。他停在原地，想都没想，立即明白那是从窗格子上掉下来的玻璃。也就是说，他的窗玻璃也被打了。

他蹑手蹑脚地退出卧室，就像动作大了，会惊扰到那些碎玻璃。回到客厅，他用座机给物管打了个电话。

我是三栋二单元四层一号的业主，他说，我家窗子也被打了，一地碎玻璃。

这样说的时候，他以为值班的物管人员会做出某种吃惊或者愤怒的反应，但是没有。对方只是哦了一声，说之前已经有两个业主打电话来备过案，一家是十栋一单元二层一号，一家是十八栋三单元四层二号，跟他一样，他们也被人打破了窗玻璃。

那你们什么时候过来看看？他问。

物管人员说现在就他一人值班，分不出人手去他家。

再说我还没吃晚饭呢。那个物管人员说，要不你自己先拍几张照片传到微信群里吧，我也登记下来，再给派出所打电话报个案……如何？

你说的哪个群？他问，我在业主五群，就发业主五群吗？

不是啊，对方说，对了，你还不知道，应受害业主们的要求，我们建了个叫"碎玻璃"的微信群，就是把窗玻璃被打碎的业主们拉在一个群里，方便大家互相交流。我马上把你也拉进去吧。

他挂断电话，掏出手机，看到物管人员果然已经把他拉进了那个碎玻璃群。他进去数了数，发现里面已经有十七个业主。

他微微有点吃惊，没想到不过半月时间，竟然有这么多人家的窗玻璃被打破。

我家窗玻璃今天也被打了。他在群里留言，刚发现。

写完，他还配了一个惊恐和一个龇牙的表情，但没人搭理他。他估计这个时间段，大家都还在吃晚饭呢，于是先去卧室拍了几张现场图片，发到群里，又把碎玻璃打扫干净，拉上窗帘，这才到厨房煮面吃。

在打扫那些碎玻璃之前，他戴上橡胶手套，仔细在其中翻检一遍，果然发现了一些可疑的、类似碎石子的东西。他联想到距海影花都大门左侧不到一公里的地方，有一处因开发商老板携款潜逃变成烂尾工程的小区，他选购房时也曾去过那个小区，去了才知道，小区已经停工三年。他还记得那个小区荒凉空旷的工地上布满了碎石子，印象中，那些碎石子的颜色和质地，跟他在那堆碎玻璃里发现的碎石子很相似。他由此怀疑，打玻璃窗的人用的很可能是弹弓，而告示里说的所谓子弹，应该就是从那个工地捡来的石子。

他不知道碎玻璃群里的业主们是不是也在现场发现了碎石子。他很想立即把这个情况告诉群里的业主们，但他看了看手机上的时间，发现距彭小娅到来，只有不足一小时。

彭小娅是他刚交往不到一个月的女朋友，也是他离婚之后交往的女朋友中他最喜欢的一个。其实彭小娅远不如另外几个女朋友看起来丰满或者高挑，相反很瘦小，嘴唇有点薄，不笑的时候紧紧抿着，有一种冷漠决绝的表情。他不知道是不是彭小娅这种随时可能拂袖而去的表情让他着迷，让他觉得她可能是他认识的所有女人中最容易失去的那一个。反正他就是喜欢彭小娅。他由此还得出一个结论，谁喜欢谁，其实没啥道理好讲。

彭小娅比他小两岁，上个月刚满三十三，也离过婚，带着一个五岁的小男孩。那个叫小安的瘦精精的男孩他总共见过两次，一次是在德克士相亲那天，趁他和彭小娅说话，小男孩兴致勃勃地把一袋番茄酱涂在了他的牛仔裤上。事后，他对彭小娅居然第一次见面就把孩子带上感到困惑。彭小娅解释，说来之前她也犹豫过带不带孩子，但想着反正他也知道她有个孩子，不如一起见个面。另一次是他们三人一起到电影院看真人版《狮子王》，看到两头小狮子走进幽暗森林时，他先是身体突然前倾，像是被森林里的某个细节吸引，接着就冷不丁回过头来，在彭小娅正在嚼爆米花的嘴上亲了一口。那是他第一次亲彭小娅。彭小娅停止嚼动，转头看他，脸上和眼睛里晃动着银幕上映过来的光，像一种阴晴不定的表情。他还来不及对彭小娅笑一笑，小男孩就伸手给了他一巴掌，大喊一声，不许亲我妈妈。男孩的声音在放映厅里响得像颗炸弹，惹得周围的人都转头看他。为此，彭小娅以为他不可能再同时接受她和小安了。但出乎她的意料，甚至也出乎他自己的意料，他第二天一早就给彭小娅打电话，说被孩子打了一巴掌之后，他发现自己更喜欢她了。不等彭小娅反应，他接着说，因为他原本以为只要搞掂她一个就够了，最后发现需要搞掂的是两个。

我可能太喜欢你了，他说，总觉得要有点什么在我们中间挡一下，才踏实。

听了他的话，彭小娅没吭声，好一会儿才说，倒是，也够难为你的。

说这话的当天晚上，九点不到，他正在父母家里听他和彭小娅的介绍人张阿姨聊彭小娅，正说到彭小娅小时候长了一头奶癣，还是她用一个家传的土方子给彭小娅连洗三天头，才治好。正说着，突然接到彭小娅的手机，说她已经进了海影花都，但不知道他家是几栋几单元几号。他打了辆出租，火烧火燎往回赶，一路上为他来不及收拾房间叫苦不迭。但彭小娅进了他家，却对他乌烟瘴气的房间非常满意。

我现在相信你真没别的女朋友了，她说，没有哪个女人受得了，简直就是战场。

那天晚上，彭小娅就像之前猝不及防地来到海影花都一样，在他准备去厨房洗杯子泡茶时，突然一下从背后把他扑倒在了沙发上。

你在电影院偷袭我,她说,我就在你家偷袭你。

彭小娅骑在他身上,气喘吁吁,喉咙和鼻孔里同时发出哮喘病人那样的嘶嘶声。沙发上原本胡乱扔着一根皮带、几本杂志和一盒装着几把指甲刀的硬皮盒子,他的后脑勺始终枕在那个皮盒子上,这让彭小娅的每一次下坐都给他带来一阵刺痛。他据此以为彭小娅的身体跟他一样饥渴。那之后彭小娅照常和他泡吧、吃饭,在电影院里默许他的手时不时在她胸部和两腿之间碰一碰,但也就仅此而已,再有进一步举动,她就会躲闪,明确地流露出厌恶和拒绝的态度。开始他有点困惑,几次之后就不高兴了。有个晚上,也是在电影院里,他蛮横地想要掀开彭小娅的裙子,却被彭小娅把手臂弯成三角形,用手肘狠命撞在他左脸耳朵和腮帮交界的地方,立即让他痛出了眼泪。

从电影院出来,还没下完台阶,他就发起了脾气。

哪有这样谈恋爱的,他说,一会像个疯婆娘,一会像个老尼姑。

不许乱说,彭小娅急了,会冒犯菩萨的。赶紧自己扇自己两耳光。

他看着别处,没理她,于是彭小娅伸出手,在他右脸上象征性地拍了两下,之后,她才给他说了实话。

我不是个随便的人,她说,我们才认识多久呢?但我特别怕男人身上有怪味。我前夫身上就有怪味……每天早上起床,我第一件事就是开窗子……所以……

他盯着她看了好一会才明白过来。

你的意思是,他问她,那天你其实是想闻闻我身上的气味?

对啊。她点点头。

如果不和你那样,她说,我不知道还有什么别的办法可以闻到你身上真正的气味。

他对彭小娅的说法将信将疑,但又突然醒悟那不是问题的关键。

那我身上有怪味吗?他问她。

她犹豫了下。

有,她说,但不是怪味,是汗味,洗个澡就没有了。

他松口气,继而又困惑了。

那你后来干吗又不愿意和我亲热了?

我不是已经说了吗?彭小娅说,我不是个随便的人。

他发现问题又绕了回来,于是换个话题。

你前夫……他说,身上有什么怪味?

彭小娅想了想,把两条手臂由内朝外翻转着缓缓举起,就像模仿某种正在蒸腾的东西。

你闻过没有……她说,一块用了好久的抹桌布,把水烧开了,淋在上面……

那天，彭小娅比约定时间晚到了差不多半小时。在等待彭小娅的过程中，他原本有充裕时间把他对碎玻璃事件的看法告诉群里的业主，甚至可以把之前业主们留下的各种信息浏览一遍，但等他洗完澡，吹干头发，他发现碎玻璃事件似乎已经离他很远，就像隔着一层没有任何破损的厚玻璃。他满脑子想象的都是彭小娅到来之后可能发生的种种情形。距上次彭小娅把他扑倒到沙发上，已经过去了差不多半个月，他没想到下午会突然接到彭小娅的电话。电话打来的时候，他正在花鸟市场上和一个卖玉器的老板聊天。

我今天晚上八点到你家，彭小娅说，之后我就不走了，直到明天早上。

这样说的时候，彭小娅用的是一种很挥霍的口气，像是赏给他天大一个惊喜。她猜得没错，他听了不仅又惊又喜，甚至还很感动，因为彭小娅不仅主动要求晚上来与他独处，还体贴地提前通知他，好让他有时间把房子和他自己都弄得干干净净。

但他还是困惑地问了彭小娅一句。为什么你今天又愿意和我那个了？

我们在谈恋爱啊，彭小娅说，为什么不？

在他事前的想象中，即将到来的这个夜晚将是细腻而漫长的，空气会从稀薄变得浓稠，又从浓稠变回稀薄，而浓稠的长度将会超过整个夜晚的三分之二。事实上,那个夜晚的前半部分跟他想象或者说之前设计的出入不大。他们先是坐在沙发上聊天,为了让那个最终一定会到来的时刻来得更加恰到好处,他有意和彭小娅隔着礼貌的距离。去给彭小娅泡茶时,他是一面假装和她说话,一面侧着身子进入厨房,为的是防备彭小娅像上次那样偷袭他。他觉得那样一来,空气会提前变得浓稠,等于毁掉了整个晚上。

那天他们聊到了小安,小安的父亲,她的父母、哥哥和姐姐,还有他们的介绍人张阿姨,她的工作和他的工作……

十一点差十分,他听见下面一层的邻居关上了窗户,之前,还朝着窗外用力吐了一口痰。

他站起身来,把手伸向彭小娅。

走吧,他说,我们去卧室。

嗯,彭小娅说,等我再喝一口茶。

彭小娅喝茶的时候,眼睛斜着看向他,露出一种洞悉了他全部心思的笑。

你也喝一口吧,她说,一会儿你可能会流很多汗。

听见这话,他觉得自己刻意拖延时间的行为显得有点幼稚可笑。

去卧室之前,他们还有过一场小小的争论。他提出来要关窗但开着灯。

我从小就怕开窗,他说,总觉得有人会从外面看我。

至于为什么要开着灯,可能是受到彭小娅态度的鼓励,他的理由带有强烈的挑逗性。

我还从来没看过你的裸体呢,他说,上次我们都没时间脱衣服。

但彭小娅不同意,她要求关灯但开着窗。

怎么能开着灯干坏事,她说,何况这么热的天,关着窗户不把人闷死?

听了这句话,他才又一次想起窗玻璃被打破的事情,但他没敢给彭小娅说,怕引起一些不必要的恐慌,破坏了那种正在形成的、黏糊而迷离的氛围。

他们最后各退一步,达成了共识,那就是关窗关灯。

卧室灯原本没开,窗帘也早被他拉得严严实实,所以进到卧室,他们直接就上了床。

但自从又想起窗玻璃被打破的事情后,他似乎就无法忘记它。他无数次感到风从那扇空洞的窗格子外吹进来,掀起窗帘,从他汗涔涔的背上凉飕飕地掠过;有那么一两次,不知是错觉还是事实,他觉得风很大,把窗帘吹得猎猎作响,就像一面在夜空招展的大旗。

他开始抑制不住地想到碎玻璃群里那十七个跟他一样被人打破了窗玻璃的业主,想到那个烂尾小区里的碎石子,还有被风吹开的窗户外,那个像海盗一样的男人,蒙着一只眼睛,手持单筒望远镜,正用一种沉思的表情观察他裸露的后背。

彭小娅的呻吟不知什么时候停止了,她一声不吭地躺在他的身下,甚至像在很久以前就已经屏住了呼吸。终于,她体贴地把他从身上轻轻推开了。

没必要强求,她说,不行就起来穿衣服吧。我要去冲个澡。

彭小娅从卫生间出来,看见他只穿着一条内裤,正站在窗户前等她。

你过来,他说。

彭小娅走到他面前,伸头在他肩膀那儿用力嗅了一下。

好大的汗味。她说。

他没理她,而是唰地一下拉开窗帘。

我本来没想给你说的,他说,我下午回家,才发现窗玻璃被人打破了。

他把事情大致给彭小娅说了一遍。

整个小区,他说,算上我,已经有十八家业主的窗玻璃被打破了。所以刚才风吹进来,我冷一阵,热一阵,热的时候淌汗,冷的时候打哆嗦,还老觉得吹开的窗帘外面,有人在用一个望远镜看我……那人只有一只眼睛……

所以我走神了。他总结道。

彭小娅看着那扇被打破的窗格子,伸出右手拇指和食指,小心地把一片碎玻璃从窗缝里抽出来,平放在外面的窗沿上。

难怪,她说,我就纳闷你今天怎么没精神。

那天彭小娅没有像她事前承诺的那样留下来,而是草草化了下妆就离开了。临出门前,她拍拍他的脸,安慰他。

是很扫兴,她说,不过没关系,等你把窗玻璃装好,我再来。

送走彭小娅,他也去洗了个澡,出来时他没有开灯,而是在黑暗中摸索着上了床,并且躺到了彭小娅刚才睡的那一边。枕头上还有彭小娅头发的香味,但正在变得越来越淡。黑暗中,那阵越来越淡的香味就像彭小娅那样,一面朝前走,一面频频回身向他道别。

他想象着远处那个在他洗澡时放下了单筒望远镜的男人,这时又重新把望远镜凑到了那只没瞎的眼睛上。这样想着,他又从床上下来,走到窗户前,猛地拉开了窗帘。

看吧,他冲着那个空洞的窗格说了一句,看你×。

第二天中午,过来给他装玻璃的毛师傅告诉他,当天早上,五栋一单元三层二号和八栋一单元四层一号的业主家窗玻璃又被打破了。报案时间大约是早上七点,两家相隔不到十分钟。

所以给你装完,毛师傅说,我还得去给他们两家装。

那就是整整二十家了。他说。

不能这样算，毛师傅说，有些业主家已经被打破两次了，最多的有三次。

他隐隐有点不安。

半个多月了，他问毛师傅，警察和物管一点线索都没有？不是有监控吗？

毛师傅是房地产开发公司还没离开时就聘用的后勤维修人员，很能干，什么活都能做，物管公司都换了三家，只他岿然不动，所以素有"铁打的毛师，流水的物管"之说。他刚搬来小区时，物管人员就给了他毛师傅的手机号，说以后房子出现任何问题都可以先找毛师傅。

毛师傅告诉他，小区当年安装的摄像头，一是数量本来不多，二是时间久了，很多已经损坏。

今年年底就整整十八年了，毛师傅说，人都会老，何况摄像头？日晒雨淋的。当年装摄像头时，还有人反对，说无论走到哪里，头顶都有几个眼睛似的镜头盯着，想想都不自在。

那也不是没道理。他很赞同。

他看了一眼窗外，又想起那个拿单筒望远镜的男人。

十七栋和八栋倒是拍到过几次，毛师傅说，片区民警来调录像的时候，我在旁边看到过，但大多数是晚上，模模糊糊一个人影，啥也看不清楚，等于零；有一次倒是白天拍到过，但那人躲在十七栋那片杜鹃后面，只露出巴掌大半张脸，像是戴个眼镜，站起来马上又蹲下去。也就看到这么多，所以还是等于零。

出了这样的事，他说，物管公司应该把那些老摄像头都换了吧？对了，所有的窗玻璃也应该换成钢化玻璃，现在哪个小区还用这种普通玻璃啊。

换摄像头？换玻璃？毛师傅鄙夷地笑了一下。换成原来那个物管公司，还可能，现在这个，你做梦。你没发现小区去年还是每天扫一次楼道，今年开始变成一周三次了？还有，五栋斜对面那家菜场，前段时间被物管悄悄卖了，你知道不？他们胆子太大了……小区十几年成立不了业主委员会，你以为是偶然的……

这倒不知道，他说，我年初才搬来。

毛师傅走了之后，他先是点了份青椒肉丝盖浇饭，吃完，这才安安心心睡了一觉，一直睡到五点，总算把头天晚上通宵的失眠补了回来。冲完澡，他站在新装好的窗户前给彭小娅打电话。

玻璃装好了。他说，一面用右手的中指和食指交替敲那面新玻璃，感觉它充满弹性，像个声音清脆的少女。天边有一片火烧云，又红又亮。

今天晚上你过来不？他问彭小娅。

彭小娅开始有点犹豫。

我爸妈今天在张阿姨家打麻将，她说，下午快五点才过去，所以吃完晚饭肯定还要再打两小时，不到十一点回不来。我得带小安呢。

他觉得那片火烧云一下变得暗淡下来。

昨天有点倒来不去的，他说，我是觉得我欠你一个晚上……

彭小娅在电话那头嘻地笑出了声。

呃……她说，如果要去你家，那我就得赶紧先给小安做东西吃，再把他送到我表姐家。不过……我在你那里最多只能待到十点，我得赶在我爸妈回来之前把小安接回家，要不又要挨骂，我妈老说我都当妈的人了，还跟当姑娘时一样贪玩。

这当然不是他最想要的结果，但总比不来要好。

蚂蚱也是肉啊。他开了句玩笑，觉得那片火烧云又亮了那么一丁点。

那你什么时候能到？他问彭小娅。

现在六点差几分，彭小娅说，再快也得七点半八点吧。

他是按彭小娅七点半会到的时间来安排的。他先到楼下紧挨着小超市的"傻丫头面馆"吃了碗肉末面，还特别叮嘱老板娘傻丫头不要葱、不要蒜、不要辣椒。傻丫头有点奇怪，说你什么都不要，这面还有啥吃头？他支吾着，说正吃中药呢，医生让避辛辣。

你病了？傻丫头问。

他想起头天晚上的情形，突然有点忌讳，于是没好气地回了傻丫头一句。

我好着呢，他说，啥毛病没有。

回到家，整理完房间，他把手机上的闹钟调到七点二十，这才坐到沙发上，泡了茶，开始翻看碎玻璃群里的那些信息。进群之后，他发现大家正讨论得热烈。在目前派出所和物管都毫无头绪的前提下，大家讨论的焦点主要集中在几个问题上，一是作案工具。原本大家已经达成共识，那就是从各种迹象看，比如被打破窗玻璃的人家主要集中在五层以下（含五层），再比如也有受害业主在现场发现了跟他家一样的石子碎屑（七栋二单元三楼一号的受害业主甚至找到过一颗相对完整的石子），等等，大多数人都同意作案工具不会是气枪，就是弹弓。

但有人说也不见得就一定是弹弓，比如十二栋一单元三层二号的业主，他觉得用手也可以掷得这么高。

不过用手掷这么小的石子，一个住五楼的受害业主说，可以掷到这么高，但不可能打得破我家玻璃，除非掷的是石块，而且得是半个拳头那么大的石块，分量才够。

另一个住五栋二单元四层一号的业主也提出了新观点。

我小时候用布条兜着石子甩出去，他说，也是又远又有劲道。打破窗玻璃这样的事，一点问题都没有……只不过那需要一点技巧，得事先练习。

另一个问题是肇事者的作案时间。一般而言，做这样的事都会选择夜间，宜于隐蔽，也方便逃逸，但这个家伙的作案时间覆盖全天，从凌晨到清早，从中午到黄昏，几乎哪个时段都有。

这人就像是不用上班似的，一个业主这样写道，一天到晚就惦记别人家的玻璃。

看到这里，他忍不住哧地笑了一下。

那不就跟我一样吗？他在群里回了一句。他在兴东批发市场有两家卖酒的铺面，由他的两个妹妹分别打理，他只需要每月过去结一次账，或者用电话指挥她们出货进货，剩下的时间就可以完全由自己支配。

对于肇事者的作案动机，当然也有许多议论，有人说就是无聊；有人说可能是精神出了问题；有人想得深一些，认为有可能是在哪里受了委屈，所以报复社会。还有一种观点认为，肇事者很可能就是海影花都小区的业主，和物管有矛盾，所以故意打坏业主的窗玻璃，目的就是让物管公司蚀财，因为被打坏的窗玻璃，最后都是由物管公司负责重新安装，而且全部免费。

一扇窗玻璃听着不值几个钱，那个业主说，但毛师傅的修理费呢？还有，十扇八扇不觉得，一百扇，一千扇呢？

他原本想把他的推论，也就是作案工具肯定是弹弓，而子弹是附近烂尾小区工地上的石子写在群里，但看到大部分业主实际上都已认定是弹弓，他也就没写作案工具，而是准备直接写那个工地上的石子，但他刚写了一句"我们小区附近还有一个小区……"手机的闹钟就响了起来。

他停下来，有点犹豫，不知是该继续写完呢，还是按原计划先去洗澡。他之所以没有在整理完房间之后就去洗澡，是想把洗澡的时间和彭小娅到来的时间尽量无缝衔接，他想让彭小娅一进房间，就能闻到他身上沐浴露的香味。

彭小娅几乎半透明的右耳垂上有一道浅浅的褶子，对着阳光看，就像琥珀中隐约的阴影。他想着彭小娅的右耳垂，加上他犹豫的当儿，时间已经来到七点二十五分，他就没再犹豫，选择了立即去卫生间洗澡。为了防备彭小娅提前来到，听不见门铃，他是开着门洗的，而且还把手机带进了卫生间，小心地放在喷头对面一个放浴巾的不锈钢架子上。

洗完之后，他裸着身子出来，一面往卧室走，一面用巨大的浴巾揩拭身体。刚走到衣柜旁，还没拉稳把手，他就听见身后拉得严严实实的窗帘后面传来一声爆响，接着一些清脆的东西就噼里啪啦掉在了地上。

给彭小娅打电话的时候，他的耳朵里还回荡着那阵清脆的声响，就像他的大脑深处装了一台老式的录音机，正播放一场久远的婚礼,鞭炮声此起彼伏,没完没了。

就在刚刚,他说,一分钟不到,我卧室的玻璃又被打了。

不等彭小娅反应,他立即抢着说,你别急,没关系的……我都想好了,我们今天不去卧室,我们就在客厅的沙发上……就像上次那样,不是挺好吗。那天你真有激情啊,我都快跟不上你的节奏了,你就像……就像一头非洲猎豹……

但正如他意料的那样,彭小娅在电话那头尖叫起来。

这也太搞笑了吧,她说,我才从我表姐家出来,刚把人家一辆出租车的门拉开……

接着他听见彭小娅的嘴离开了听筒。

师傅,他听见她说,不坐了,不好意思。

先是一声车门关上时发出的闷响,接着听筒又回到了彭小娅的嘴边。

那今天就算了吧,她说,半中拦腰的要是又一颗石头飞进来……

我不是都说了吗?他吞了口唾沫,我们在沙发上,客厅的沙发上……

那也不能保证啊,彭小娅说,如果这次打的是客厅玻璃呢,你不怕被吓出病来?

他没吭气,知道整个晚上又泡汤了。

我头天才被打一次,他像说给彭小娅听,又像在自言自语。再怎么说今天也该换一家嘛……我对门那家就从来没被打过。

周一早上八点不到,物管公司的值班人员刚打开大门,他就把一个有缺口的花盆很用力地砸在了进门的第一张办公桌上。花盆底部的漏水口被他用胶布仔细封住了,里面装着他头天晚上捡起来的玻璃残片。

昨天晚上七点半,他说,我家窗玻璃第二次被打破了。我当时没打电话给你们,我觉得我要亲自来一趟。你们准备怎么处理呢?再没个办法,我可说了,从这个月起,直到你们抓住那个打玻璃的人,我一分钱的物管费都不会交,而且就算最后抓到了,你们也得赔偿我们的精神损失。

值班的物管人员是个体格壮硕但神情倦怠的中年男人,右手的食指顶端包着一圈肮脏的纱布。他看着他,对他激烈的态度视若无睹,任他自说自话,自己则进进出出地洗脸、漱口、换衣服,最后还从抽屉里拿出一盒康师傅红烧牛肉面,撕开纸盖,往里冲了大半碗开水,然后一动不动地坐在木椅上,耷拉着眼皮,像是准备当他的面再睡一觉。

有一瞬间,他觉得趁泡方便面的开水还是烫的,他应该端起来泼在那张傲慢而扁平的脸上。但刚动完这个念头,他就意识到跟一个普通物管人员发脾气毫无意义,除了激怒他，没有任何好处。这样想着，他就咳了一声，指了指那碗方便面。

你应该把纸盖盖上的，他说，再在上面压一本厚杂志，没杂志的话，手机也行，这样面才泡得又快又好。你想想高压锅，不就是这个原理吗？

对嘛，物管人员睁开眼睛，你要是一进来就是这个态度，我早给你把什么都说了。

据那个物管人员说，片区派出所已经和物管公司高层开了好几次会，物管公司也加派了小区巡逻的次数和人数，原来是一天三班，现在变成一天五班；甚至还派了几组配有望远镜和电棒的保安人员，或彻夜在那些草木茂盛的绿化区搜寻，或埋伏在绿化区里，监视那些视野开阔的地带。但肇事者异常狡猾，无论采取什么措施，似乎都拿他无法。

主要还是因为那些树木草丛太茂密了，那个物管人员说，海影花都的绿化全省都有名，又长了将近二十年，有些地方，比如一栋到七栋，都快成原始森林了，前两天还有人发现一条菜花蛇……

这倒是，他点点头，我当初愿意买海影花都的二手房，看中的就是这点，树又高，草又密，可以挡住好多东西。

好是好，物管人员说，关键是现在又挡人又挡摄像头，就是你专门去搜那些地方，你能同时搜？你搜那边，他跑这边；何况那些保安全是些小年轻，又没经验又胆小，老远就故意大声说话，还咳嗽，就是怕人家身上带得有刀子嘛……

谁不怕呢，他阴郁地说。

既然光靠物管没用，他又问那个物管人员，派出所也不管？

怎么不管？物管人员说，人家每隔两天就要来一趟，听取汇报，做出指示。但咋说呢？这事说大不大，说小不小；说大，不过几扇玻璃窗的事；说小，又没完没了，让人不得安生。那天我听物管叶经理给派出所的人说，但愿这人打啊打的，自己也觉得无聊，不打了，最好。

关于他和彭小娅的性生活，他们激烈地讨论过好多次，比如有一次他们在一家咖啡厅里，彭小娅就建议到宾馆去开房。这原本是一个彻底解决问题的方案，彭小娅以为他听了会露出恍然大悟的神情。不想他一听就拒绝了，而且还一连说出三个理由，一是到宾馆开房，感觉就像是冲着那电光火石般的两三秒去的，目的性太强，既不从容，又不浪漫。二是早晚会遇到警察查房。突然冲进一群警察，他说，说不定还带着记者，闪光灯咔嚓咔嚓响，那不比一颗石头打进来更可怕？

第三个理由在他看来才是最重要的，就是宾馆房间里很可能装得有针眼摄像头。

我一想到这个就浑身起鸡皮疙瘩，他说，针尖那么小，你根本看不见,像一群小怪物的眼睛,眨巴眨巴闪着光,四面八方盯着你……

彭小娅对他提出的三个理由分别做了驳斥。

第一,她说,我们本来就是冲着那两三秒去的,这有什么不好意思承认?你敢说你不是?电影院里都忍不住动手动脚。第二,你可能是好久没去住过宾馆了,现在哪还有警察冲进来的事。

你经常去宾馆开房?他突然警觉起来。

认识你之前,彭小娅毫不讳言,我也接触过别的男人啊,莫非和你在一起可以亲热,和人家就不行?

你不是说你不是个随便的人吗?他有点气急败坏。在我之前你谈过几个男朋友?

他一阵沮丧,恍恍惚惚觉得卧室玻璃窗连着两天被打破,说不定就是老天爷不想让他和彭小娅这样的女人往来。

彭小娅没有直接回答他的问题,而是笑起来,越过长而窄的咖啡桌,又在他脸上爱抚似的拍了两下。

但主动去人家家里,彭小娅接着说,而且是自己找着去的,可就只有你一个。

听了这话,他想想,这才回过神来,冲彭小娅勉强一笑。

至于摄像头,彭小娅说,现在有种软件,叫"金睛",火眼金睛的意思,就是专门用来检查有没有摄像头的。

我已经下了一个。这样说的时候，她得意地掏出手机，打开那个软件给他看。

那是一个像电影里雷达屏幕似的界面，一个圆形的光晕不停旋转，转出一个完整的圆圈来。

我在家里试了下，彭小娅说，居然扫出八个可疑信号。

啊，他吃了一惊，你家里被人装了八个摄像头？

怎么可能，彭小娅鄙夷地说，我爸妈都是普通工人，又没有啥特殊身份，谁装这个。

对啊，他说，那怎么会有八个信号？

彭小娅这才疑惑起来，看着他。

你的意思是，她说，这个不准？

我哪知道？他说，说着笑了起来。

你家里都搜出八个，他说，那宾馆里不是要搜出八十个？

彭小娅看着他，想一下，举起手机对着周围扫了一圈，然后点一下屏幕，露出难以置信的表情。

天哪，她说，居然有三十个可疑信号。

有一次，彭小娅曾提出愿意到他家客厅的沙发上再尝试一下。

我觉得不可能这样巧吧。她说话的时候身体微微发抖。刚好在我们做的时候……

但他否决了这个建议。

原来我只想着避开卧室就没事了，他说，但你那天这样说，我觉得很有道理。这几天，又有三家业主的玻璃被打破，一家就是客厅的。何况，我们在客厅里，他打卧室玻璃，那也没啥区别，你还会有心情？

而他也曾同意去一次宾馆。

找一家高档点的，他说，高档宾馆应该不会做这么下作的事吧？

这次是彭小娅表示反对。

都怪你，她说，原本我去宾馆开过好多次房，去了也就去了，从来没遇到过啥情况，是想着你这人神经得很，怕这个看见，怕那个看见，才去下了金睛。现在好了，弄得我也紧张起来……

他看着彭小娅，脑子里一片混乱，觉得好多需要澄清的问题争先恐后地往前蹿，他没办法一下把它们都提出来。最后，他只能把其中那个亮得像灯，尖得像刀，硬得像钢的问题提了出来。

你到底和多少个男人去开过房？泪水从他的眼眶里浮出来，看上去就像隔着一层刚装上去的新玻璃。

谁说我和好多男人开房了？彭小娅的薄嘴唇一下又抿了起来。我不能只和一个男人去很多次吗？

他倒真的没想到这一点，于是又一次冲着彭小娅勉强地笑了。

要不，彭小娅说，这个星期天，等我爸妈下午去张阿姨家打麻将……

她话没说完，他就跳了起来。

对啊，他说，我们怎么这么笨。你把小安送到你姐家去……我也还从来没去过你家呢。

那不是我家，彭小娅纠正他说，是我父母家。我只有一间很小的房间，就是我结婚之前住的。他们一直给我留着，啥都没动……就像他们早就知道我会离婚似的。

我就喜欢小房间，他说，看了一眼彭小娅右边的耳垂。人在里面，像一只小瓢虫被裹在琥珀里，暖暖和和的，又舒服，又安全。

周日下午，他三点差五分就到了彭小娅父母家，距彭小娅的父母离开只有不到两分钟时间，这让彭小娅后怕了好一会。

我妈经常提醒我，彭小娅说，我虽然离了婚，但还是应该像当姑娘时一样矜持。你知道矜持是啥意思吧？

当然知道。他说，但又觉得确实不好解释，于是扫了一遍彭小娅的房间，说你的房间这么小，东西又这么多，我喜欢。

那天下午，当他从彭小娅的小床上坐起来时，他发现除了额头上微微有点潮润，他的整个身体都是干爽的。他把彭小娅的头搂过来靠在自己的肩膀上,深深地呼出一口气。

真不容易啊,他说,像过节一样……以后我们都来你这里吧?每周至少两次……

彭小娅没搭话,而是起身套了一件皱巴巴的睡衣,然后去了卫生间。等她回来,她脸上冷淡的表情预示着她已经下了一个很大的决心。

说实话,她说,我一点感觉都没有。我们不是在做爱,我们只是在证明,证明我这里很安全。

他不明白彭小娅在说什么。但彭小娅说话时的语气和脸上的表情让他觉得自己再继续赤身裸体就显得有些滑稽了,于是一声不吭地重新穿上了他的衣服和裤子。

那天他穿的是一件短袖衬衣,天很热,但他还是把扣子一直扣到了脖子上。

彭小娅自顾自地给自己倒了满满一杯凉水,大口咽下,一句没问他是不是也要喝一杯。

我们暂时不要往来了吧,她说,你先去把你的那些屁事处理好,再说。

我有什么屁事了?他问,其实知道彭小娅在说什么。

你的窗玻璃啊,彭小娅说,还有那个什么瞎眼睛男人、望远镜。我不想像个老城边上的野鸡似的,一天到晚都在商量,哪里才找得到个安全地方可以正常性交。

这话听着有点扎耳,但他觉得这种时候最好还是忍气吞声。

其实我已经咨询过我们小区的毛师傅了,他说,我问他如果把所有窗子都换成钢化玻璃,要多少钱。他说那就得连窗框一起换。我在想,实在不行,我情愿自己花钱把窗玻璃换了。

钢化玻璃可能的确打不烂,彭小娅撇撇嘴。但声音呢?打不烂的玻璃,声音会不会更大?

你不怕吗?她问他,你不怕我怕。

你的意思是,他说,在抓住那个人之前,我们就不见面了?

见也可以啊,彭小娅说,不过先得把舌头刮干净,我们可以像普通朋友那样,吃吃饭,聊聊天,或者看个电影什么的,都可以……但就是别想那事。对了,电影院里你也不许碰我。

碰下都不准?他的声音大了起来。

碰了又啥都不能做,彭小娅说,碰也是白碰,还不如不碰。

所以我觉得,彭小娅接着说,最好也别见,见了也是白见。

看着彭小娅脸上两条抿得快要收缩进去的嘴唇,他意识到不知不觉之间,他似乎已经陷入一种荒谬的逻辑,在这个逻辑里,他只有先见到那个打碎玻璃的人,之后才可能再次跟彭小娅躺在同一张床上；那个打玻璃的人原本空气一样虚幻，如今却像一面巨大的钢化玻璃，实实在在地挡在他和彭小娅之间。

他冲着彭小娅发了个狠。

那好，他说，在抓到人之前，就是你想见我，我都是不会答应的。我会亲手把他揪到你面前。

你不会是要亲自去抓人吧？彭小娅有点吃惊。你那小身板，可别乱来，最后伤着自己。

但那一瞬间，某种类似电流的东西呼地蹿上来，从脚跟一直蹿到头顶，最后把他的每根头发都撑得像要立起来。

我会把他当个礼物送给你的，他自顾自地说，你说，这是不是比什么钻戒啊、项链啊的更有诚意？

从彭小娅父母家出来，他没有立即回家，而是去商场买了一架望远镜、一个军用水壶、一件雨衣和一把最大号的平口起子，这才回到家，花了整整一个晚上来研究案情。

要抓住肇事者，当然首先得找到那人的作案规律。他先把碎玻璃群里每个住户（如今已经发展到了三十多家）案发的时间和地点记录下来，按空间和时间分别排了两个序列，然后逐个研究，试图从中找出一条明晰的线索。但研究结果让他沮丧，他发现肇事者的作案手法杂乱无章，毫无规律可循。比如，从空间上看，肇事者会连着两三天在某个相对集中的区域作案，但接下来，又可能会急剧拉开两次作案地点之间的距离，比如从一栋直接跳到三十二栋；从时间上看，肇事者有时会在两三天里连续作案，然后突然销声匿迹两三天。最让人猝不及防的，是肇事者会连着两天袭击同一家业主，甚至同一家业主的同一扇窗玻璃，就像他遇到的那样。显然，肇事者是在利用许多人都有的一种心理，那就是才遭到袭击，不相信自己这么倒霉，会紧接着再挨一次。这种心理有点像他在电影里看到的那样，战场上，士兵们总跳进弹坑躲避炮弹，以为两颗炮弹掉进同一个弹坑的概率很小。不同的是，炮弹不长眼睛，但打玻璃的人却处心积虑。

难怪物管根本抓不住他。他突然对这个素未谋面的陌生人产生了某种类似欣赏的感觉。

但既然肇事者的作案手法没有规律可循，他又该如何行动呢？他盯着那张已经写得密密麻麻的纸，又想到了那个举着单筒望远镜的独眼男人。他曾听别人说过，如果某人的眼睛瞎了一只，另一只就会得变得格外明亮。不知为什么，他总觉得在独眼男人的独眼和那个肇事者飘忽不定的作案手法之间，有一种相通之处，如果他想明白了这其中的道理，就可以识破肇事者的伎俩而占到先机，甚至可以通知警察和物管人员，在嫌犯准备作案的地方先行埋伏，然后在他作案的时候抓个正着。

但相通之处到底在哪里，他却又怎么也想不明白。

他忍不住直接给彭小娅打了个电话。

打个比方,他说,一百步我已经走了九十九步,就差最后一步了。

他把他研究的整个过程给彭小娅说了一遍。

你比我聪明,他说,你来帮我想想这最后一步怎么走。你觉得那个打玻璃的人和拿望远镜的人,他们之间的联系到底是什么?

彭小娅在电话那头一声不吭地听他说完,好一会才吞吞吐吐地开了口。

我觉得你好像真的有点啥毛病,她说,那个拿望远镜的男人本来就是你乱想出来的,他们两个怎么能扯到一起?

他决定再从另一个侧面努力。

除了这个,他说,我还想到另外一样东西,就是沙漠里的一根柱子,如果阳光照在柱子上,柱子就一定有阴影,对吧?阳光越强,阴影就越浓……没明白?那好,还有第三样,就是市中医一附院,你去过没有?一进大厅,地下就画着一个大得吓人的图案,圆的,一半黑,一半白,像两条鱼背靠背;黑鱼的头挨着白鱼的尾巴,白鱼的尾巴挨着黑鱼的头,白鱼的眼睛是黑的,黑鱼的眼睛是白的……

那叫阴阳鱼。彭小娅插话说。

哦,那叫阴阳鱼啊,我还真不知道叫什么……

彭小娅渐渐有点明白了。

你是不是想说，她迟迟疑疑地问他，那个打玻璃的人如果故意这样没规律，是不是恰好就是另外一种规律呢？

天哪，他恍然大悟，就是这个意思。你看，你看，我就说你比我聪明嘛。

他兴奋得心痒难忍，发现自己比从前更爱彭小娅了。

我真想现在就把你抱到床上去。他说，接着又困惑起来。

你不觉得怪吗，他说，为什么你聪明，我会想和你上床呢？

唉，他听见彭小娅在电话那头叹了口气，就算我替你想明白了，又有什么用呢？

怎么会没用呢？他叫起来，但仔细一想，才发现彭小娅其实没说错，他从这个道理里得不到一丁点有用的东西。

他愣住了，半天没有说话。

算了，彭小娅说，你别折磨我，也别折磨你自己了。我们就安安心心等着吧，说不定那人打玻璃打得烦了，也就不打了。

他睁大了眼睛。

你怎么跟那个物管人员说的一模一样？

哪个物管人员？彭小娅问，人家也这样说吗？

他心里一片茫然，预感到他似乎只能眼睁睁看着彭小娅像水蒸气一样从他的生活中飘散而去，他自己却完全无能为力。

但出乎他的意料，没几天，局面似乎突然有了转机。

周五下午五点不到，三十栋二单元三层二号的女主人，据说姓阮，正带着六岁的女儿站在客厅大窗户前，一样一样教女儿认楼下那些茂密的植物，这是樱花，这是香樟，这是龟背竹，这是蔷薇……数到最左侧的马缨丹时，一颗拇指头大小的石子突然飞来，打在离她头顶不到两尺的窗玻璃上。破碎的玻璃片从天而降，其中第二大的一块先是在阮姓女人的右脸上划了个三厘米长、半厘米深的口子，然后继续下落，另一面的尖角穿透塑料拖鞋的鞋面和她的整个右脚背，最后深深插进了两块实木地板之间的缝隙里……

阮姓女人的丈夫回忆说，事发当时，他正在电脑室玩游戏，听见妻子和女儿的尖叫后，他立即冲到客厅，远远就看见他老婆的拖鞋上插着一片什么东西，那片东西被窗外的夕阳染上一层橘红色，和拖鞋一起形成一个迷幻的场景，让他以为拖鞋是放在他老婆脚边的一艘玩具船，而那片东西则是船上一张巨大的帆。

小女孩毫发无伤，阮姓女人则因为惊吓过度，加上大量失血，在去往医院急救的途中两次昏厥。

从碎玻璃群里看到这个消息和五张血淋淋的图片后，他立即给彭小娅打了电话。

终于有人受伤流血了，他说，我相信事情很快就会解决。

事情很快就会解决是什么意思？彭小娅说，我早给你说过，只要抓不到人，事情就永远不可能真的解决。

我想说的就是这个意思。他说，流了这一地的血，公安和物管再抓不到人，怕是交不了差哦。你是没见到那场景，比电影里的还要血腥恐怖。

但愿。彭小娅说，不过我觉得事情恐怕不会这么简单。

那你等着吧。他说，不信我马上发那些图片给你看。

别发，彭小娅一惊一乍地叫起来，我可见不得血。

事态发展一如他的所料，现场的血腥惨烈、受害者家人的悲怆和业主们激愤的情绪，再加上一个六岁大、被吓得目光呆滞的小女孩，致使事件很快演变成一起震动全市的重大新闻。

案发当天下午，六点不到，整个小区的业主和闻讯而来的人已经在物管小楼前聚集，有人打着横标和木牌，要求物管公司还小区安宁；有人喊口号；还有几个平时喜欢为业主权益和物管公司交涉的业主，这时借机提起小区多年来成立不了业主委员会的事，和物管公司的人大吵大闹。

他挤在人群里，看到了穿制服的警察和许多穿摄影背心、脖子上挂着记者证的年轻人，有男有女，有的拿着相机或摄影机，有的拿着小本子和笔；还有两三个打扮妖冶的年轻女人看不出身份，却举着手机缓缓转圈，嘴里飞快地说着话。他后来才知道，那叫网络直播。

到了晚上七点，天色暗淡下来，派出所的民警才把人群劝散。第二天上午，他又一次来到物管公司小楼前，发现聚集的人比头天晚上还要多，其中最引人注目的是那个阮姓女人的父母，他们各举着一张巨幅照片站在物管小楼的台阶上，仰面朝天，默默无语。父亲举的是女儿脸部伤口的特写，母亲举的则是女儿被那片玻璃钉在木地板上的右脚的特写。可能是照片被放大了的缘故，两幅照片的颗粒都很粗大，看上去不太清晰，致使阮姓女人右脸的伤口看着不像伤口，而像地面上犁出来的一道深沟；另一张图片由于同样的原因，不仅毫无惊心动魄之感，相反，所有看过那张照片的人都跟阮姓女人的丈夫一样，把它看成了一艘正在黄昏的余晖中静静停泊的帆船。

接下来的几天，各级领导视察了案发现场，并联合物管公司和社区一连开了好几次现场办公会，还就地成立了一个专案组，办公地点就设在物管公司，占据了小楼一层的全部共六个房间。

物管公司当然不敢闲着，三天之内接连出台了一系列补救措施，比如将小区保安人数在之前的基础上再扩充三分之一；比如免费将小区业主的窗户分四批次全部更换成钢化玻璃，更换顺序如下：首先是三次被打破窗玻璃的业主，然后是两次被打的，接下来是一次的，最后才轮到那些从来没被打的。更换工程由四组工人同时进行，承诺在三个月之内全部完成。除此之外，物管公司还许诺立即更新和升级小区内所有的监控设备，保证做到全小区不留一处死角……

因为目前最紧迫的任务就是抓住肇事者，所以升级和更新摄像头的任务是最先完成的。但小区内丰茂的草木花卉严重影响了摄像头的监控功能，所以物管公司还同时在十个业主群里提出一个议题，希望与广大业主们讨论协商，那就是要不要大面积减缩小区的绿化带。

这个议题一经抛出，立即在整个小区引发热议。就绿化带本身而言，当然没人愿意减缩，但它又的的确确造成严重安全隐患，势不得已，好像不能不减缩。特别是那些碎玻璃事件的受害业主，他们被玻璃破碎的声音吓坏了，有的甚至由此患上了神经衰弱，觉得两害相权取其轻，应该减缩。

等抓到了人，他们说，再重新扩充，也不是不可以嘛。

讨论延续了好几天，有心思缜密的业主突然醒悟过来，但又不愿在微信群里留下证据，于是故意在私底下找了几个嘴巴快的业主（主要是那些"暴徒"），给她们指出来，物管公司在敏感时期抛出这个议题，真正的动机显然不是为了抓肇事者，而是想转移舆论注意力，好掩盖他们安保不力的事实。

问题的关键不在这些花花草草,他们说,你们傻吗?关键是抓不到打玻璃的人啊。抓到了,还用得着砍树除草吗?大家可别上了物管的当,别到时候绿化带没了,人还是没抓住。

那些没被打过窗玻璃的业主比较能接受这个说法,但受害业主们就要踌躇得多。

但不减缩绿化带,他们说,又影响摄像头,摄像头发挥不了作用,人就抓不到嘛。

说你傻,有人说,你还真傻。如果大家同意减缩绿化带,逻辑上就等于承认发生打玻璃的事件都是因为绿化带挡住了摄像头,那不就把物管的责任不知不觉转移了吗?等事情过去,你们这些受害业主不打算找物管公司赔偿吗?这段时间,你们被吓死多少脑细胞,莫非就算了?

听了这话,不管是被打过玻璃的业主,还是没被打过玻璃的业主,都一起露出了恍然大悟的神色。很快,绝大部分业主达成了共识,并即时向物管公司转达了这个共识,那就是要安全,也要清新的空气;保障小区业主的人身财产安全,是物管公司的基本职责,不能以牺牲小区绿化为代价。

因为整个小区一边倒的舆论倾向,加上也听说了一些试图转移注意力之类的传言,在抛出减缩绿化带的议题一周之后,物管公司不得不正式宣布,将尽力维护好小区现有的一草一木,"一棵都不能死,一根都不能少"。至此,物管公司的图谋宣告破产。

整个海影花都小区，被打过三次窗玻璃的业主只有两家，所以专案组成立之后的第三天，就轮到了他这样被打过两次的业主更换玻璃；这样的业主也不多，前后加起来不过五六家。等他家的玻璃一换完，他第一时间就开始往专案组跑。每天上午九点和下午两点半，他必会准时来到物管公司一楼，向专案组的警察和配合专案组工作的物管人员打探各种消息。如果没有什么特别进展，他就和他们聊天，提出自己的种种推测。原本专案组的警察很厌恶他天天准时过来打扰他们，曾很不客气地下过逐客令，但自从他专门去了趟那个烂尾小区，把带回来的碎石子和打坏他家窗玻璃的碎石子一并交给专案组，同时附上那张记录着详细作案地点与时间的图纸后，警察们的态度就发生了一百八十度的转变。他们渐渐把他看成了专案组的一个外勤人员，让他复印文件或销毁数量不少的废弃文件、到三公里之外一家有名的快餐店给专案组买盒饭、通知专案组突然想要询问的某个受害业主。实在忙不过来时，他们甚至随手摘下自己的工作吊牌，让他挂在脖子上，拿着一支笔和一个小记事本，去某个受害业主家核实某个做笔录时没有问清楚或者没有记清楚的细节。有天中午，区分局的龚局长担任的专案组副组长过来慰问专案组，正碰上他满头大汗，一只手拎着十几份盒饭，另一只手拎着同等数量的饮料进来，有点诧异，问清情况后，很感动，拍着他的肩膀说，等案件侦破，举行表彰会的时候，奖章有专案组一半，也有他一半。

他全副身心都投入到专案组的外勤工作中，经常忘了他还有两个店铺需要打理。每次他两个妹妹中的一个给他打电话，说某种酒很行销，但存货已经不足，需要赶紧进货；或者某种酒长期滞销，又占着仓库空间，需要退还商家或另做处理；或者某人、某公司某月提走多少件酒，至今未付尾款，等等，他都表现得很不耐烦，让她们代他按惯例全权处理。

你们也不小了，他说，以后要学着独当一面，否则，将来我要有点什么事，你们咋办？

甚至他七十三岁的父亲动小肠息肉手术，他也只在入院那天去过一次，交了住院费，雇了个护工之后，又马不停蹄赶回了海影花都的物管公司。

他几乎一夜之间就成了海影花都小区的重要人物，许多心情急迫但又没空到物管公司打探消息的业主，只能下班后在自家单元门前多逗留几分钟，看能不能正巧遇到他路过。特别是那些"暴徒"，老远看见他就惊喜地快走过来，但为了不影响走路的节奏，她们并不停下，而是围着他按之前的速度转圈，转一圈提一个问题，绕得他头晕。

之前，专案组给他正式打过招呼，不得在外面乱说乱讲，以免泄露情报打草惊蛇，或是引起业主们一些不必要的误会，造成混乱。对此，他是严格遵守的，所以对她们的提问，他从来只是一笑，说组里不让讲。

到了那一天，他说，你们自然就知道了。

时间久了，他连这句话都懒得说，只是盯着前方径直朝前走。即使这样，那些"暴徒"还是不依不饶，围着他问。他们就这样一起走在小区的道路上，他像太阳，她们像行星，他在自转，她们在公转。

但每天下午六点钟，他回到家里，会仔细锁上门，然后给彭小娅打电话，把他当天知道的所有事情一五一十说给她听，比如专案组已经证实，打碎小区业主窗玻璃的石子，跟他提供的烂尾小区工地上的石子属同一"地质构成"，换句话说，几乎可以肯定，打破窗玻璃的石子，就来源于那个烂尾小区；比如他提供的那张图纸，据专案组的警察说，跟他们最开始的思路完全一致，为他们节省了至少三天时间；再比如专案组在七栋一单元对面的一丛芭茅草后面发现三个集中在一处的痕迹，包括一个完整的四十码左脚印、一个不完整的四十码右脚印和一个半圆的浅坑，说明肇事者曾在那里右膝跪地，然后用弹弓打碎了三层二号业主家的窗玻璃。脚印和小坑之所以一开始没被发现，是因为前段时间下雨，雨水淹没了它们；而最近一周阳光暴烈，积水蒸发，它们得以显现。

最搞笑的是，他说，他们在五栋二单元一楼楼道里发现了一块碎石子，上面有血。组里的专家判断，应该就是肇事者的血。他有可能左手捏弓架，右手捏石子，同时拉皮筋，不知为什么，右手放开的时候歪了，石子飞出去，划破左手，一痛，猛一哆嗦，所以才失了准头，没打着窗子，而是飞进了楼道……

但最后化验下来，他说，那不是人血，你猜是什么血？

耗子血？彭小娅问。

啊，他说，你看，我没说错吧，你真聪明，一猜就猜到了。

但彭小娅对他的奉承反应冷淡。

我就说过事情不会这么简单，她说，那最近还有没有发生玻璃被打破的事情呢？

怎么可能，他说，谁会那么笨，这种时候还作案。从专案组成立那天到现在，一起这样的事都没再发生。

说到这里，他心里动了一下。

其实，他试探着说，你这个时候如果来我家，肯定清风雅静，啥声音都不会有。我们都不需要在沙发上，直接就可以上床……

我的天，彭小娅叫起来，这种时候，你居然还有心思胡思乱想……

这段时间，他觉得心情又委屈又沉重。你不知道我受了多少罪。

啥意思？彭小娅问他。

我每天像个狗腿子一样跑得屁颠屁颠的，他说，什么脏活累活都干。这么热的天……所有人都以为我是海影花都最有公心的业主，公安局局长还说要给我颁奖章，但他们哪里知道，我这都是为了啥呀……

你这是为了啥？彭小娅问。

我还能为了啥？他有点吃惊，也很失望，不相信彭小娅会问出这样的话。

当然就是为了我们啊。他说。

是你自己说抓不到人就不来见我的，彭小娅说，莫非等于放屁？

阮姓女人住院期间，省电视台和市电视台的记者先后扛着摄像机，跟着物管公司的叶经理去探望过几次，还拍了新闻。省电视台的新闻播出前，物管公司专门在小区各处贴了告示，请小区业主务必注意收看。镜头中，叶经理西装革履，把鲜花和装在红包里的慰问金递给病床上整张脸都裹着纱布的阮姓女人，并半躺在病床上，与她合影。离开时，叶经理亲切地询问阮姓女人还有什么要求。

你们尽管提出来，他说，只要在我们能力范围内，一定解决。

别的以后再说，阮姓女人的母亲突然在一旁插话，声音大得像吵架，我们现在只希望尽快抓住那个造孽鬼。

大家都在努力，叶经理把头转向镜头，郑重其事地说，我相信要不了多久，一定会有好消息带给大家。

说完，还对着镜头比了个胜利的手势。

但直到国庆节长假结束，阮姓女人治愈出院，向物管公司提出天价赔偿，双方从此开启无休无止的纷争之路，那个打玻璃的人都没有一点线索。

出院那天，阮姓女人坐的是一辆由物管公司临时租借的七座别克商务车。车子从海影花都小区一号门进来，在大量业主和五六家媒体记者的簇拥下，一直开到物管公司小楼前，在那里，物管公司已经为她准备好了一个简短而隆重的欢迎仪式。

那天，他是以业主和专案组外勤人员的双重身份参加欢迎仪式的。作为专案组外勤人员，指派给他的任务比较微妙，很难把握，那就是如果有人借机闹事，无论是阮姓女人的家属或者别的业主，他就要作为专案组外勤人员进行劝阻和疏导；如果秩序井然，他就以业主身份参加仪式，要表现得比别的业主更兴奋、更热烈，可以带头鼓掌，甚至可以打呼哨。

让他和物管公司的人都备感欣慰的是，欢迎仪式非常顺利（正式提出赔偿要求是那天之后的事）。仪式上，阮姓女人从别克车里出来，唇红齿白，容光焕发，右脸上原本受伤的部位如今只剩下一丝不易觉察的红线。所有在场的人看着她，都为当今医术的高明啧啧称奇。

但也就是那天，他发现专案组原本占据着的六个房间，如今只剩下四间，有两间不知什么时候已经搬得空空荡荡，而两个他不认识的穿物管制服的年轻人正在往里抬物管公司特制的一种白色办公桌。

他当时因为正密切注视着现场业主和阮姓女人一家的动静，没多想，直到当天晚上回到家里，他又想起那个场景，这才猛然醒悟过来，专案组要撤。

他等不及第二天，立即重新返回物管公司，向一个正在拆欢迎布标的物管人员核实他的猜测。

专案组是不是要撤了？他说，人还没抓住呢。

那个物管人员似乎正是下午抬办公桌的两个年轻人中的一个。他冷冷地看了他一眼，继续拆布标。

不撤也不见得抓得到，那个年轻人模棱两可地说，撤了也不等于就不抓了。

不撤都抓不到，他忍不住提高了声音，撤了不是更抓不到？

他的声音引来了物管公司的一个副经理，副经理扳着他的肩膀，慌慌张张把他拖进最近的一个办公室。

你可不是一般业主啊，副经理说，你实际上算是我们的人，上级怎么安排，我们当然得无条件执行。你可别乱喊乱叫，让别的业主误解。我听龚局长说了，不能把这么多人手全耗在这个案子上，何况撤的只是办公室，又不是专案组，局里还会派专人继续调查……你放心，你们都放心，哪能就这么算了呢？

但看着副经理信誓旦旦的神情，他反倒有种隐约的不祥之感。果不其然，接着几天，他每天去物管，眼见专案组的办公室一天比一天少，一周不到，物管公司一楼六间办公室再也看不到一点当初专案组在时那种紧张严肃的气氛，又恢复了物管公司往常的闲散和冷清。

他也专门去找过一些受害业主，想鼓动他们一起去讨个说法，但出乎他的意料，几乎每个业主都反过来劝他。

这么多人调查了这么长时间，一个业主说，但就是找不到线索，你又能怎么办？总不能无限制地调查下去啊，那得浪费多少人力物力财力？再说了，人家的态度也很明确，会派专人继续调查，只是不可能再在一个案子上集中这么多人。

何况已经在换钢化玻璃了，另一个业主说，反正再打也打不烂了。

这么大阵势，还有一个业主说，那个打玻璃的人我敢说也不敢再打了，事情其实就等于过去了，老纠结这事有啥意思？

他还去过那个阮姓女人家，和她丈夫见了面。

这事不可能就这样算了啊,他说,孩子去看了心理医生没?

但阮姓女人的丈夫回答得很干脆。

我们目前最大的问题不是抓到人没有,阮姓女人的丈夫说,那是公安局和派出所的事情。我们现在需要解决的问题是,物管公司在这个事情上到底该负多大责任;我们是整个小区最大的受害者,他们该合理合法地赔偿我们多少。你知道不,大家都说我老婆脸上的伤疤很小,简直看不出来,实际上不是这么回事。那是出院前两小时,物管公司专门找人化的妆。头天晚上,为了说服我们同意化妆,他们倒是胸脯都要拍肿,答应我们,说等欢迎仪式结束,什么条件都好商量。但后来真和他们商量,他们就翻脸了,态度就变了……你要是看到我老婆不化妆的样子,怕要吓一大跳。她等于已经破相了……本来长得就不漂亮……

刚开始一段时间,他没敢给彭小娅说专案组已经撤走的事。他每天编造一些进展情况说给彭小娅听,比如看守那个烂尾小区的一个老头,有天专门跑来向专案组提供情报,说曾在案发最频繁的那个时期,常常见到一个戴眼镜的男人蹲在工地上捡石子,而且很挑剔,大的,小的,扁平的石子,都不要,只要那种浑圆的、比大拇指略小点的;比如有人在小区某处发现一根小指粗的牛筋,不到一尺长,颜色很旧,两端都有被什么东西紧紧箍过的痕迹，据专家分析，很可能就是嫌犯从弹弓上拆下来的。

牛筋用久了，他解释说，弹性就不足了，当然要换根新的。

但在说这些的时候，他渐渐发现，彭小娅已经不像刚开始时那样对他说的话感兴趣，而是显得心神不宁，好像在听他说话的同时，还在看着别的什么地方、听着别的什么声音，或者专注地干着一件别的事情。

有个晚上，他做了个梦，梦见彭小娅的右脸上，有着和那个阮姓女人同样的伤疤，骑在一把飞翔的、巨大的弹弓上，机关枪一样发射出密集的子弹；子弹当然还是那个烂尾小区工地上的石子，只不过每一颗都大得像鸡蛋，所以打在他的卧室窗玻璃上时，发出震耳欲聋的声响。他惊醒过来，发现窗外闪电雷鸣，正在下暴雨。他惊魂未定，抑制不住地想给彭小娅打电话，但一连打了五六个，都无人接听。他看了看手机上的时间，已经是凌晨五点。他没有继续打，他想着等彭小娅早上醒来，看到他打过这么多电话，应该立即就会给他打回来。他都想好了，等彭小娅一回电话，他就会把专案组事实上已经撤走的消息向她坦白，还要告诉她，他最近说的那些进展情况都是谎话。但他真正想说的是，这一切都不是问题的关键，侦破工作的进展不应该左右他们之间的感情。

我已经下了决心,他对着天花板恳切地练习了几遍,大不了,我把现在这套房子卖了,另外再买一套……你做主,你说买哪就买哪,随你喜欢……当然,得是那种窗户本来就装了钢化玻璃的……

他就这样睁着眼睛躺在床上,一直待到天亮。天亮不久,雨也停了,开始有车子从楼下的道路经过,驶向市区。他不想起床,而是决定就这样躺着,一直躺到彭小娅给他打电话为止。

八点刚过,困倦像弹弓射出的石子突然击中他的后脑,他几乎是昏厥一样重新睡了过去,但在重新睡过去之前,他渐渐意识到,他和彭小娅之间的关系,其实已经无可挽回地结束了;而且他还百分之百地肯定,彭小娅就是在他意识到这一点的同一瞬间,下定决心和他彻底分手的。

她没有睡,他想,她和我一样醒着。

事实证明他的预感分毫不差。上午十点刚过,张阿姨提着一个紫红色的尼龙袋子按响了他家的门铃。

小娅让我把这个交给你。她说,一面把袋子递给他。

张阿姨说,当天早上,她刚起床不久,正在热一锅头天晚上吃剩的甜酒粑,准备和老伴吃早餐,突然就接到彭小娅的电话,说有急事,想请她过去一趟。

这么早打电话,张阿姨说,当然不是一般事。我二话没说,马上关了煤气,随便换件衣服就到了她家。

这是什么？他问。

我也不知道，张阿姨说，小娅只说你看到里面的东西，就什么都明白了。

他把袋子里的东西当着张阿姨的面倒在沙发上，发现都是他陆续送给彭小娅的东西，包括一个苹果手机、一对翡翠手镯、一个老榆木做的首饰盒、一把精致的德国指甲刀、一支用了一半的口红……甚至他给小安买的几个变形金刚都在其中。变形金刚如今已被小安玩得缺胳膊少腿，看着就像一堆破铜烂铁。

你们这是啥意思啊？张阿姨问，开始我还以为是小娅要和你分手，但看她笑嘻嘻的，又还不像。

他没有回答，只是装着不经意地看了一眼张阿姨。

你接到彭小娅的电话时，他问，还记得是几点不？

这倒不记得了，张阿姨说，这有啥关系吗？

有关系，他郑重地点点头，关系很大。

那我查一下刚才的通话记录，张阿姨说，这个简单。

张阿姨掏出手机查了一下。

八点零三分，她说，关系大不大？

他没有回答张阿姨的话，而是恋恋不舍地看着她，就像她是一座肥胖的桥，通过她温暖的身体，他可以触及八点零三分之前的彭小娅。

张阿姨离开之后,他把那些变形金刚扔进了垃圾桶,其他几样东西还是装在那个紫红色尼龙袋里,被他小心地放进了卧室衣柜的最下一层。这个过程中,他隐隐有点好奇和期待,他很想知道接下来会把这些东西交到哪一个女人的手中。这样去想,他心里那种黏稠的东西就突然变得轻盈了许多。但他在想象从他手中接过那些东西的女人可能长得什么样时,他发现她们无论胖瘦高矮,都有着跟彭小娅一模一样的浓黑的眉毛和惨白的肤色,还有琥珀一样半透明的右边耳垂里禁锢着一道隐约的阴影,就像那是全世界所有女人共有的一种外貌特征。

接下来一周多的时间,他一步也没离开家门,饿了就点外卖,或者打电话让傻丫头端一碗面条上来,为此,他情愿多付两元钱的跑腿费。他把窗帘拉得严严实实,蜷缩在客厅的沙发上,一面回忆彭小娅那天把他扑倒在沙发上的情形,一面强迫自己在幽暗之中想象出一个与彭小娅完全不同的女人。有个睡眼蒙眬的瞬间,他看到的仍旧是彭小娅穿的那件深蓝色T恤,上面一行白色的英文字母因为她乳房的隆起和胸脯的起伏而跳动,好像迫不及待地想要被一张嘴巴直接说出来。但渐渐地,字母跳起来后不再回到原处,而是四面散开,露出一个用围巾裹头的女人;女人站在他的家门口,羞怯地等待他的应允。他仔细审视她的脸,没有发现与彭小娅有任何相像的地方。他感到欣慰,甚至惊喜。但当女人进到他的家中，摘掉头上的围巾后，他发现女人是个秃头，头上长满彭小娅小时候长过的奶癣……

周二下午，阮姓女人的丈夫因为跟物管公司协商赔偿事宜无果，暴怒之下，邀约了三十几个亲戚和朋友，拿着各式各样的工具，悍然闯进物管公司小楼，见柜子就撬，见东西就砸，把整个物管公司闹得鸡飞狗跳，再次惊动了公安局，也吸引了包括他在内的大量小区业主。

他是从碎玻璃群里看到这个消息的，但等他到达物管公司小楼，警察已经控制了局面。三十几个闹事的男人被命令蹲在花台的边沿上，脸朝里，屁股朝外，远远看去，就像露天集体大便。

他在人群里穿梭，从这头挤到那头，又从那头挤回来，看到专案组的大部分成员都重新出现在了人群里。他挤到龚局长的面前，等他们目光相接，他就笑一下，凑到对方的耳朵边，说要是专案组不撤走，哪会发生这样的事。

龚局长也笑一下，说这算什么事，比这大得多的阵仗也是常有的。

我们马上就召开现场调解会，龚局长说，趁双方都在，很快就可以解决。

打成这个样子，他不相信，还很快就可以解决？

不信你看着吧，龚局长说，之前不温不火，还麻烦，现在闹成这个样子，反倒好办了。

当天晚上九点过，他从碎玻璃群里知悉，协议果然已经达成。据说调解会之所以进行得如此顺利，原因是物管公司被阮姓女人丈夫的过激行为吓坏了，有尽快达成协议的强烈愿望；而阮姓女人丈夫因为触犯法律，面临严厉制裁，那股火气也被吓得烟消云散。最后，以物管公司赔偿阮姓女人二十五万元，阮姓女人丈夫赔偿物管公司八万元而彻底解决。

龚局长在物管小楼前宣布调解成功的那一刻，整个海影花都的业主都认为那是一个长长的噩梦的终结。

好了，一个业主在群里说，现在终于又可以安安稳稳过日子了。

是啊，另一个业主说，这个碎玻璃群也该解散了。如果大家舍不得，就换个名字吧，改叫钢化玻璃群，或者打不碎玻璃群……你别说，如果不是这些事，我们虽然住在一个小区，未必有缘分聚在一起……

他看着群里业主们的对话，感到一种极大的悲哀和不安。那悲哀和不安像一件湿漉漉的、不合身的大衣，把他紧紧地包裹起来，让他有点喘不过气。

他把碎玻璃群的页面一直朝前翻，一直翻到他加入其中的那一天，接着他就想起了彭小娅曾经给他说过的那句话。

事情哪会这么简单。他把这句话原封不动地写在了群里的对话框里，然后发送出去；于是，他之前翻上去的那些页面又嗖的一声全部退回来，就像所有的日子在一刹那被浓缩成了一瞬。

他是直接在网上购买的弹弓，淘宝上就有，而且做工精良，种类繁多，钛合金的、红木的、紫檀的，数不胜数，有的甚至还配有激光瞄准器。他最终选择了一款看上去非常高科技的钛合金弓架；套餐，包括五副扁皮筋、一百颗钢珠、两百颗泥丸、一个强磁戒指、一个强磁吊坠、一个标靶、一个弹弓袋、一个琥珀带、一捆速邦皮筋和一瓶保养油。这么多东西加起来才两百一十八元，便宜得让他不敢相信自己的眼睛。但他还是询问了一下商家，如果除了弓架和扁皮筋，别的配件都不要，价钱会不会更便宜些。客服拒绝了他。所以套餐寄到后，他把除弓架和扁皮筋之外的其他配件都扔到了那个烂尾小区的工地上。他之所以要把配件扔到那么远的地方去，是因为他本来就要去那儿捡一些石子。严格说来，他是因为要去烂尾小区捡石子，才顺便把配件扔到了那儿。

捡石子时，为了给那个守工地的老头留下印象，他主动上前攀谈，并以十块钱为报酬，要老头帮着他一起捡。

只要大拇指头这么大的，他说，要圆。其他尖的，扁的，小的，都不要。

捡石子的过程中，老头主动提到了海影花都打玻璃的事情。

人肯定已经抓到了吧？老头问，我听说警察都撤走了。

没抓到。他说。

没抓到？老头有点吃惊，人还没抓到警察怎么就溜了？

对啊，他很欣慰老头也这么想。所以我说那人肯定还会回来，继续打玻璃。

你说，老头直起身子，用手轻轻拍打自己的后腰。那人为什么要打人家玻璃？

我哪知道，他说，他要打，自然有他要打的道理……

你这话说了等于没说，老头说。

警察都来过我这里好几次，老头又说，问我记不记得有一个戴眼镜的年轻人来捡石子。

哦，他抬起身体，看了一眼老头，对的，还差副眼镜。

那你是怎么回答的呢？他问老头。

戴眼镜的老头我都没见过，老头说，哪见过什么戴眼镜的年轻人？

说得好，他由衷地夸了一句。

等他把石子装进那个原本用来包弹弓的袋子准备离开时，老头才想起应该问问他捡石子干吗。

捡来打玻璃啊，他露出很诧异的表情，就像老头问了一句很滑稽的话。不打玻璃我拿回家煮来吃？

老头笑起来，指着他连连点头。

你逗我嘛，老头说，我可是要到你们小区去告你。我看你再戴副眼镜，估摸着就是那个打玻璃的人了。

第一次打玻璃，他选择的是自家的窗户。他之所以选择自家窗户，并没有什么特别的原因，只是因为在考虑从哪栋哪户开始时，第一个跳进他脑子的，就是他家客厅那面巨大的窗玻璃。

时间是凌晨三点。以他在专案组跑外勤时积累的经验，他知道这个时段，第三班与第四班巡逻保安正在物管公司大厅里进行交接。第三班保安那时已经疲惫不堪，而第四班保安刚被闹钟叫醒，也正睡眼惺忪，浑身酥软，通常会等第三班保安进屋睡觉之后，在大厅的一排塑料椅子上半梦半醒地再坐上至少十分钟，直到完全清醒，这才列队出门。也就是说，从第三班保安离开，到第四班保安到来，他有二十五到三十分钟的时间可以从容行动。

为了不至于第一次行动就被逮住，行动当天黄昏，他借在傻丫头面馆吃面的时机仔细挑选了藏身之地。那是小区绿化带的一个局部，约三百平方米的规模，呈不规则的四方形，后面是一条小路，通往小区幼儿园后门，从幼儿园后门再往前走，就可以来到物管公司的小楼前了。绿化带正面是小区主干道，道路对面就是他家所在的三栋。绿化带里长满了一种叫苏铁的植物，大丛大丛的，每一丛的高度都非常适合隐蔽，站着正好齐胸，不影响他拉弓射弹，蹲下去，又正好完全盖过他的头顶。

那天半夜出门前，他没有戴上那副买来的平光眼镜。他之前曾在家里试着戴了一下，感觉很不习惯，就像他还没有被捕，就戴上了枷锁。

他最后把眼镜留在了客厅沙发右边的木质扶手上，那是一个很显眼的位置。等他被抓之后，警察一定会来搜查他的家，只要搜得出眼镜，这就够了。

他先是蹲在一丛正对他家窗户的八爪金盘后面，闭上眼睛，酝酿了差不多两分钟，这才突然站起来，拉满扁皮筋，然后放手，让一颗浑圆的石子准确地打在他家卧室的窗玻璃上。

石子飞出去的瞬间，他感到一阵超速般的晕眩，就像飞出去的不是石子，而是他本人。

玻璃果然毫发无损。但出乎他意料的是，石子打在钢化玻璃上的声音出奇的小，小得跟石子从玻璃上弹回来又掉到楼下道路上发出的声音几乎没有分别。

那之后，他俯下身子，半弯着腰快步来到绿化带后面的小路上，顺小路一直跑到幼儿园后门，这才停下来，把弹弓揣进右边的裤袋。

他继续朝前走，两手插在裤袋里，用一种心事重重的步履慢慢踱到物管公司小楼前，拿出没有握着弹弓的那只手，走进玻璃门，向正在一盏白炽光下发呆的物管人员打了个招呼。

就在刚才，他说，我家窗玻璃又被打了……

物管人员露出难以置信的表情。

玻璃破了没有？对方问他。

倒没破，他说，幸好换成了钢化玻璃，要不我会这么慢悠悠走到这里？

我早给你们说过，他鄙夷地说，事情哪会这么简单？

你先回去，物管人员说，我马上给叶经理打电话，我们马上就到你家去。

我就在这里等着，他说，我一个人不敢回去，我怕。

等叶经理带着五个保安和他一起回家检查完玻璃之后，他又躺回了沙发上。

他没有拉上窗帘，窗户也开到最大的程度，就这样躺在沙发上，听楼下的道路上，整夜都有无数的人大呼小叫，跑来跑去，还能看见强光手电的光柱不时在他客厅的天花板上晃动。

中午，他下楼到傻丫头面馆吃面，傻丫头显然已经听说了凌晨发生的事，一见到他就不安地迎上来。

听说你家昨天半夜又被打了？

他点点头。

天，傻丫头说，这人疯了。他哪天会不会打玻璃不过瘾,直接打人啊?

这个我可以保证,他说,绝对不会。

在等傻丫头煮面的时候,他给彭小娅发了条微信。

你说错了,他写道,其实弹弓打在钢化玻璃上,一点声音都听不见,就像打在棉花上一样。

之后,他还发了几个得意的表情。

与之前那个打玻璃的人相反,他是严格依照一定顺序去打的,三栋之后是四栋,然后是五栋、六栋……他每天只打一家,而且每次也只打一单元三层二号的住户。

他当初在烂尾小区的工地上一共捡了三十五颗石子,用来配合他三十五岁的年纪。按他事前的设想,每颗石子打一扇窗玻璃,在被抓之前,他应该至少打出去十五颗。但就在他刚把第五颗石子射出去的瞬间,三个物管保安就猝不及防地从背后扑倒了他,就像彭小娅当初把他从背后扑倒一样。

事情的经过是这样的。有个周五,按顺序,他原本应该去打七栋一单元三层二号业主家的玻璃,但晚上十点时,他在钢化玻璃群里和五栋一单元三层二号的业主争执起来。争执的原因是,那个业主认为以钢化玻璃的硬度,仅用普通弹弓,无论在什么距离,打多少次,用什么子弹,都不可能打破。但他不同意这个观点。他以枪战电影里的情节为例,认为如果盯着一处不断地打,最终一定能打破。

防弹玻璃还不够硬吗?他在对话框里写道,盯着一个点打,七枪八枪不够,九枪十枪,总打得破。

那是真子弹,那个业主说,你这是真子弹吗?

他没想到这个,一时间有点语塞。

但你那个也不是真的防弹玻璃嘛。他回敬道,自己也觉得这话没有说服力。

你要这样胡搅蛮缠,对方轻蔑地回了一句,还一连发了三个捂脸的表情,那我们就没法继续讨论下去了。

虽然前两天才打过这户人家,但看着那几个捂脸的表情,他觉得他应该再去打一次,而且没必要像往常一样,非要等到凌晨三点。

他就在那天晚上两点半,在五栋一单元对面的花台后面被扑倒的。

三个保安把他抓起来时,他认出其中有两个就是阮姓女人出院那天往办公室搬桌子的年轻人。

你们两个运气真好,他说,刚上班就立了这么大一功。

对于他的被抓,整个海影花都小区的业主们闹翻了天。没人想到会是他,但回想整个过程,又觉得其实处处是蹊跷,处处是马脚。恨只恨当时所有人有眼无珠,居然毫无觉察。

上次他来吃面,傻丫头说,啥都不要,不要葱花,不要蒜末，不要辣椒，说是他病了，医生让忌口。我问他什么病，他又说啥病也没有。

全小区的青壮年，一个业主说，怕没几个成天不上班，只是晃悠的。上次在群里，这人说他成天不用上班的。只是我们都没觉得有啥问题。

上次他来物管找我，那个吃方便面的物管人员说，见面就又喊又叫，装得不是一般的气愤，但两秒钟不到，人家不气了，还好声好气教我怎么泡方便面。

消息传到那个烂尾小区，守门的老头连抽了自己三个耳光。

人家明明给我说捡石子是为了打玻璃，老头说，还提到眼镜，我居然猪一样不相信。

也有人很佩服他。

这人居然把自己家玻璃也打了，一个业主说，太狡猾。打了自家玻璃，谁还会怀疑他呢？而且还不止打一次。亏他想得出做得出。

这人不仅狡猾，一个碎玻璃群里的业主说，而且有胆有识。事情闹大了，专案组一进驻，哪里最安全？当然就是专案组里面嘛，所以他一不做二不休，干脆混进专案组，把所有情况随时拿捏得死死的，还画图纸给人家看……此人不得了，要换个年代……

他每次给专案组的人打盒饭，另一个业主说，保不定先朝里面吐了几泡口水。

为什么朝盒饭里吐口水？有人问。

他觉得专案组的人都是傻瓜嘛，前一个业主回答，他们把他指挥得团团转，干这干那，当个长工似的，还以为白得一个人用，占了大便宜……

对于各种言论，龚局长听了只是一笑置之，从不反驳，直到对他的初审完成之后，才专门在受害业主代表大会上对案情进行了全面和权威的阐述。

整个过程都是事先设计好的。龚局长说，刚开始我们已经认定嫌犯就是海影花都小区的一个业主，所以我们才把专案组设在海影花都，目的是方便就近侦探同时震慑嫌犯。但工作一段时间后，我们发现嫌犯的确超乎一般的狡猾，有着相当程度的反侦破能力，竟然找不到多少有价值的线索。侦破工作由此陷入停滞。面对这样一个非同寻常的嫌犯，我们当然只能用非同寻常的方法来对付，于是我们假装承认失败，假装撤退。如何撤退，用什么方式撤退，我们也是经过深思熟虑的。如果我们公开撤退，很可能反而引起嫌犯的疑心，所以我们采取了分批撤退的方式，让肇事者以为我们是不好意思承认失败，只好悄悄溜走。这种策略叫欲盖而弥彰，又叫引蛇出洞。撤走之前，我们实际上已经安排了两个年轻同志，借物管公司扩招保安之机，冒充社会人员应聘。这里要说明一下。为了保证我们的两个警员能顺利被物管公司录用，但又不走漏风声，我还假装是他们的亲戚，专门给叶经理打招呼，请他特别关照。两个警员果然顺利进入物管公司。所以，专案组从来就没有撤走过，只不过是从地上转到了地下。而整个过程，物管公司都被蒙在鼓里。我们需要他们被蒙在鼓里，敌人太狡猾，我们只有这样，才能更好地完成侦破工作。在这里，我要向一直积极配合我们侦破工作的物管公司道个歉，同时向他们表达由衷的谢意。道歉的理由还有另外一个，那就是今天，我要把你们的保安，其实是我们的警员，带回警局了。

说到这里，龚局长把两个冒充物管的警察从物管保安队伍里叫了出来。

看，龚局长说，就是他们。

底下的业主对两个年轻警察报以热烈掌声。

从犯罪心理学的角度看，龚局长接着说，嫌犯作案之后，总会想方设法回到现场打探消息。古今中外的罪犯概莫能外。他心慌嘛。所以我们知道专案组撤走后，他还会回来。果不其然，他不仅回来了，而且以为太平无事，甚至重新开始作案，当然就被我们枕戈待旦的人民警察当场擒获。

台下的业主们面面相觑，只觉得惊心动魄，好一会，才再次发出热烈掌声。

当然，龚局长说，我们的工作不是没有疏漏。嫌犯大摇大摆混进专案组，我作为副组长，居然完全没有意识到其中的破绽，还准备在表彰大会前给他申请表彰，作为一个典型事例宣传。说得轻点，这是我疏忽了，说得严重点，也可以说是失职。不管怎么说，我都有责任，所以我已向局党委正式提交了检查。

这次专案组是真的撤走了，整个海影花都的业主都有点恋恋不舍，他们感觉生活里突然少了许多东西，多了大片平庸而无聊的日子。但日子再苍白，再无聊，还是得过下去。好在那之后，海影花都没再发生玻璃窗被打碎的事情，业主们终于真正过上了平平稳稳的生活。

随着时间流逝，人们渐渐忘记了所有的事情，甚至忘记了应该解散那个叫钢化玻璃的微信群，人们继续在群里聊天，没人想得起这个群的由来。只是偶尔，比如夏天的某个黄昏，只比拇指头略小的冰雹倏忽而至，打在客厅的大窗玻璃上，发出军鼓一样密集和响亮的声音，才会有寥寥几个业主想起那几个月里发生的事，顺带也想起他；但即便重新想起了他，他们的记忆也零零星星，残缺不全。在那些零星残缺的记忆里，有一个情节相对完整，那就是当他被三个保安抓住后，闻讯而来的龚局长带着审讯人员，就在物管公司叶经理的办公室里对他进行了初审。他对前前后后打了共五十多家业主窗玻璃的罪行供认不讳，但当龚局长问到他的作案动机时，他却长时间缄默不语，而且露出一种真实的困惑表情,好久之后,才诚恳地看了一眼龚局长。

真的,他说,不是我不肯交代,是我实在说不清楚……

当然没人信他的话,所以在挨了一记耳光之后,他觉得自己已经无法回避,无论如何得有个像样的动机,于是就含含糊糊地说了一句。

我是射手座,他把头低了下去。我想,既然是射手座嘛,你总得……

鸽哨远得像地平线

他第一次见到那个少年时,少年正站在田坎上,一动不动,抬头看天。少年的背后,是他正在走的沙石路,少年的前面,则是盛夏时延展出去的广阔田野。

他顺着少年的方向看去,能看到田野尽头的淡青色雾气和雾气里影影绰绰的山峰的轮廓。

下午五点不到,太阳正毒。他不知道那个少年这么专注,到底在看什么,于是离开沙石路,跳到田坎上,在离那个少年几步远的地方和他并排站在一起。少年转头看了他一眼,又转回去,继续看天。

那是个肤色黝黑的少年,年纪看上去跟他差不多,怎么也不超过十八岁,头很大,眼睛小得像裂口,头发又长又卷,杂草一样蓬乱地遮住后颈;从少年半仰的脸上,他还能看到突出来的鼻头和鼻头下面浓密的胡子楂。那些胡子楂硬扎扎、黑油油,似乎在少年肥厚的嘴唇四周染上了一层青紫的颜色。他忍不住用手掌在自己的嘴唇和下巴上抹了一把。

那个时候，他的嘴唇上也开始长出一层细密的绒毛，远远看去，已经可以算是胡子了，但用手摸，又还不像，因为太软，色泽也太淡，拔一根下来，对着光瞅，几乎是透明的。这不免让他有些沮丧。他觉得自己早就做好了长胡子的准备，也尝试过一些道听途说的法子，比如每天早上用剃须刀刮，要不就是晚上用生姜的汁液涂抹，忍着皮肤灼痛的感觉半小时，再用清水洗净。但一年多过去，似乎没什么效果，那些细细的绒毛始终长不黑，也长不硬。

他向少年的方向靠近两步，学着他的模样，也抬头看天。他不敢贸然打扰少年的专注。有那么几分钟，他怀疑少年其实是想打喷嚏。他就经常这样，想打喷嚏又打不出来时，如果是白天，就看阳光，如果是晚上，就看电灯。光一激，喷嚏就打出来了。但如果少年真是想打喷嚏，那是不是站得太久了些？就在这时，少年突然身体一直，伸手指着远处的天空，小声说，看到没？它们来了。

他的眼睛初中二年级就被查出近视，据母亲说，那是因为父亲近视，遗传给了他。但他不喜欢戴眼镜，他觉得戴眼镜是件有失体面的事，会使一个人在看上去和实际上都变得软弱和迟钝，奔跑都不方便。他也配有眼镜，但平时放在书包里，只有上课时才用。

他眯着眼睛尽力去看，还是什么也看不见。几缕尖细的哨声这时丝线一样从又高又远的地方颤巍巍牵扯过来，越来越近，越来越响。他恍然大悟，那是鸽哨。又过几秒钟，他终于看到一堆黑点从他和少年的头顶迅疾而过，哨声却远远留在后面，长久地回响在田地里。

鸽哨并不是什么稀罕物，他在省城也会不时听见，但在省城密密匝匝的楼房之间，鸽哨声总是稍纵即逝，就像天空中突然掉下来的线头。那是第一次，也是最后一次，他和那个少年并肩站在田坎上，感觉鸽哨远得像地平线。几年之后，有个猝不及防的晚上，他坐在省城他那间小屋子的书桌前，写下了他平生的第一首诗，开头就是"鸽哨远得像地平线"。他把这首诗拿给一家刊物的编辑看，那个长着一脸络腮胡的编辑称赞了它，但没一会，又收回了刚才说过的话，只承认整首诗就第一句写得还不错。

啊，信鸽。他问那个少年，你养的？

赛鸽。少年矜持地纠正他。一只瓦灰，一只雨点。

鸽哨声像在画一个巨大的圈，这时又远远地兜了回来。鸽群再次从他们头顶越过时，他又问少年，你有两只，其他几只是别人的？

别人的。少年说。

也是那什么瓦灰和雨点？

差不多。

瓦灰和雨点哪个飞得快？

不是哪个飞得快。少年露出为难的表情，好像觉得给他没法解释清楚。都是国血鸽，少年说，国血鸽有优点也有缺点，优点是放得远，800公里、1000公里、2000公里，但就是速度慢，归巢晚……其实鸽子主要看种，但光是种好也不行，还得要养好、训练好。

哦。他低头琢磨了一下，突然发出一声惊叹。天，2000公里，怕都到北京了吧？

少年又一次露出矜持的表情，点点头，嗯，快到了。

他又想想，问少年，你的这两只瓦灰和雨点，肯定都是好种吧？训练得也好，你看它们飞得好快，像弹弓打出去的一样。

少年摇摇头，表情看上去又轻蔑又丧气。一般。他说，好鸽子太多了，可惜得不着，比如上海的李种，还有种叫森林黑，昆明军区培育出来的，连老鹰和鹞子都不怕。

我的天！他再次惊叹。这次他的惊叹里多了点真实的感情，因为他曾参加学校组织的扫墓活动，看见过鹞子捉鸟：一翅膀拍过去，那只鸟立即像车辘辘一样转，满天飞毛。

但他对养鸽子之类的事情其实没一点兴趣，不只养鸽子，他对养任何动物都不感兴趣，他对它们身上那种膻烘烘的气味特别敏感，一闻，喉咙和胃就会抽搐。他喜欢的是照着小人书，比如《三国演义》，描那些古代骑马的武将；他可以一连四五个小时，一丝不苟地一笔一笔画出那些盔甲上鱼鳞般的纹路。所以他妈妈经常骂他，说你在学习上要也有这种精神，什么学不好，什么学不会？！从省城到这座小县城来之前，他已经满满当当画完了七个十六开的速写本。这次到县城来，他也带了一本这样的速写本，而且已经画了六页。

他之所以到这个离省城两百公里的县城来，是因为第二年他就要参加高考，而他的学习成绩实在令他的父母担忧。他偏科偏得厉害，只有美术、语文和历史在班上能进前十名，至于重要科目，比如数学、英语、政治，他已经心甘情愿地放弃了。父亲有个老朋友，原本是这个县城一中的高三语文老师和班主任，多年都在带毕业班，积累了一整套高考秘籍，先是业余时间在家里带点落榜学生，牛刀小试，效果奇佳，于是他老婆怂恿他病退后在县城南街上租了几间教室，开起了高考补习班。据说补习班最辉煌的那几年，能达到百分之五十以上的中榜率。高二下学期结束前，父亲和他商量，说照你现在这个样子，无论如何考不上，不如到张伯伯办的补习班去，他可是专教你这种学生的，有办法，苦两个月，好歹考个大专也好嘛。

他当然不情愿。他没觉得考不上大学有什么不得了，他觉得他以后能做的事情很多，比如给别人画火柴盒上的火花，再比如给别人设计毛衣上的图案。事实上，他已经给楼下一个卖机织毛衣的邻居设计过十几种红底黑纹的蜘蛛图案，人家还很满意。所以父亲劝他的时候，他始终一言不发。后来父亲生气了，声色俱厉地说，你要晓得，将来的世界是容不得没有文凭的人的……

他听着这话的语气，隐隐有点耳熟，记得好像语文课本里鲁迅一篇文章里有相似的话。他查了查，果然，《狂人日记》。父亲崇拜鲁迅，平时提到鲁迅都不说名字，而是说"大先生"，这是他自小就知道的。父亲用大先生的口气骂他，他就知道再拗着，怕就要挨耳光了，不得不勉强答应下来。

他平时借住在张伯伯早年教的一个学生家里。那个学生是个单身汉，在县水利局工作，他按张伯伯的要求叫他白哥。每天，他要从白哥的房子走到南街的补习班上课，中午下课后又走到西街张伯伯家吃中饭；下午放学，再走回白哥的房子，和白哥一起吃晚饭。白哥只有周末才自己做饭，平时都是用两个大洋瓷缸子从单位食堂带饭菜回来。白哥住的房子是水利局的职工宿舍，全是带院子的独门独户的平房，一连几十套，沿着城郊沙石路的一侧修建；沙石路拐弯，房子也拐弯，沙石路伸直，房子也伸直，弯弯直直，一直延伸到眼睛看不到的尽头。顺着沙石路再继续往前走，据说就出了城，离一个名字古怪的寨子不远了。听白哥说，这样的房子，普通职工就两家合住一套，工程师以上就可以一家住一套。白哥没结婚，但已经是工程师，所以等于是一个人住一套。

刚到县城的十来天，他还有点新鲜感，县城的房子，街道，小吃，来来往往的人的口音、衣着，甚至整个县城的味道，都跟省城不一样；张伯伯家没儿子，全是女儿，老大老二都在大学读书，剩下一个最小的，他听张伯伯家里人叫她妖妖，跟他一般大，明年就要高考，成绩不好，也是在张伯伯办的补习班补习。第一次听见张伯伯叫妖妖这俩音，他知道其实应该是幺幺这俩字，就是最小的意思。但他固执地认为妖妖这两个字更合适。因为妖妖长得有点妖：一张小脸天生就像化过妆，红的红，白的白，两只眼睛被浓密的睫毛遮着，水汪汪的，眼角那儿到了末端，还突然往上一吊。他觉得妖妖很好看，尤其喜欢妖妖的吊眼睛。他老是琢磨，想画一幅画，大致的构思都有了，就是画一个骑马的武将，把一个长得像妖妖的女生抢了，绑在马鞍上，正在逃跑，后面是一些追赶的人。但他拿不定主意，那些追赶的人是拿着锄头和镰刀的农民呢，还是拿着拖把、扫帚和晾衣竿的张伯伯、刘阿姨？

有那么几天，他试着画了几次。武将和马好画，都是画熟了的；农民或者张伯伯和刘阿姨，像不像也无所谓，只要他知道是谁就行了。只有妖妖不能马虎，不像就没意义了。但他怎么也画不好妖妖的吊眼睛，眼睛一吊上去，妖妖的神态就变得很凶，像个女鬼。他决定先照着妖妖的真人画，画熟了再挪到武将的马上去。他不敢中饭时在张伯伯家照着妖妖画，也不敢在语文课上照着妖妖画，因为语文课的老师就是张伯伯本人。他只能在英语课和数学课上画。妖妖比他高一点，所以他坐第二排，妖妖坐第三排；妖妖在第一组，他在第二组，中间只隔着一条通道。画的时候为了不让老师发现，他总是用左手举着课本，遮住脸，然后转头看妖妖，再回头描在纸上，看一眼，描一笔。这样几节课下来，先是妖妖觉得别扭，他看她的时候，她就用她的吊眼睛恨他；接下来就有同学在课间休息时窃窃私语，指指点点，取笑他和妖妖，说他们在课堂上互相传纸条，嘟嘴唇。

妖妖原本对他虽然谈不上热情，倒也还和气，但被同学取笑几次之后，就不怎么爱搭理他，中午下课也不愿和他一起回家，总是假装还要做点什么事，比如有几个问题要问老师，比如要和另外几个女同学讨论老师当天布置的家庭作业。他也不好意思一个人站在门口等，只得自己先回去。

原本每天中午吃完饭，张伯伯是一定要他在沙发上睡半小时觉的，说这样下午才有精神上课。但有天中饭之后，张伯伯没让他睡，而是把他带到后院，让他坐在一张小凳子上，一声不吭地抽了好一会烟，抽几口，瞅他一眼，神情里似乎有些厌恶，又有些为难。

其实吃饭的时候，他已经觉察到气氛不对：张伯伯和刘阿姨平时吃饭时嘴里吧唧吧唧咂得很响，感觉他们吃得很香，但那天他们包着嘴吃饭，一点声音都没有，脸色也很不好看；妖妖那天干脆就没上桌子，而是把饭和菜堆在一个平时用来盛菜的大碗里，躲进自己的房间，直到他吃完，都没露面。

张伯伯清了无数次嗓子，这才勉强开了口。他说我和你父亲是几十年的朋友了，他把你交给我，我责任重大啊，要是你在我这里待两个月，回去之后成绩没有提升，甚至反而下降，我可跟他交不了差……这里的事我也不给你父母说，但从今天开始，我有几条新规定给你，一是无论上课下课，不许和女生说话，也不许看女生；二是在补习班上，不能再像平时一样叫我张伯伯，要跟别的学生一样叫张老师；三是中午下课之后，你不要到我这里吃饭了，走来走去的，浪费时间。我现在每天给你三块钱，你中午也像早餐一样，在学校附近，想吃什么就自己买来吃，吃完就回教室休息。这都是为了你好。你看这样行不行？

他不知道张伯伯不想给他父母说的具体是些什么，他猜可能跟他画妖妖还有同学们的指指点点有关系。但他不敢问，只得局促地坐在小凳上，把两只手夹在双腿之间，紧一下，松一下。

当天下午回到白哥家，白哥一见他就笑，说我听说你跟人家张老师家妖妖早恋？那是我小师妹，你可不能乱来哦。

平时隔三岔五，大都是夜里十点钟以后，就会有打扮得花里胡哨的女人来敲白哥的门。那些女人有的长得好看，有的长得难看。白哥总是笑逐颜开地把她们迎进卧室，之后，他们就会在卧室里弄出些古怪的声响，有时像击鼓，有时像猫叫，一直要到第二天早上，他出门上学之前，那些女人才会从卧室出来。其中一个还曾和他一起洗脸、刷牙、出门，跟在他的身后，默不作声地一直走到南街。那个女人他记得很清楚，头天晚上来的时候脸很白，第二天早上再看到时，却发现不仅黑，还长满了无数更黑的雀斑。

他知道白哥在干一件很邪门的、他只是道听途说的事，但他从来没问过白哥，白哥也从来没给他解释过。那天听白哥说他和妖妖早恋，不知为什么，他立即就联想到了那些古怪的声音，而且莫名其妙地嗅到一股动物皮毛上的膻味。一瞬间，他红头涨脸，杀人的心都有了。眼泪从他的眼眶里迸出来，他跳起身，把书包用力砸在堂屋的水泥地上，指着白哥一连声地骂，放屁，谁说的？谁说的？放屁。

但白哥根本没当回事，只是笑嘻嘻地半躺在一张摇椅上，嘴里叼着烟，一面前后摇，一面说，正常的嘛，太正常了，这有什么不好意思的，我要小十岁，我都想和妖妖早恋。

正常个屁，他说，妖妖两只吊眼睛，像个女鬼，我和她早恋？

那之后，有将近十天，他上课故意不戴眼镜，也赌气不跟任何同学说话，更别说妖妖了；甚至上语文课时，张伯伯把他叫起来答问题，他都眼睛看着别处，干脆利落地回答，不知道。他还在一节数学课上画了一张画，内容是一个长得像吊死鬼的女人被捆在一棵树上，身上插满箭，流了一地血，应该早死了，但一个肩头挂披风的武将还是骑在马上，不停地射，射出去的箭一支接一支，都连成了一条线。

原本他是连白哥也不想理睬的，他讨厌白哥在说到他和妖妖时那种恬不知耻的口吻，但考虑到他就住在白哥家，每天黄昏时还得从白哥手里接过装着饭菜的洋瓷缸，不说话显然不太可能。他最后选择了一种折中的方式：既不冷，也不热。比如从白哥手上接过那缸饭菜时，他会平淡地说声谢谢。吃完之后，他会等着白哥也吃完，把两人的洋瓷缸一起洗了，并排放在堂屋的小木桌上。那之前两人的洋瓷缸都是白哥洗，他如果不过意，想洗，白哥就会阻拦他，你别动，我来洗，可别让张老师知道了，还以为我故意耽误你学习呢。这次他坚持要洗，白哥也不阻拦，似乎对他的心思了若指掌。你这个小屁孩，白哥说，我那是好话嘛，这都听不懂？

那大约是他有生以来感觉最孤单的一段时间。他无论在补习班还是白哥家，随时都紧紧抿着嘴，有时候会突然意识到，嘴角两边的肌肉都抿酸了。有天下午，他借口胃痛，没上第三节课，悄悄跑到西街县邮电大楼，给他在省防疫站工作的母亲打了个电话，提出想提前回家。他和母亲是什么都可以说的，但即便这样，他也不好意思提到他和妖妖的事。他只是说他实在是听不懂那些英语课和数学课的内容，待在这里也是浪费时间，何况在这里很难吃到好肉。我是O型血，他说，肉吃少了身体没力气，上课也集中不起精神来。他看过一本书，说O型血的人祖先是游牧民族，非多吃肉不可。他知道母亲很在意他的身体发育。之后他又给母亲设想了一下考不上大学之后的前途，提到他给那个邻居设计的蜘蛛。人家李姐都夸我设计得好，他说，李姐还说以后每卖出去一件，就给我两块钱……你想想，一件两块，十件就是二十……

说到伙食，母亲也心疼，知道他向来吃饭不能没肉。我们原本是要把你的伙食费给张伯伯的，母亲说，但张伯伯死活不要，那人家吃什么你还不是只好跟着吃什么。实在寡淡了，就自己到街上吃碗双加的牛肉粉嘛。一个男生，不能受点夹磨就打退堂鼓。至于别的，母亲一句话就把他堵了回去。想回来你自己给你爸说，我可不敢说。

你是省城来的吧？少年看了一眼他的衣服，又看了一眼他的手。你的手白生生的，一看就知道是从来不做事的人。

他羞愧地点点头，把原本捏着书包带子的左手从胸前放下来。他有点担心少年因为他是省城来的就嫌弃他,所以连忙找话说。你以后如果来省城就到我家玩嘛,他说,我表哥也养鸽子,住在弯弓街,有几十只呢,我可以让他送一只给你。

这是真的。他大表哥养了许多鸽子,他还见过大表哥把米含在嘴里,让小鸽子把头伸进去啄,说这叫"渡"。

少年对他的话显然很感兴趣。你表哥也养鸽子?

是啊,他说,不过我不知道里面有没有李种和森林黑。

不可能有森林黑,少年摇摇头,森林黑是军鸽,一般老百姓哪能得着。能有只李种就不得了啦。

那你自己去买一只嘛。

买不起。少年摇摇头。就算有钱也没地方买。他用手胡乱地对着天空画了一圈,就这两只瓦灰和雨点,都是我在李家窑给人家搬了半年砖,才买起的。

你去搬砖?你不用读书吗?他有点诧异。你明年是不是也要参加高考?

我哪读得进书。少年笑起来,我三年级都没读完就退学了。

你妈不管你?

她也想管,但管不了嘛,读不进又有什么法子?

真好。他由衷地说。这时那群鸽子又画完一个圈,带着哨音再次从他们头顶掠过。不知是不是因为天色更晚了,他觉得哨音没有刚才那么纤细，倒像一片泼出去的水花，在天空里四处乱响。

你们全县都没有李种？

原来没有。少年摇摇头，前段时间听说有人买回来一对。

你知道是哪个不？

少年指了指他们身后沙石路的方向。听说是水利局的一个工程师。

他一下很兴奋，大声说，我就住水利局的白工程师家里啊。白哥，白工程师你知道不？

少年摇摇头，不姓白，好像姓贺。白工程师，白什么？

他这才发现，他居然不知道白哥叫白什么。

我不知道他叫白什么，不过没关系，他豪迈地拍拍少年的肩膀，感觉到少年肩上石头一样结实的肌肉。我和白哥好得很，等李种生了崽崽，我请白哥去给那个贺工程师说一声，送一只给你。

少年嗤笑起来，你讲天话哦，最好的朋友还差不多。何况就是最好的朋友，也不可能给你崽崽，最多让你捡蛋，自己去孵。

那等李种下了蛋，我给白哥说，让你捡一个嘛。

少年的嘴角还挂着那种嘲弄的笑，但神情已经有点变了，想想，又看他一眼，跳上沙石路，往前走几步，又掉头回来走几步，突然从口袋里掏出一包烟，抽出一根递给他。你抽烟不？

他正要拒绝，却又接了过来。他把烟拿在手上捏了捏，是那种不带嘴的烟，烟丝很干燥，捏上去似乎能听见里面沙沙地响。

他想起白哥家的抽屉里时时都放着好几条带过滤嘴的花溪牌香烟。

少年说，如果李种下了蛋，你真能让白哥求一个给我，那就好得很喽。以后每年新米下来，我都给你背一百斤到省城去，一直背到你家里。

他开始有点不安，问少年，你家住哪里？

少年把右手食指竖起来，对着田野的尽头甩出去，像是越过整个田野，画了一个抛物线。那边，鲍屯。

少年突然像是想到什么，问他，你好久回省城呢？

下个月底，他说，九月一号开学嘛。

啊，少年露出非常失望的表情，那来不及了。

什么来不及了？

你不懂。少年扔掉手中的烟，眼睛又去看田野。一般不会让鸽子在夏天交配，夏天热嘛，那会伤了雄鸽的体质，都是在春天和秋天。加上又是李种，人家更不会。

他没想到还有这个问题，一时有点懵。有一瞬间，他觉得他马上就要失去这个刚交上的朋友了。

如果我走之前，李种都没下崽崽，他说，那我就介绍你和白哥认识，让他带你去捡蛋，也是一样的嘛。

少年又一次嗤笑起来。人家是干部，我一个农民娃娃……

他也觉得少年的话有些道理，一时找不到什么话来安慰他，于是两人都沉默下来。太阳这时更斜了，已经照不到他们站立的地方。

别急，他拍拍少年的肩膀，他觉得他不能白当一回省城人。等我好好给你想个法子。他说，我现在回去就问下白哥，后天，后天这个时候，我还在这里等你。

少年默默地捏了捏他的肩膀。他第一次闻到少年身上那种汗、烟、猪食还有田地里泥土和草叶混在一起的浓烈气味。

行。后天。少年说，到时候我会给你带点新鲜的鸡㙡菌来，你拿给白哥，煮肉片吃也可以，用油炸了下面条也可以。记得如果油炸，油一定要淹着菌子，要不几天就坏了。你们两个都可以吃。

在他承诺给少年想个法子的时候，他心里实际上已经有了个大致的主意，他准备给白哥这样说：他在省城有个表哥，住弯弓街，喜欢养鸽子，一直想找一只李种，但哪里都找不到，现在他打听到水利局有个贺工程师有一对，所以想请白哥等鸽子下蛋时去给他讨一只。因为夏天，他离开之前鸽子可能不会下蛋，但这没有关系，等鸽子下蛋，他会请一个住在当地的朋友来拿，那个朋友也养鸽子，会把蛋先孵成小鸽子，再给他送到省城去。他已经把这个事情给表哥说了，表哥请他转达对白哥的感激之情，并且连着三年，每年都会给当地的这个朋友寄点钱，让这个朋友一等新米下来，就背一百斤送给白哥，他会让这个朋友把米一直背到白哥的厨房里。

在回去的路上，他一面走，一面反复推敲，看不出他这个想法有什么纰漏。以他对白哥的了解，他很难想象白哥会拒绝他。

进到院子之后，他又想起少年和他分别时说的话，于是临时决定在一百斤新米之外，再替表哥承诺一洋瓷缸油炸的鸡枞菌。

但当天下午，还没等他说到新米和鸡枞菌，白哥就一口回绝了他。

没可能。白哥说，换个人我都会替你想法子。何况他也不姓贺，是姓和，"我和你"的"和"，云南过来的，纳西族。

为什么没可能？一阵失望在他肚腹之间灼热地烙了一下。

我们关系不好。白哥说，我们原来打过架。

你们为什么打架？

白哥看着他，慢慢露出一种又像是促狭，又像是得意的表情。

其实也没什么大事，白哥说，他原来有个女朋友，城关一小的语文老师，没见到我时喜欢他，见到我之后就让他靠边站了。你说他恨不恨我？你说我们打不打架？

他又隐隐约约地嗅到一种动物皮毛上的气味，感到眼泪渐渐从自己的眼眶里冒出来。

不要脸，他说，人家的女朋友。

白哥笑起来，说又没结婚，有什么不要脸的，大家凭实力……

我要去告张伯伯，他说，我要告你抢人家女朋友。

白哥笑得更厉害了，几乎弯下腰去。你只管去告，你自己一屁股屎还没揩干净。你想和人家妖妖好，人家张老师还是你老爹的朋友呢……

他决定自己去找那个姓和的工程师。这样想的时候，他其实也没抱太大希望，但他觉得还是应该试试。他都想好了，他这么莫名其妙地去找人家要鸽子蛋，人家肯定不会理他，所以他打算一见到和工程师，就毫不讳言他和白哥住在一起，然后立即表明他在得知白哥抢过他女朋友后他对白哥的鄙视和愤怒。这都是真的，他对白哥的愤怒已经达到了有生以来最强烈的程度。他会破口大骂，会痛心疾首……谁知道呢，也许和工程师看在大家都恨白哥的分上，会和他聊聊鸽子，这样，他就能自然而然地说到他的表哥，说到他住在当地的一个也养鸽子的朋友，说到新米和鸡坳菌……

和工程师就住在水利局那一长串宿舍的倒数第三套，这一点打听起来出乎意料的容易：第二天黄昏，他还没走到水利局宿舍的第一套，就遇上一个经常在附近的老头，老头戴着一顶不知是草编的还是竹编的鸭舌帽，正急匆匆朝县城方向走。他估计那是水利局的退休职工，一问，果然。他才一说到和工程师和云南的纳西族，老头就用手一指背后，头也不回地说，当头，倒数第三套。

和工程师家的院门比白哥家的看上去要漂亮得多，也要新得多，红油漆亮闪闪的，左边一扇在比他的头高几寸的地方还安了一个门铃。他记起母亲平时的叮嘱，敲门只敲三下，按门铃只按一次，这样才显得礼貌。于是他按了一下，听见堂屋深处传出一阵泉水叮咚的声音。

开门的是个年轻女人，头上裹满了蓝色和枣红色的塑料发卷，手里还抱着一个软塌塌的婴儿。你找谁？女人问他。

请问是不是和师家？他没有说和工程师，而是用了简称，他觉得这样显得比较内行。

没在呢。女人说。一面说，一面打量他，接着脸上原本带着的一点客套的笑容消失了，就像涟漪消失在水面上。她抖了抖臂弯里的婴儿，歪着头对他说，你是和白麻子住的那个省城来的高中生吧？

这有点出乎他的意料，他嗫嚅着想说点什么，但又发现一言难尽。我是和他住在一起，他说，不过……

走走走。那女人一下变了脸，把婴儿换到左手，腾出右手，在离他脸部不到半尺的地方一阵乱挥，像在驱赶一群苍蝇。我都听说了，她说，还想打人家张贵华老师家三姑娘的主意。人家把你从省城接过来，不要钱，教你……真不要脸，难怪和姓白的住在一起，两个蛤蟆，打成一家……

和少年见面的那天下午，云层很厚，天暗沉沉的，田野尽头的山峰被大团的烟雾遮住，田野因此看上去更加辽远。他中午在街上吃饭时，花两毛六买了两卷山楂皮，放进书包。他猜测少年可能没有吃过这样又酸又甜的东西。

他原本以为这样应该可以减轻一点少年对他的失望，但少年的表现还是让他有点手足无措。少年一声没吭，一面听他说话，一面慢慢坐到了田坎上，没有接他递过来的山楂皮，也没把手里提着的一个塑料袋给他。他估计袋子里装的就是鸡枞菌。

我怎么知道他们从前打过架呢？他说，我昨天下午还专门去找过和工程师，但他不在家，我按了半天门铃都没人应……他家红门上有个门铃，不信你自己去看。

少年抱着双膝，像他第一次见到时那样，抬头看天，孤零零的，就像整片田野只有他一个人坐在那里。

他不敢面对着少年说，只能和少年一样，面对着那片一眼望不到边的田野。

他反复陈述着白哥抢和工程师女朋友的事，还编了许多他们打架的细节，比如和工程师用手封住白哥的衣领，白哥却用膝盖去顶和工程师的小肚子，不想顶低了，顶到了和工程师的下体，痛得和工程师立即蹲到了地上。

你想，他诚恳地说，和工程师咋不恨白哥嘛。他接着补充说，我表哥也喜欢打架，我听他说过，打架时踢到那里，就会胀起来，像个气球，好多天都消不下去的……

但少年还是不说话。他吞了口唾沫，想到了那两卷山楂皮。如果这对李种是白哥养的，他发狠说，我都直接偷出来送你了……

直到这时，少年才转过头来，轻轻责备了他一句，瞎说，你这人……

少年的反应让他松了口气，他立即把山楂皮递给少年。少年这次接了过去，然后把一直放在身边的塑料袋也递给他。鸡枞菌，少年说，我在南望山一个坳坳里发现了好多鸡枞菌，一窝一窝的，多得你不相信……不过爹妈哥姐我都是不讲的。

那天他们一直聊到太阳完全落坡，他还平生第一次抽了根烟。

那之后一连好多天,每天下课回来,路过那片田野,他都很注意看那条跟着沙石路一直延伸的田坎,但一次也没再见到那个少年,只是不时还能远远地听到空中震颤的鸽哨,有一阵,无一阵。

有个周三的黄昏,他用钥匙打开白哥家的院门,刚进院子,就听见一个女人一面咳一面笑的声音从白哥卧室的窗户里传出来,就像她的喉管被白哥半松不紧地卡住了似的。这有点出乎他的意料,他没想到这么早就有女人来找白哥。他走进堂屋,看见两个洋瓷缸,一个放在木桌靠外的位置,另一个没动,还放在头天下午他洗净后放的靠墙的位置。他过去,把靠墙那个洋瓷缸的盖子打开,发现里面果然是空的。他把装着饭菜的那个缸子端到自己屋里,放在书桌上,一面摘书包,一面留神听白哥卧室里的动静。那阵笑声如今可疑地消失了,屋里一片沉寂。但那片沉寂并不让人安心,相反,他感到在那无声无息的卧室里,有两股相反的力量正作用在一个点上,就像两个人同时拧一条毛巾,越来越紧,空气因此被压缩,被扭曲,而且即将爆炸。果不其然,就在一瞬间,卧室里传来白哥一声又像惊诧又像愤怒的尖叫,接着是一连串撕扯和身体撞上木床发出的刺耳声响。有那么几秒钟,他待在他的屋子里,以为白哥的卧室里倒下了有一面墙那么宽的衣橱……

他坐在书桌前,默默地把那缸饭菜吃完,没有立即去洗缸子,而是放在一旁,打开一本《白门楼》,开始在速写本上照着描一幅吕布被绑在柱子上的画面。天已经完全黑下来,但白哥的卧室门还是闭得不见一丝缝隙,又恢复了之前那种可疑的沉寂。

那天直到他画完整整一幅画,才听见白哥的卧室门吱吱呀呀地打开。门开之前,他听见有人拉灭了卧室的灯,加上堂屋没开灯,所以白哥挡着一个女人,远远地对他说话时,他什么也没看清楚。

缸子里的饭你吃了吧?白哥说,我出去下,可能回来得晚点,你不要反锁门,做完作业你自己先睡。

他嗯了一声,没多话,回转身来继续画他的画。

不知为什么,那天晚上他始终有些心神不宁,先是听见县城的方向不断传来轰隆隆的声响,就像有极大型的翻斗车正在卸货;接着他的两个耳根开始发热,就像被人揉搓了好长时间,那种热一直蔓延到整个脸部,甚至渗到了眼睛里。另外,临睡前,他发现他整个晚上画的画,有四五幅,都和平时不一样;他平时很善于画那种奋蹄怒目的奔马,但那天晚上,所有的马都不像在冲锋,而像在奔逃,从那些圆睁的马的双眼里,流露出来的不是奋力突进的神色,而是惊恐……

凌晨两点,他被窗外巨大的雨声惊醒,感到从敞开的窗户外涌进来的潮气正在塞满整间房子。他口渴难忍,于是起来,把下午就凉在堂屋木桌上的一杯水一口喝干。他看了一眼白哥的卧室,门还开着,说明白哥还没回来。之后他又躺回床上,迷迷糊糊地闭上眼睛,听着雨声,等待再次入睡……

雨声小下去,渐渐又被另一种声音代替。那种声音从他右手的方向传来,也就是说,从水利局宿舍的另一头传来;声音在他半梦半醒的耳朵听来,有点像海浪,有人在海浪里唱歌,有人在海浪里呻吟,还有人在海浪里怒骂……

声音越来越响。他听见白哥院子两侧的住户开始有了响动,还看见好几条笔直的电筒光在窗户外四处乱晃。他从床上爬起来,有一瞬间,他看见窗外被电筒光照亮的一丛碧绿的植物和植物里一束妖冶的花。

模糊的海浪声开始变得清晰,他听见有人呜呜地哭,还听见一些硬物碰硬物的声音。所有的声音由远而近,越过白哥住的院子,又往前去了——那是去县城的方向。

左邻右舍都有人在开门、锁门和奔跑。他不再犹豫,也跳起身来,套上裤子,只穿一件背心就跟了出去。出门之前,他没忘了拿钥匙和仔细地锁上院门。

他来到湿漉漉的沙石路上,发现嘈杂的人群已经远在数十米之外。无数道电筒的光从人群里透出来,又被人群挡住，把无数零碎的光斑洒在路面上。

他深一脚浅一脚地追赶人群，人群却似乎离他越来越远。终于，人群在前面停下来。他赶过去，靠近了那群散发着浓烈体味的人。他无意间碰到的每个人，似乎都紧绷着肌肉，所有绷紧的肌肉墙一样板结着，让他根本挤不进人群的中心。

但他突然听见了白哥的声音。我正好路过……一听和师在喊，再一看，和师家围墙上吊着个人影，我就知道怎么回事……上去拉他下来，他还想用蛮力，你们看，抓得我这一手一脸的血印子……

鸽舍的小门都打开了，一个细声细气的声音说，我正睡得香，听到一只鸽子咕咕叫，叫得那个急，我就知道有人进来了，要偷鸽子……我家啥也没有，就那对新买的鸽子值点钱……

打死这狗×的。人群里有人喊。于是他又听见了那种硬物碰硬物的声响。

不知是不是错觉，他嗅到一股浓烈的腥味从人群中心散发出来，和那些紧绷着的肌肉散发出来的体味混合在一起，在空气中久久地滞留不去，就像鸽哨在田野里久久地滞留不去。

不断有人加入人群里，和认识的人打招呼。有人在大雨停歇的间隙向周围的人发烟，接着他们就全都抽了起来。人群里有个声音怜悯地说，不要再打了，我看快不行了……

雨又稀稀落落地下起来，有人困倦了，大声打哈欠。不知从什么时候开始，他发现人群没有刚才那么密集了，他想挤进去，但立即又打消了这个念头。

一辆摩托车从县城的方向震耳欲聋地驰来，在离人群几步远的地方猛地刹住。一个女人炸啦啦的声音由远而近，鲍老大，你咋了？

人群朝四面散开，所有人的嘴巴一瞬间同时闭上，田野里聒噪的蛙鸣于是插进来，气泡一样又饱满，又空洞。

那个他熟悉的少年的声音这时平静地说了一句，妈，他们把我打坏了。

他悄悄从人群里退出来，像刚才那样深一脚浅一脚往回走。雨还没下透，四周看不到一点光亮，他觉得他的眼睛已经不是近视，而像是完全瞎了。终于来到白哥的小院时，他发现他全身透湿，就像是淋着大雨回来的一样。

他躺回到自己的木床上，用被子把自己裹起来，拼命想象白哥和那些女人在卧室都会干些什么。他觉得只有去想这个，他才不会像在刚才回来的路上那样，筛糠似的发抖。

天快亮时，他睡了过去，再醒过来，已经是上午九点半，正好是补习班下第一节课的时间。但他毫不在乎。他慢吞吞地洗脸、漱口，收拾课本……白哥的卧室还跟头晚上一样,敞开着,他走进去,从书桌的中间抽屉里拿了一包烟,又从旁边一大堆用了一半的火柴盒里挑一个火花是公鸡的,一起放进书包,这才出门向学校走去。出门前他检查了下白哥的木床,发现左边的床杠果然裂开了,露出里面淡黄色的木头。

一路上他走得很慢,一面走,一面仔细看沙石路面,想发现点什么。但什么都没有。沙石路被头天晚上的大雨冲刷,颜色显得比平时要浅,也要干净得多;有些小粒的晶体夹杂其中,发出微小但耀眼的光亮。空气也被大雨洗刷,清澈透明到不可思议的程度;田野尽头的山峰这时更远了,看上去就像是用某种苍蓝的颜色直接堆积出来的。他站在田坎上,看着远处苍蓝色的南望山。

来到学校时,他刚好赶上最后一节课。最后一节课是英语课。英语老师也是张伯伯原来的学生,姓牟,如今是县一中有名的英语老师,听说曾经追求过张伯伯家的大女儿,也就是妖妖的大姐,虽然最后没有追到手,但和张伯伯一家都很熟,按他曾经在课堂上的公开宣称,他和张伯伯的关系属于"不是父子,胜过父子"那一种。据牟老师事后回忆,那天上课过程中,除了有点神不守舍,没像平时那样躲着画画,并没发现他有任何不妥之处。

他每次上课都把本子压在课本底下画画,牟老师说,这是我们每个老师都知道,其实张老师也知道的。开始张老师还叮嘱大家要特别严格要求他，因为他爹是张老师的老朋友嘛。但后来看他实在不想学，也就懒得管了。

据牟老师说，那天下课之后，同学们都在收书包，准备回家吃饭，张冶莲，也就是妖妖，和几个同学站在讲台下面，正在问牟老师一个语法问题。他突然快步走过来，粗野地推开几个同学，一把捧住妖妖的头，旁若无人、寡廉鲜耻地在妖妖嘴上吮了一口，放开时，还夸张地发出响亮的声音……

三十岁那年，他曾给他的一位老师——看过他诗歌的那个大胡子编辑，他们后来成了忘年交——说起当年的事。我只想马上回家，他说，一秒钟都待不下去了，你想，发生了那样的事情……我又没别的办法，只能出此下策。

大胡子编辑听了之后惊极而笑。说，你怎么想得出这种馊主意？你事先没想到后果？你爹那脾气，回来没打你一顿？

怎么可能不打，他说，你知道的，他手掌又厚又宽，见面一句话没说，也不顾人家白哥站在旁边，先就是四五个耳刮子，打得我耳朵嗡嗡响。不是我妈拉着，说怕打憨了，估计还有四五个等着……

我当时坐在课椅上。他说，仔细回忆着当时的情景。我看到妖妖站在那里和牟老师说话，嘴唇又小又红，心里就突然冒出这个念头。我晓得这样一来，张伯伯怎么也不可能再留我，我爹妈也不可能好意思让我留在那儿……那是我当时能想到的可以马上回家的唯一办法了。

平时看你文绉绉的，大胡子编辑摇摇头，想不到逼急了也会发疯。

他的计划从某种角度说，几乎算得上完美无缺。亲完妖妖后，他收拾好书包，中饭也没吃，立即返回白哥的院子，坐在他的房间里安静地等着。果不其然，不到一小时，白哥就回来了，两只手臂上都包着白纱布，脖子和脸上也东一条、西一条地涂着紫药水，看上去就像一个花野猫。

哪有你这样追女生的？白哥一脸又好气又好笑。一点沉不住气，他说，现在好了，这辈子你怕都见不着妖妖了，就算见着，人家也是见一次啐你一次。幸好张老师没儿子，要不怕擂你个半死。

他没接话，而是问白哥，昨天晚上那小偷咋了？

死了。白哥说，他们昨天是打得有点过分。他家人还想闹，说要抬到我们这里停着，不给个说法不埋……

他用力吞了口唾沫，还想问点什么，白哥却笑起来，说赶快想想怎么给你爹妈交代哦，还管别人的事。张老师已经给你爹打了电话，还让我马上送你回省城，要亲手把你交给你爹。你快收行李吧，我们出去随便吃点东西就去车站……

从县城回省城，要坐三个半小时的班车。因为头天晚上几乎没睡，他晕车了，一路吐了几次，浑身直冒冷汗，衣服都湿透了。但白哥却兴致勃勃，从头至尾都在教他如何追女生。就算你真的急，他说，也不能让人家看出来你急，看出来，你就成了耗子，人家就成了猫……

他想起头天晚上白哥卧室里那阵撕打和衣橱就要垮掉的声响，忍不住问白哥，你的手和脸真的都是昨天那个小偷抓的？

白哥愣了一下，用难以置信的眼神看了他好一会，才笑起来。说你奸，你憨得要死，他说，说你憨，你又奸得要死。

他不知道这话什么意思，没吭气，只是侧头盯着白哥，等他回答。

给你说也没关系。白哥说，反正这辈子你也不要想再回这里了……其实是昨天晚上你看到的那个女的抓的……

说到这里，白哥叹口气，我还教你，其实我自己就沉不住气，我一急，人家就不急了。我想把她拖到床上去，她凶得像只刚下崽的猫，你是没看到我这一脸一手……

那你为什么要说是那个小偷抓的？

说你奸，你又憨了。白哥有点好笑。不正好？要不我今天早上出门，咋给别人编？满城都是熟人。也真巧，和师一喊，我正好接上……

那昨天你抓那小偷的时候，他反抗没呢？

白哥默了一会，这才勉强地开了口。说实话，那小崽老实，我把他从墙上拽下来，用膝盖顶着，按在地上，再等和师他们赶来，从头到尾，他真就一点没动……

他好一会没说话，白哥也没说。车子在路边一个公共厕所停下来时，他对白哥说，还不只，现在和师也不会再生你的气了，他不知多感激你呢。

白哥挑挑眉毛，眼睛朝上方翻了一下。对呢，他说，我之前咋没想到这个……你看，你现在又奸了。

回家的当天晚上，他做了个梦，梦见自己是和师新买的那对李种中的一只，但不知道是雄的那只，还是雌的那只，正匍匐在夜深人静的鸽舍里，面对鸽舍的小门，听着外面的雨声；接下来一个画面，是鸽舍的小门慢慢开了，露出外面那个少年黝黑的脸、肥厚的嘴唇，还有嘴唇上面那些硬扎扎、黑油油的胡子楂……

他既然知道整个事情的过程和最后的结果，当然要提前告诉少年。他想大喊，让少年快跑。

再过几分钟，他想说，你就会被他们抓住，还会被打死……

但他是一只鸽子，无法说出人的话，他最后只听见自己发出一阵急促的咕咕声。

苍老的黄昏倏忽而至

他捏着一根拉直了的曲别针，在那只壁虎灰白色的肚皮上戳了个洞，把一些不知是血还是油的浑浊的黏液挤出来，装到一个瓶盖里。

那只壁虎是他偶然从院坝的石缝里掏出来的，之前，它一直躲在石缝里冬眠。

他来到院坝的水池边，稍微拧开一点龙头，朝瓶盖里加了几滴水，用手搅匀，小心地端着，穿过堂屋，悄无声息地朝厨房走去。

路过奶奶的卧室时，他伸头进去探了一下，见奶奶面朝墙壁，不时发出轻微的鼻息，就像她的鼻腔里有一些细而硬的东西在相互摩擦。

正是下午一点，不只奶奶，还有他的父母和住楼上的二叔叔，都在睡觉。堂屋的两扇大木门关得严严实实，让堂屋一片暗沉。靠墙安放的大铁炉子散发着毛茸茸的热气，有种不洁净的味道，那是铁炉子的四角吊着几块湿抹布的缘故。

厨房比堂屋更幽暗，气味也更浓重。他家和奶奶家虽然同住一幢房子，但分开做饭吃饭已经好几年，煤、火、橱柜、碗筷，等等，都是分开的。他家的橱柜摆在厨房右边一张大方桌的旁边，半人高，只放得下装油盐酱醋的瓶子和他们一家三人的碗筷；剩饭剩菜、多出来的碗和盘子之类就只能放在大方桌上，用一块很大的双层纱布盖着；如果父亲要请朋友吃饭，碗筷盘子不够用，还得向奶奶借。奶奶的橱柜跟他家的橱柜样子很相似，但要旧得多，也要大得多，看上去也像他家橱柜的奶奶。

他先把奶奶家橱柜右边的一扇木门轻轻提起来（如果不提起来，门会压着转轴，发出刺耳的声响），再一点一点打开。橱柜用隔板分成五层，第三层就放着奶奶和二叔叔中午吃剩的菜：糟辣白菜、鸡杂芹菜、凉拌折耳根、清煮娃娃菜……每样都只剩一点，鸡杂芹菜最少，只有碗底一小撮。它们都还散发着轻微的热气。他把瓶盖举起来，在糟辣白菜和鸡杂芹菜里分别倒了几滴，还剩一些，他想想，全部倒在了装凉拌折耳根的碗里。

他有意避开了那碗娃娃菜。娃娃菜是用清水煮的，如果那种深褐色的黏液滴在里面，会变得非常醒目。

在抓到那只冬眠的壁虎之前，他实际已经尝试过许多别的方法，比如朝奶奶的茶缸里吐口水。他曾听说过，人的口水是世界上最毒的东西之一，如果拌上米饭喂麻雀，麻雀吃了之后立即就会死掉；他还在奶奶家的剩菜里放过缝纫机油、黄沙……但除了黄沙被他二叔叔尝出来，都没有任何效果，甚至没被任何人发现。有一次，他从奶奶家的大橱柜里偷奶奶每天下午用来调荸荠粉的红糖，发现红糖已经受潮，变得黏糊糊的，看上去像鼻涕一样恶心。他于是受到启发，分成两次，每次按住一边鼻孔，朝那个陶罐里擤干了他所有的鼻涕。他知道鼻涕是吃不死人的，连让人生病都不会，他就经常把流出来的鼻涕吸进嘴里，然后吞下去。他这样做只是因为做了之后心里舒服。

他的房间与后墙隔着一条通道，里面传来几声耗子的吱吱声，他知道那只耗子趁着人们熟睡的当儿，又出来觅食了。

那是他有生以来见到过最大的一只耗子，几乎不比一只肥猫小多少。他从没看见过它的样子，只是从房间的窗户里看到过它的背，每次都只能看到它的背。它显然已经十分衰老，这一点从它迟缓的动作和脱毛脱得几乎光秃秃的背脊上就可以看出来。但它同时又是威严的。他见过一只半大的猫围着它转圈，惊骇地嚎叫，它却始终嗅着地面，头都没抬一下。那只猫最后突然闭嘴，决绝地跳到一根靠墙的木方上，越过墙头，尾巴在空气中模糊地一闪，消失在墙的另一边，就像它因羞愤而跳墙。

听到那只耗子的响动,他就知道奶奶快要起床了。他已经测验过好几次。每天下午,只要他听见那只耗子出来觅食的动静,不出五分钟,就能听见隔壁奶奶起床穿衣服的声响。

他曾把这个在他看来非常神奇的现象告诉父亲,父亲却不以为意,说这不稀奇啊,午睡时候屋里安静,耗子才敢出来,而奶奶年纪大了,瞌睡少,总是第一个起来嘛。

他说那只耗子和奶奶的动作也很像。这样说的时候,他半弓着腰,双腿交替,慢慢抬起来,又慢慢放下去,就像游泳时在浅水里行走。

这个滑稽的动作把父亲逗笑了,他说不许学老人,这样不礼貌;又说他们都老了嘛,只要是动物都会老,以后我会老,妈妈会老,你也会老。

他眼睛一亮,想起才从一本小人书上看到的话,大声说,人也是一种动物。

对了,父亲说,这话就说得有点知识了。

他得了表扬,得意好半天,但还是固执地认为那只耗子和奶奶之间有着某种说不清楚的联系。

很多年之后,他觉得他想通了这个问题,他实际想要给父亲表达的是,那只耗子和奶奶身上,都有一种让他厌恶、痛恨同时敬畏的东西。

他厌恶和痛恨的其实不只他奶奶一个，还有他的两个叔叔以及五个姑妈。

几乎每个月，总有那么一个就像永远过不完的下午或者晚上，在奶奶的召集和主持下，两个叔叔和五个姑妈会从这座城市的四面八方聚集到大房子的堂屋里来，散坐在沙发、茶几和临时搬出来的几张高凳上，每人手里捧着一杯茶，在他父母的四周围成一个半圆的圈，一一数落母亲的种种不是，比如给奶奶的赡养费拖欠了两个星期；去重庆探亲带回来给大家的米花糖少得不成体统，有一次甚至是馊的，而且各家多少不均；某天说的某句话流露出对某个姑妈或叔叔甚至奶奶本人的不满，对奶奶不礼貌，却没有受到惩罚……要母亲解释、道歉、保证。这种时候，他通常会被父亲严厉地命令待在他住的狭窄房间里不许出来。但他光着脚，躲在房间和堂屋之间的茶房里，手心里攥着汗，从头到尾屏气凝息地偷听，什么都听得清清楚楚。他能听见六姑妈勺子刮瓷碗一样尖厉的声音、八姑妈胆怯的声音、五姑妈冷漠平静的声音以及父亲一会儿替母亲解释、一会儿替母亲道歉的声音。父亲解释或者道歉的声音有时会被奶奶突然的插话打断：你别替她说，你等她自己说。这样几次之后，就会传来母亲断断续续的辩解声，中间夹杂着打嗝似的抽泣……偶尔，两个叔叔和五个姑妈之间也会互相埋怨指责，但这种情况不多。

这种时候，他就会平静地回到房间，做作业，看小人书，或者画画。

大家都把这种聚会叫作"家庭会议"。在奶奶看来，不时地开开这种"家庭会议"，很有必要，因为谁对谁有意见，都可以当面说清。

但每次这样的会议之后好几天，父亲的脾气都会变得非常暴躁，而母亲则终日沉默寡言，脸色灰暗，仿佛支撑身体的什么东西被抽空了，变得既瘦小又干瘪，走起路来就像踩在水波上。这种时候，他就得十分小心，不能做错什么事，否则父亲母亲都可能打他。父亲的手掌又宽又厚，一般不多打，只是随手一耳光，就会令他在差不多十秒钟的时间里处于一种分不清上下左右的晕眩状态；相比之下，他更怕母亲发火，因为母亲发起火来，一下就能达到歇斯底里的程度。曾经有一次，因为五姑妈的儿子，他的三表弟，偷了大叔叔的糖，他分得了两颗，被母亲抓住后领，穿过院坝，穿过又长又黑的巷道，一直来到大街上，作势要把他推到那些迎面驶来的公交车或者大卡车的轮子下。那次他被吓哭了。他害怕的不仅是那些隆隆作响的庞然大物，更是母亲那种声嘶力竭的嗓音和脸上变样的神情。

在那几天时间里他尽量不露面，如果是上学期间，他会头天先告诉父母，说第二天下课后会去同学家做作业，第二天就真的在同学家里待到晚饭前几分钟才回来；如果是放假，除了吃饭上厕所，他就整天待在房间看小人书、做作业。他知道，只要看见他在看书和写字，母亲就会欣慰，觉得他在干正事，觉得她受的全部委屈得到了些微补偿。

从父母无意间的对话里，他知道这种状况其实在他出生之前就已经开始，随着两个叔叔和三个姑妈陆续从外地调回来，愈演愈烈。

只要某天某个姑妈或者叔叔出现在隔壁卧室，和奶奶悄声说话，而且一说几小时，他就知道过不了几天，又要开家庭会议了。在和奶奶说话之前，姑妈或者叔叔们一般都会先进到他房间，命令他出去玩会儿。他知道那是因为他的房间和奶奶的卧室只隔着薄薄一层木板，非常轻微的响动也能听见。这时，他就会一声不吭地离开房间，带着一种大祸临头的战栗，来到堂屋，躲进爷爷留下的那张大西餐桌下面，找一个最幽暗的角落，在那里一直待到奶奶的房门重新打开，叔叔们从里面出来。

发现这个规律之后他兴奋了好一段时间，因为加上那只耗子和奶奶之间的联系，他觉得自己已经发现了两件就连父亲母亲都不知道的事情，他据此认为自己不再是个孩子，而是真正的大人了，只是别人还不知道而已。

有个周三的下午，五姑妈来到他房间，命令他出去玩会儿，然后从那扇开在木板之间的小门进到了奶奶的卧室。他离开房间，立即告诉了母亲。他反复强调他发现的那个规律，还说，每一次都是这样的，不信你看着吧。结果母亲从那天下午开始，直到家庭会议真正举行，一直脸色灰暗，沉默寡言，身体变得又瘦小又干瘪；无论谁多说句什么话，她都会连声辩解，前言不搭后语，声音又高又尖，就像一只受到惊吓的猫，突然竖起了全身的毛。

那之后，看见哪个姑妈或者叔叔进到奶奶的卧室说话，他都不再事先给母亲说了，只是独自躲在大西餐桌的下面，看着大人们的腿不时出现在眼前脚晃来晃去。他越来越喜欢躲在大西餐桌下面，蜷成一团，在一块浓重阴影的庇护下，有种与世隔绝的静寂，就像阴影之内是一个世界，之外是另一个世界，两者互不相干。他常常在那团阴影里睡过去，睡得比在冬天夜晚的被子里还香甜，甚至听不见母亲叫他的声音。

母亲把搬离这座院子的全部希望，都寄托在父亲的单位能分给他们一套单元房。每次开完家庭会议，他都能听见母亲又一次逼着父亲去找人说情，看能不能分到一套房子。再旧再小都可以。她说，再在这个房子里待下去，我肯定不是疯就是死。

这些话让他恐惧，他无法想象如果有一天母亲真的死掉，会是一种什么情形。有个黄昏，他来到正在写字台前做事的父亲身边，突兀而不可抑制地说，我们搬出去吧，他几乎哽咽起来，要不我死在大桌子底下可能都没人知道。父亲诧异而尴尬地笑了一下，说为什么是大桌子底下呢？

有天中午，父亲下班回家，和母亲说了一会话之后，母亲一下变得满脸欣喜，专门来到他房间，从后面把一只手按在他的肩膀上，悄悄告诉他，说房子的事情有回音了，明年，最多后年，他们就有可能分到一套房子。

他目瞪口呆。他不敢尖叫，因为奶奶正待在隔壁，但他满心狂喜，不知如何是好，于是把嘴按在手臂上，模仿了一个响亮而悠长的、放屁的声音……

紧接着发生了好几桩事情，让他没有耐心等到真正搬家的那天了。

那几桩事情，严格说来，只是一桩。有个周六的晚上，十点左右，母亲让他去拌点稀煤把铁炉子的火封了。他家的铁炉子安在奶奶家大灶台的旁边，煤池则砌在他房间屋檐下，与奶奶家的煤池不过几步远。两家的煤池里都装着干煤面，但奶奶家封火的稀煤，二叔叔每天一早就会事先拌好，晚上需要封火时，直接铲起来就可以用；他家的却是晚上封火时现拌。拌煤和封火都是比较讲究的事，煤拌得不能太干，也不能太稀，而且要拌得均匀；封火也一样，四周要封得严实，中间的出气孔必须始终保持透气，不能堵塞——两件事只要一件没做好，第二天起来，火不是烧过了，就是封熄了。拌煤封火这样的活，一般都由母亲做。那天母亲不知有什么事，临时脱不开身，就让他去拌煤封火。他原本没经验，加上一向马虎，于是根本没拌，只是铲了一铲干煤面，拿到厨房，从蓄水缸里舀了一点水淋上去，就这样潦潦草草把火封了。第二天一大早，他正做梦，梦见自己是一只猫，四肢着地，轻飘飘蹲在屋顶那些残破的、长着苔藓和草叶的瓦片上，看院子里那只巨大的耗子庄严地四处踱步，做出一些不可思议的动作，比如突然立起来，前爪合十，朝着大门的方向缓慢地躬身作揖，就像在迎接一个尊贵的、长着长胡子的客人。梦里，他没觉得那只大耗子的举动有什么可笑，相反，他很想学学那看上去非常古老和优雅的礼数。他刚在瓦片上学着那只大耗子站起来，两手还没并拢，就被父亲猛地从被子里拽了出来。原来那天是周日，六姑妈一早就从家里赶了过来，捅开奶奶家的火准备做一锅酸菜粑粑当早餐，无意间看到他家的铁炉子因为稀煤封得不规则，整笼火已经熄灭；她又去奶奶家的煤池拿煤，发现他家的煤池里没有头天晚上拌煤的痕迹，于是得出一个结论，有谁用奶奶家的稀煤封了他家的火。

拌没拌过煤，一眼就看得出来。六姑妈宣布说，池子里全是干煤面，看不到一丁点水渍。

不到一小时，两个叔叔和五个姑妈已经全部会聚到了堂屋，他们神情严肃，走动和泡茶时都轻手轻脚，因为奶奶说了，这不是一点稀煤的事，而是一个人的品行问题。

堂屋里的空气像沥青一样黏稠。他站在堂屋中央，面对奶奶，飞快地说话，再三地陈述着头天晚上的整个过程，越说越快。他不敢停下来，仿佛一停下来，那些沥青就会直接糊到他的鼻子和嘴巴上，让他无法呼吸。

母亲一听他的陈述，立即就相信了他。他本来就是个喜欢偷懒和做事马虎的人，她说，我一听他这样说就知道他说的是真话。接着，母亲还列举了许多他偷懒和做事马虎的例子，比如做作业，明明是乘法，做着做着就变成了加法；比如让他淘米，他懒得用手搓，就用筷子伸进去随便搅搅了事；再比如让他拿件什么东西，他必把旁边的东西打翻……父亲说他"烧香打菩萨""头上长角，身上长刺"。

他母亲的话立即被机警的六姑妈抓住了要害。对啊，她说，他既然做事这么马虎，为什么拿着一铲子煤面，从后墙根一直走到厨房，我数了数，三十多步呢，居然一丁点煤面没撒出来，这不是件怪事吗？

为了验证六姑妈的话，奶奶打头，两个叔叔和五个姑妈随后，他父母跟着，从他家的煤池开始，一步一步，检查到他家的铁炉子旁。一路上的确没有发现煤面，倒是在奶奶煤池的外边找到两团小拇指大的稀煤。

六姑妈看奶奶，其余的叔叔和姑妈互相看。他知道除了母亲，所有人都相信是他偷了奶奶的煤，剩下的事就是看父亲如何惩罚他了。

许多年之后，父亲八十岁生日那天，他给父亲提到这件事。他说没有发现煤面也不能证明是他偷了奶奶的煤，奶奶的煤池旁边发现两团稀煤，完全可能是二叔叔或奶奶本人晚上封火铲煤时掉落的。

父亲毫不迟疑就对他的话表示同意，但强调说，在当时那种情况下，没有谁能证明他说的是真话；加上奶奶、叔叔和姑妈平时都埋怨他们对他不够严厉，所以他最后不得不选择相信六姑妈的结论。

可能是怕奶奶、叔叔和姑妈们认为那样就太轻饶了他，那天父亲没扇他耳光，而是提着他的后领，拖到院坝中央，铲了一把人造沙，铺平了，让他露出两个膝盖跪在上面。

他面对堂屋跪着，能看见母亲歇斯底里地抓挠父亲的衣袖。你们不能这样冤枉他……他一声不吭地看着母亲，但母亲从头到尾，一眼也没朝他这边看。后来父亲把母亲拖进了他们的卧室，关上门，之后母亲一直没有出来，也再没听见她喊叫。他知道，即使母亲真的发了疯，也救不了他。

快到中饭时间，他的两个膝头沁出了血，表兄妹们也跟着姑爹们陆续地来了。看见他跪在沙子上，每个人都很惊讶。大人进到屋里去询问；表姐妹胆子小，不敢看他，更不敢和他说话，都跟着大人进了屋；表兄弟却很兴奋，他们每人端一张小凳子当成马骑，笃笃笃地围着他转圈。

可能是几个姑爹和大婶婶集体说情，等到堂屋里支起大圆桌，大人开始从厨房往外一碗一碗端菜，父亲才命令他起来，还煮了碗面条，让他端到他房间去吃。

母亲自从那天上午被父亲拖进卧室后，就死人一样躺在床上，不吃不喝，一直躺到第二天中午。第二天中午他吃的还是父亲煮的面条。吃完之后他开始做寒假作业，做到一半，估计父亲已经出门上班，就想去和母亲说说话。但刚从房间出来，就看见母亲穿戴整齐，正穿过院坝，走向大门的方向。母亲走得影子一样无声无息，就连鸡笼里的鸡都没有发现。他立即判断母亲是准备去跳河。他悄悄跟了上去。

他的两个膝盖昨天已经涂了紫药水，有些破皮的地方结了一层薄薄的痂子，但走动时被裤子摩擦，仍旧密密麻麻地刺痛。

母亲的背影在人群里时隐时现。他不知道一个准备跳河的人会是一种什么心情，那是他完全无法想象和理解的。他突然觉得母亲的背影变成了一个陌生人的背影，他不敢上去和她说话，只能闭着嘴，紧紧地跟着。

穿过那条幽暗的、连接着院坝和大街的长长通道时，他以为母亲会去朝阳桥。那是这一带最高的一座桥，他常常和同学或者表兄弟在上面玩，把羽翼宽大的纸飞机冲着桥外面广阔的空间死命扔出去，看它们飘飘荡荡地滑翔，很远很远，直到钻进青灰色的烟雾里。他还从大人的嘴里听说过，每年都会有两三个人从桥上跳下去，其中一个还是母亲的朋友。河水几十年来渐渐干涸，水位越来越低，特别是冬天，大大小小的卵石显露无遗，远远看去，就像无数仰面朝天、拼命想要呼吸空气的黝黑的小脸。他想母亲一定是看中了朝阳桥那令人头晕目眩的高度和河床上那些坚硬的卵石。

但母亲出门之后却转向了右手的方向，与朝阳桥的位置背道而驰。他不记得那个方向有什么高的地方可以跳下去，于是他怀疑母亲想出了一种比跳河更加可怕的方式。

他跟着母亲一直走，到了大十字，又转朝市委大院的方向，最后进了一幢三层高的楼房。他恍然大悟，知道母亲是去父亲的一个老朋友家。那个朋友的儿子叫多多，跟他一般大，他还记得第一次去多多家时，多多慷慨地送了两本小人书给他，一本叫《消息树》，一本叫《夏伯阳》。

他没有跟进去，而是站在楼下仔细观察。他发现每家的窗户外都搭着一个伸出来的牛毛毡遮雨篷，人没法直接从窗户跳到人行道上，只会一次接一次地从那些牛毛毡雨篷上滚下来。

但独自往回走的时候，他一点也没感到轻松，他觉得母亲这次没跳河，下次也是会跳的。

快要走到家时，一个卖簸箕的小贩和一个卖冻疮药的小贩打了起来，他们在地上翻滚撕扯，大大小小的簸箕散了一地，其中一个绊了他一下，他朝前一扑，右边的膝头猛地擦在地上，正碰到那些沁血的地方，痛得他立即涌出了眼泪。就是在那一瞬间，他觉得在母亲真的跳河之前，他必须尽快把奶奶弄死。

同样是父亲八十岁生日那天,他也给母亲提到他跟着她一直走到多多家的事。他说这么多年,他一直忘记问她是去干什么了。

母亲开始完全没印象,后来突然想起来,说就是去问问房子什么时候分得下来啊。他这才知道,多多的父亲一直都在帮他们联系分房子的事。

那天母亲有点奇怪,问他,你当时跟着我干什么?他没敢说他以为她是准备跳河,只是含含糊糊地说那时他刚看完一本讲破案的小画书,正学着上面的故事跟踪人呢。

那你咋现在才想起问?母亲又问他。

他说我正准备写篇小说,就是写当年和奶奶一起住在大房子里的那些事。

说这话时,他已经用差不多三十年的时间写了几十篇短篇小说,还出版了十本书,母亲看过其中几篇,看完之后很严肃地总结,说他的小说里有一种情绪,就是小时候住在大房子里时那种氛围造成的。

你还没放学,他们就在你爸爸面前告你的状。母亲说,等你吃饭,爸爸就开始教训你,这叫气裹食,所以有段时间你胃不好,还记得不?

他听了这话,觉得惊讶,他从来没意识到他的小说里有这样一种东西,他想起有个朋友的确写过一篇他小说的评论，结论是"抑郁的人最好不要读这些小说"。

那天听他说准备写一篇有关大房子的小说，母亲一下从沙发上立起身子，兴致勃勃地问他，小说叫什么名字？

他犹豫了一下，说原来准备叫《少年的黄昏》，后来决定叫《杀心》。

母亲皱了皱眉头，说这个名字有点吓人，人家会不会给你发表哦？

他说，但我想来想去，只有这个名字最合适。

谁想杀谁？母亲又问。

不是真的想杀。他说，我只是想表现一个孩子心里最黑暗的那些东西。

还是前面的名字好。母亲说，又问他，你准备写多长？

他说可能一万来字吧。

母亲一下很失望，说我还以为你要写几十万字呢。

他有点内疚，母亲反反复复说那些事，已经说了一辈子，他只写一万来字，的确是少了些。后来发表的时候，编辑确实把篇名改了。

那只耗子的声音消失了。他像刚才打开时那样，先把橱柜门提起来，才慢慢关上，然后拿着那个瓶盖往回走。走到厨房通道的拐角处，他一挥手，把瓶盖从那只猫跳下去的方位扔到了后墙外面。

他蹑手蹑脚回到房间，在写字台前坐下来，屏住呼吸，歪着头仔细听，还是没有听见那只耗子的声音，也许它感觉到了他走路时的震动吧。没一会儿，他就听到了奶奶在隔壁起床穿衣服和咳嗽的声音，同时，窗户外面那只大耗子又发出了响动，这次是啃一种什么硬壳东西的咯咯声。

这再次证明了奶奶和那只耗子之间不可思议的联系。他下一次可以给父亲提供一个新的证据，那就是那只耗子怕别人，却不怕奶奶。

对那些从壁虎肚子里挤出来的黏液，他一直寄予很大的期待，如此肮脏恶心的东西，一定具有无与伦比的毒性，但刚才这个新的发现却动摇了他的信心：那只耗子连猫都不怕，他又怎么保证那些脏东西一定会对奶奶起作用呢。

果不其然，第二天中午，在他家那张小竹桌上吃饭时，他有意选择了背靠厨房的位置（那是父亲吃饭时爱坐的方位），这样，他就可以从头到尾看到奶奶他们吃饭了。

那天和奶奶吃中饭的有二叔叔、五姑妈和六姑妈，他们围在大圆桌前，一面吃一面聊天；二叔叔添第二碗饭之后，回到座位上，还给奶奶他们说了一件他小时候打架的事情，他们一起哈哈大笑。

吃完饭，直到母亲把碗洗了，从厨房出来，他也没有看出奶奶有任何异常的表现。

他注意到，那天中午，奶奶是先把头天的剩菜加了好多新鲜白菜和肉片，煮成一锅，才端到桌上来的，他不知道那些脏东西的毒性是不是因此被冲淡了。下一次也许可以考虑把整只的壁虎放进去，但这个念头刚冒出来，就被打消了。他很清楚把整只壁虎放在剩菜里，比把那些黏液放在娃娃菜里更容易被发现；何况冬天的壁虎都躲得不知去向，他也不知道在哪里可以重新找到一只。

他回到房间，躺在他的小铁床上，满心沮丧，意识到剩下的唯一途径，似乎就只有去向小莽三求助了，虽然那是一件他特别不情愿的事情。

小莽三比他大得多，那年差不多已经有十七八岁，是大表弟他们大院里所有男孩的领袖，打架很厉害。他曾亲眼见到小莽三向别人展示他身上的种种伤痕，其中有刀疤，有砖印，有被火药枪发射的小铁沙打出来的褐色麻子点，雀斑一样密集。他最喜欢给人看的是他背上的一道刀疤，从后颈一直延伸到腰部，曲折回绕，像一条狰狞的、暗红色的大蜈蚣。他还听大表弟替小莽三吹嘘，说小莽三一般情况下不打架，但只要一开打，就不会住手，一直要把对方打得爬不起来才算数。还说小莽三对武器也从不挑剔，能找到什么就用什么。据说有一次他去朋友家吃喜酒，口袋里除了一张面值两元的礼钱、一块手巾、一包香烟和一盒火柴，空手空脚，连一条皮带都没系。走到半路，三个南门"米哈依部队"的成员突然从路边一家门面窜出来袭击小莽三，追得他在那些小街小巷里四处乱钻。他最后在地上发现一根弯曲的锈钉子，于是捡起来，用那块沾满鼻涕的大手帕，一面跑一面绑在右手拳头上，回过身扎对方，扎得其中一个得了败血症，差点死在医院里。

但那些男孩子同时又非常喜欢他，因为他很会说故事。小莽三像孙悟空一样长着一个前撮的尖嘴，大家管那叫"包谷嘴"，说故事时，他的嘴对着谁，谁就会产生一个错觉，像是专门对着他一个人说。

在他的心目中，小莽三是一个见多识广到不可思议的传奇人物。有很长一段时间，只要到周末，他就会到大表弟家住的大院去，要大表弟带他去听小莽三说故事。他至今还记得小莽三说的一个福尔摩斯故事中的情节，说是有一天晚上，福尔摩斯正在办案，突然感觉天上出现许多流着脓、没有睫毛的眼睛，正眨巴眨巴地盯着他，但抬眼去看，却又什么都没有。稍大些后，他翻遍《福尔摩斯全集》，怎么也找不到这个情节。

他对小莽三原本是心悦诚服的，但寒假前一个周六的下午，小莽三悄悄把他拉到一旁，怂恿他去替他偷院坝里一个男孩的姐姐晾在厨房里的内裤和胸罩，他不敢，小莽三从此就不待见他，曾厉声呵斥，要他滚出听故事的人群，那之后他就再没去过大表弟家。

去向小莽三求助让他倍感屈辱同时又胆战心惊，他不知道小莽三看到他，会不会当众羞辱他，甚至打他，但他觉得自己已经别无他法。

他找到小莽三时，小莽三正坐在大院深处一棵沾满灰尘的樟树下做塑料花。

那之前，他趁着父亲午睡的当儿，悄悄在父亲的中山装口袋里拿了一毛钱揣在身上。一毛钱可以买一包九颗装的姜糖，他想也许看在钱的分上，小莽三愿意听他把话说完。

樟树下还有两个跟他一般大小的女孩，其中一个手里托着一张牛皮纸，纸上有一小撮白糖，她不时把牛皮纸抬到嘴边，伸出舌头舔一下。

他也见过别人做塑料花：从各种颜色的塑料瓶上剪出圆形塑料片，再用剪刀顺着边沿朝中心剪成几瓣，最后放到蜡烛上慢慢烘烤，直到塑料片卷曲起来。但小莽三似乎没这样的耐心，他左手拇指和中指捏住一块塑料片的中心，食指拨拉，右手拿着一个烫头发用的火钳，烧得半红，夹住每一片被剪开的叶瓣，往上一提，再朝里一卷，叶瓣就拉长并且卷曲起来，比在蜡烛上烘烤出来的更加秀气和精致。

好漂亮。他说。

小莽三瞟了他一眼，低头继续做，好一会才对那两个小女孩说，这算什么，我还会打毛衣。

他紧紧攥着裤袋里的那一毛钱，往前走两步，低声对小莽三说，我准备给你一毛钱。

小莽三还是不睬他，但突然对那两个小女孩挥挥手，说滚滚滚，又不是做给你们的，看什么看。

等两个小女孩走远，他才假装好奇，问小莽三，说那是做给哪个的？

李艳。小莽三简洁地说。李艳就是大院里那个男孩的姐姐。

现在我根本不需要你帮我拿。小莽三一脸炫耀。我和人家都说好了，我给她做一个花发箍，她就把她的内裤给我。

他为小莽三的事情终于有了着落感到欣慰，他知道这样一来，小莽三就不会像原来那么厌烦他了。

他把捏着钱的手从口袋里掏出来，递给小莽三。我想请你给我想个法子。

小莽三接过钱，看都没看就揣进裤兜，问他，什么法子？

我想弄死一个人，他说，但下了好多次毒，都毒不死。

这样说的时候，他感觉自己声音颤抖，肚子里一个很重的东西直往下落。

下的什么毒？小莽三问。

他一面想一面说，口水、黄沙、鼻涕、从那只大耗子爬过的木板上刮下来的灰，还有那只壁虎肚子里挤出来的黏液……

小莽三笑了，放下手中的活路，在衣服两边搓搓，怜爱地摸摸他的脑袋，说真是个小娃娃。

他羞愧地低下头，好让小莽三更方便地抚摸到他。

那些怎么行。小莽三说，一屁股坐到地下，掏出一包朝阳桥香烟，弹一根出来，就着炭火点上，像一个中途休息的工匠那样惬意地吸一口，吸得那样深，呼气出来时一点烟子都看不到。

不过真正的毒药不好找。小莽三说着，把烟翻过来，若有所思地盯着烟头看，好一会才平淡地说，只有用炸弹。

炸弹？他有点蒙，他以为炸弹会比那些真正的毒药更难弄到。

当然不是电影里的那种炸弹。小莽三说，是土炸弹。

据小莽三说，那个土炸弹也是福尔摩斯发明的，虽然做起来非常简单，但全世界只有三个人知道，除了福尔摩斯本人和他的助手——一个叫华生的人，第三个就是他小莽三了。

制作土炸弹的方法听上去很简单：用一个小玻璃瓶，装三分之二生石灰，再加三分之一自来水，拧紧瓶盖，扔在对方的身边，不到三分钟，瓶子就会爆炸。

如果你只想让人受点伤，小莽三说，这样就够了；如果你真的想人死，那你就再在瓶子里装点小钉子、小铁沙什么的……

小莽三这样说的时候，他在脑子里过了一遍，发现做土炸弹所需要的东西，都放在他唾手可得的地方。

但小莽三警告他，不许把教他做土炸弹的事告诉任何人。炸死人我可是不负责的。小莽三说，接着叹口气，露出一种悲哀的神情，眼睛似乎看到很远的地方。等我死了，你还可以拿来卖钱，五角钱卖一次。

奶奶九十三岁无疾而终的当夜，他和一大群表兄妹为她守灵，大家无事闲聊，说到许多小时候的事，比如三表弟偷五表弟的牛奶喝，被大叔叔一脚从堂屋直踹到院坝，再比如四表弟把奶奶的锑盆装上瓦片，敲扁了拿到废品收购站去卖，败露后，被捆在院坝的夹竹桃树上，有二叔叔的朋友来，他还主动打招呼，等等。大家几乎忘了那是一个应该悲伤的场合，一个个笑得直不起腰。大表弟碰巧就坐在他旁边，于是他们聊到了小莽三。大表弟说，小莽三先是和他们院子里一个男孩的姐姐谈恋爱，后来那男孩的姐姐跟另外一个人好了，他于是吸上了毒；"严打"那年，他和几个舞厅歌手一起在甲秀楼上跳"黑灯舞"，被以"流氓罪"判了几年刑，在狱中把毒瘾戒了，出狱后还考了一个厨师证，在一家国营餐厅当厨师。他爹妈高兴坏了，以为他从此可以重新做人，不想他又重新吸毒。后来有人介绍他到海南发展，他也高高兴兴去了，但渡轮才坐到一半，他突然起身走到甲板上，一秒钟也没耽误，直接就跳进了海里，最后连尸体都没找到。

据大表弟推测，是长期吸毒破坏了小莽三的神经，导致他行为反常。

所以小莽三死的时候实际上是个神经病。大表弟说。

他没有向大表弟说做炸弹的事，他觉得要是传到父亲，或者两个叔叔，还有仅剩的两个姑妈耳朵里，他们不知会有多么震惊的反应。他只是给大表弟说，当初小莽三教给他一种用生石灰加自来水制作炸弹的方法，为此他还付了一毛钱给他。

大表弟听了就笑，说小莽三也教过他这个法子，不过他没给小莽三钱，而是用一包他从家里偷的麦乳精换的。大表弟试验过，压根不会炸，最多只会开裂。他说小莽三这样的事情做得多了，大多数情况下都是胡说八道哄人的，不过他教人用开水烫手上的湿疹，效果倒真的不错。

只要你忍得住，大表弟说，把双手浸在开水里，会烫脱一层皮，湿疹当然也就好了嘛。

但在那个天光明亮的下午，他哪里知道小莽三会随口骗人呢。

他回到家里，大人们才刚刚午睡起来，整幢房子里到处是窸窸窣窣的声音，谁也不知道午睡这个把小时的时间，他已经出去一趟又回来了。

自来水是现成的，生石灰也不用找，这幢房子里的每个房间，差不多都能在墙角找到一袋用来除潮的生石灰，他住的房间就放着两袋。只有瓶子让他犹豫不决。

母亲和奶奶的房间里，都有一个专门用来装药的柜子，奶奶的药柜很大，薄薄地靠在卧室窗户左边的墙壁上，从上到下全是一排排的小抽屉，跟街上中药铺的药柜一模一样。母亲装药的柜子放在床头柜上，比起奶奶的来，要小得多，但也要漂亮得多，看上去就像一幢缩小的古代的房子。后来他才知道，那实际上是一个梳妆台，是外婆送给母亲的结婚礼物。

两个药柜里都有不少玻璃瓶子，虽然他的印象中，那些瓶子都装着药，但他可以随便挑一个，倒掉其中的药片；此外，他还养着三瓶洋虫，他也可以腾空其中一瓶，用来制作土炸弹。

洋虫是二表哥送他的，都是黑色的老洋虫，就放在房间写字台右边最上面的一个抽屉里。他待那些洋虫就像宝贝一样，曾把过年时得的一件新棉衣从衣角那儿撕开，扯出几团棉花来，塞进瓶子里，给它们做了个新家，为此被父亲扇了一个耳光。他平时喂那些洋虫爆米花和核桃，但只要他跟着父母亲出去做客，得到一点杏仁饼干、年糕片之类，他都会自己吃三分之一，其余的带回家，留给这些米粒一样小，根本看不清面目的小虫子。原本他更想养一只狗或者一群鹅黄的小鸭子，但他听二表哥说，天气暖和的时候，洋虫会生出幼虫，也会变成蛹，可以卖给那些养蛐蛐的人，因为蛐蛐是用来打架的，吃了洋虫的幼虫和蛹，蛐蛐会变得非常勇敢，到时候他可以替他卖掉，作为酬劳，一只洋虫给一分钱。他对吃了洋虫的蛹和幼虫会变得勇敢这个说法很感兴趣，曾问过二表哥，说人吃了会不会也变得勇敢？二表哥说当然会，但不能屙屎，只要一屙屎，就会把那些幼虫或者蛹屙出来。

他最后还是决定腾空一个装洋虫的瓶子。二表哥送他洋虫时曾反复叮嘱，说洋虫怕冷，冬天时最好装在瓶子里，如果没有瓶子，只有纸盒之类，那就要放在近火的地方。

他决定腾空一个装洋虫的瓶子时，也没打算把洋虫换到纸盒之类的东西里去，他就想让它们死。不知为什么，他觉得让自己心爱的洋虫死掉，似乎抵消了从小莽三那儿回来的路上一直堵在他胸口和喉咙里的什么东西，那些东西沉甸甸、黑漆漆，让他走在路上几乎喘不过气来；有那么几分钟，他甚至以为他几年没有发作过的哮喘又要发作了。

倒出来的洋虫暴露在冰凉的空气里，果然很快就死掉了。他把那些死掉的洋虫连同棉花一起，埋进了奶奶窗户下一个残破的花盆。

他找不到那么多小钉子，更找不到铁沙，只好用父亲的订书针和一些人造沙来代替。他觉得订书针更细更小，钻进肉里去时，也许更容易；而他跪过人造沙，印象中那么坚硬，跟铁沙也没啥差别。

装着生石灰和订书针的瓶子如今就放在他的写字台上，旁边还有半杯自来水，瓶盖上扎出来给那些洋虫透气的小孔，已经被他用胶布细心地封死。随时，只要把自来水倒进去，拧紧瓶盖，一枚据小莽三说能让人血肉横飞的炸弹就可以开始倒计时了。三分钟，他记得很清楚。

现在只剩下最后一个问题，那就是他怎么，还有什么时候，把炸弹放在奶奶的身边。要完成这个计划，必须具备两个起码的条件，一是不能让任何人看到他把瓶子放在奶奶身边，二是在他把瓶子放到奶奶身边后，奶奶至少得有三分钟不能离开那个地方。

他想来想去，觉得趁奶奶午觉时把瓶子塞进她的被窝是唯一万无一失的办法。

第二天中午，刚吃完中饭，母亲就当着奶奶和二叔叔的面，让他去拌煤面。不要到晚上临要封火才来拌。母亲说。

他来到煤池，朝煤面堆得最厚的地方淋了一瓢水，用一把小铲子开始拌煤。整个过程中，他不时闻到一股隐约的腐臭气味。拌完煤面，他提着铲子，循着那股臭气一直去房子侧面停放着奶奶棺木的那间大棚子，在四角垫着砖头的棺木下面，他发现了那只大耗子布满蛆虫的尸体。耗子的头部连带脖子血肉模糊，他一看就知道那是被猫咬的。夏天时，他看见过被猫咬死的麻雀或者小鸡，情形跟那只耗子几乎一模一样。

他洗干净手,回到房间,坐在写字台前的椅子上,浑身冰凉。那只耗子的突然死亡,让他预感到经过那么多次的不同尝试,这一次奶奶应该必死无疑。

离天气转暖还有至少一个月的时间,他很后悔当初没有问问二表哥,如果直接吃几只洋虫,会不会出现跟吃那些幼虫和蛹一样的效果。

他已经听见奶奶在隔壁脱衣服和揭被子了。他坐在椅子上,把药瓶和自来水从靠窗的位置拿到写字台的中央。他等着奶奶睡熟。

看着窗外后墙斑驳的立面,他眼前一阵发暗,就像在某个猝不及防的瞬间,苍老的黄昏倏忽而至。

孤独的人是可耻的

那天天黑之后王丽还没回来,我给自己煮了碗面条,没有肉末和软臊,我就往碗里倒了半袋涪陵榨菜。吃完,我坐在沙发前的一张小塑料凳上抽烟(我不喜欢坐沙发,我觉得那是客人坐的地方),没抽几口,就接到刘江打来的电话。他的声音听上去既虚弱又烦躁,伴随着嘶嘶的抽气声。我下午拔了颗尽头牙,他说,痛得我在房间里单脚跳,吃了四五颗芬必得都不管用。

我有点奇怪他既然这么痛,干吗不双脚跳,但我对他吃芬必得更感兴趣,于是问他,那芬什么得不是女人痛经时吃的吗?

男人就不能用来止痛了?他有些没好气。

我心想你吃不吃女人的药关我屁事。我捏着手机没吱声,又抽了口烟,感到口腔里那股热辣辣的味道正在消减。

现在比下午还痛。他说,而且从头到尾一直在流血,今天晚上是不要想睡觉了……你过来陪我说说话吧。

那怎么行。我又抽了口烟。我说我晚上事情还多着呢……主要是我正在理书架，屋里乱七八糟……

这样说的时候，我透过书房的门，看了一眼书桌后面的书架上那些码得齐齐整整的书籍。我这人坏习惯很多，但有个好处，就是绝对不允许我的书架有任何凌乱。这一点我所有的朋友，也包括刘江在内，都是知道的。

你不是早就不写东西了吗？他似乎有点意外，还留着那些书干吗？

我就不能用来当装饰吗？我学着他刚才反问我的口气反问他。我说的也是实话，我觉得书桌后面一大壁花花绿绿的书脊挺好看，总比光秃秃的或是挂一张海景图之类的好看吧。

他显然被我的话噎了一下，几秒钟之后才换了种口气对我说，你想想，那么大一个血窟窿……我想躺下来睡一秒钟都不可能，我简直不知道怎么熬过今天晚上……

我站起身来，一面继续向他描述书房目前的混乱状况，一面走进书房，伸手把离我最近一排书架上的书扒拉到地下。不信我拍张图片给你看吧，我说，我先挂了，你注意看微信。我挂断电话，打开拍摄功能，把手机凑近那堆书，拍了一张它们散落一地的照片，然后发到刘江的微信里。

我把书放回它们原来的位置，码整齐，回到客厅，继续坐在小凳上抽烟。抽到第二根时，我收到王丽给我发来的一条短信：不好意思，我今天加班，可能晚点回来，你先睡。

我立即回了一条：我今天也加班，可能通宵都不回来。

那段时间我正和王丽冷战，原因是她搜出了我的前女友写给我的情书，厚厚一摞。前任是个说厂矿普通话的女人，走起路来左右摇摆，虽然还没达到鸭子的程度，但已经足够引起我父母的不满，他们坚决反对我跟她在一起，说他们的儿子挑来挑去，最后居然找了个瘸腿女人。为此我曾经和他们有半年时间互不搭理。但最后我还是在没有任何外力干扰的情况下和她分了手，原因是她太过文艺，让我无法忍受。已经是二十一世纪，她还坚持用笔给我写情书，动辄引经据典，长篇大论。爱情是农耕文明的产物，她说，现在虽然已经是工业时代，但至少我们可以力所能及地营造一点气氛嘛。我提醒她，说现在也不是工业时代，而是信息时代。她不听，要求我也用笔给她写情书，每周两次，每次不得少于一千五百字。写了八个月之后，我终于下决心和她分道扬镳。在撕掉她写给我的那些情书之前，我又一封一封读了一遍，发现纯粹从文章的角度看，的确算得上赏心悦目。我最后没舍得撕，而是把它们扎成一捆，藏在了我书桌最下面的抽屉里。这事我都快忘了，不想却被王丽无意间发现。她若无其事地一封一封拆开看，看到精彩的句子还欣喜地称赞，写得多好！甚至小声念出来。那情形跟我看它们时一模一样。不同的是她看完一封撕一封,而且撕得十分彻底,很快,那些赏心悦目的文章就变成了一大堆雪白的纸屑,填满半个垃圾桶。那之后,二十多天,她不怎么和我说话,实在不得不说,那表情也是似笑非笑,让我有种毛骨悚然的感觉;与此同时,她一反常态,突然变得无比细心周到,比如早晚两次刷牙,原本我们是各挤各的牙膏,但她现在一定要给我挤上,还把漱口水也一并放在旁边,水温不冷不热;再比如,她在一家私营通讯企业工作,加班是常事,平时从来不给我打招呼,但那天晚上她偏要专门给我发条短信,还"不好意思",让我弄不明白她到底想干些什么。

我当然非常反感她的这种表现,也发过两次脾气。有话你好好说,有气你明着撒,这么阴阳怪气有意思吗?但她一点不气,反倒露出十分惊讶的表情,问我,难道我对你比平时好,还错了?

我承认,我不是她对手,但这也不意味着我就甘于她为刀俎,我为鱼肉。我想起多年前读过的一句诗:有时候,/你要不就怯懦,/要不就更加英勇。于是,在赌气给她回了那条短信之后,我突然想,我为什么就不能真的来一次通宵不回呢?

我在一家文学杂志社当编辑,日常的工作情况王丽是很熟悉的。我不会通宵加班,除了有一年冬天,贵阳遭遇百年不遇的凝冻,市委下达给杂志社一个紧急任务,要求二十天内编出一本反映贵阳人民抗灾救灾的书，书名我至今记得，叫《胜利属于英雄的贵阳人民》。那次，我和几个同事在一家排版工作室熬了整整一夜。但那都是我和王丽结婚之前的事了，那之后，我再没因为工作熬过夜——也就是说，仅有的一次熬夜王丽都只是耳闻，怎么可能真的相信我会通宵加班呢，而且是在这种非常时期。以我对她的了解，我能想象，等她回家，发现房间都空无一人之后，她并不会立即给我打电话，而是会先想想，然后给杂志社她认识的几个人打电话，比如张小宇，核实杂志社是不是真的有工作需要加班。张小宇当然困惑地否认，这个时候，她才可能确定我是真生气了。于是，于是什么呢？我不是很拿得准她接下来会干什么，有可能会倔着根本不睬我，静观其变；也有可能会立即给我打电话或者发短信；而我已经决定，如果是后者，那么前十个电话或者前十条短信，一律不接不回。到这个地步，她会不会想象一些可怕甚至血腥的场景，会不会恐惧，会不会反省，会不会内疚，会不会后悔……

想到这里，我开始有点兴奋，但兴奋归兴奋，不等于说我兴奋了，就得上刘江家去听他唠叨，而且是整整一个晚上；何况他会说什么我早已烂熟于胸，他记不清的我甚至还可以给他补充。

我可以去的地方很多，比如到某家音乐酒吧去，要上一扎啤酒，一面喝，一面欣赏劲爆的歌曲。我已经很多年没去过那种地方，也没喝过啤酒。如果我不喜欢酒吧乐队的演出，我还可以去看场电影，不管什么电影，遇到什么看什么……如果我都没兴趣，那还有一种最简单的办法，就是直接到一家桑拿浴室去，泡一下，蒸一下，按一下，吃碗鸡块面……不行，我晚饭吃的就是面，不能再吃面了，那就要碗鹅肉粉或者怪噜饭……这一连串事情做完，时间就差不多十一点了吧，王丽那个时候肯定已经回家（我印象中，她加班从来没有超过十点半）。接下来做什么，就只能看她的表现而定了：如果她一直倔着不给我打电话或者发短信，那好吧，我就在浴室一直睡到第二天早上；如果她表现得很焦急，不停地给我打电话，一直打到第十一个，或者不停地给我发短信，一直发到第十一条，那也还得看是什么态度——态度不好，我照样会在浴室睡到第二天早上。

我的手心微微沁出了汗。反正不管最后决定去哪，我都已经不可能再待在家里。我将用一次坚决的行动，彻底打破我和王丽之间的僵局，我不想让这种既不像亲人又不像仇人的状态继续下去。

我站起身来，先给自己倒了一大杯凉水，一口气喝下去（那半袋榨菜让我口干舌燥），然后来到卧室的衣橱前，准备换衣服。我有点犹豫，因为如果我要去酒吧，那就得穿得稍微时尚点、光鲜点，比如里面穿一件白T恤，外面再罩一件蓝色的休闲西装，外加一条黑色亚麻细脚裤；如果我决定要去看电影,或者去桑拿浴室,那就根本可以什么都不换,就穿在家的这一身,一条沙滩短裤,一件黑T恤,就够了。

我正站在衣橱前拿不定主意,刘江又打来电话。你没看我的微信?他问我。

我有点不快。我为什么一定得看你的微信?我说我不是给你说了我在理书架吗?正一头大汗呢。

你看看嘛。他说。

我打开微信,看到他在我给他发的照片后面回了我一张照片:一个肮脏的痰盂,里面装满沾着血污的棉球,那些棉球浸泡在一种浅褐色的、黏糊糊的液体里。

我的胃一阵翻腾,刚吃下去的那碗面条差点就全吐了出来。

我还是应该穿上准备去酒吧的衣服,因为就算我最后决定去看电影或是洗桑拿,穿得时尚光鲜点又有什么不好呢?何况我可能先去酒吧听个把小时音乐,然后再去桑拿;或者先去看场电影,然后去酒吧,最后才去桑拿,谁知道呢。

我脱掉身上的黑T恤,把白T恤穿上,给刘江回了三个拥抱的表情,表示慰问,想想,又发了三个尴尬和三个抓狂的表情,表示我和他一样对他的牙痛无能为力。

在选袜子时,刘江再一次打来电话。看到了吧?他问我,你看我流了好多血……

我的胃里又是一阵翻腾。我正想问他那些褐色的、黏糊糊的东西是什么，电话突然就没了声音，感觉他在没有挂断我电话的情况下又接了另外一个临时插进来的电话。过了几秒钟，电话里真的传来挂断的声音。我没有打回去，继续选我的袜子。

临出门前，我看了看手机上显示的时间：八点十五分。

我顺着春雷路往下走，走到十字路口时我转朝左边大营坡的方向。从那里再往前走上大约一公里，就是中大国际广场，那是离我居住的小区最近的一个大型商业区，里面什么都有，酒吧、咖啡厅、书店、洗浴中心、电影院、面包房……应有尽有，我想干什么都行。

马路两边全是小商铺，还有很多路边小摊，支着红色的雨篷，雨篷下面无一例外都吊着一个哗哗作响的旋转的驱蚊帚。我嚼着口香糖，走得很慢，因为我始终下不了决心到底去哪。但我不急，街上的空气非常凉爽，沉浸在这种凉爽里是一种享受。就算我最后哪都不去，就这么在街上走，一直走到明天早上，也是件惬意的事情。

离中大国际还有一半的距离（我已经能够听见从大商场里传出来的音乐声），我又一次接到刘江的电话（事后回忆那天晚上，我好像别的什么都没干，就是不断地接他的电话）。

刚才我隔着腮帮子，朝那个血窟窿死命揍了两拳，他说，差点把我痛晕过去。但吐了几口血之后，现在居然不像之前那么痛了。好笑吧？

我还没来得及答话，他突然警觉地噫了一声，你没在家？我怎么听见有汽车的声音？

我捂住手机，说在家的呀，可能是刚才楼下有车子开过去。我还在理书架。书真是太吸灰了，我正一本一本用布擦呢。

你理完还是过来嘛，他说，再晚都不怕，反正我又睡不着。我等你。等你来了，我们好好聊聊，我准备把我这一辈子的事都说给你听，从我记事的时候开始。刚才我还在想，一晚上够不够把一个人一辈子的事说完……这次回来我们好像生分了，几乎没好好说过话。

我有种不祥之感，觉得那天晚上我所有的计划，可能最后都要被他搅黄。我就不明白了，我们共同认识的朋友很多，比如张小宇，比如莫劲涛，还有陈蔚桦，他为什么就偏要执着地纠缠我呢？而且谁都知道，当然我和他更清楚，我们彼此厌恶。当年一帮做文学梦的朋友在一起玩时，我和他就经常当众相互嘲笑和指责，有一次甚至差点动了手。当然，真打起来我不是他对手，虽然他比我们要大上十四五岁，已经是个有皱纹的中年人，却长着一对银背大猩猩那样又长又粗的胳膊，每周还要在工厂抡五天半的大锤，浑身上下都是盘根错节的肌肉。

现在看来，我和刘江的矛盾主要还是因为文学。简单说来，就是我们拿自己的长处去挑剔对方的短处：我觉得他的小说在艺术上很粗糙，而他觉得在我的作品里看不到对痛楚生活的体悟。原本我们都没错，各自取长补短就好，问题出在我们表述的方式上。这里不是我故意推脱责任，我认为首先是他的态度有问题。其实我跟大家一样，都承认他的经历非常丰富，特别是从写作的角度看，丰富得简直让人眼红，我们所有人加起来也不及他一半多。但我经历简单是我的错吗？就像一个土豪，你有钱你分不分点给我花呢？你不分点给我花那你有钱关我啥事？你就不能低调些吗？低调些你会死啊？他不。我还记得刚认识他不久，他看了我一篇刚写完的小说，立即得出结论，你这种人，就算活到八十岁，还是乳臭未干。这也太侮辱人了是不是？我当时不知他的深浅，所以忍住没吭声，还假装谦虚地向他讨要他的作品。他毫不客气，当即从随身背来的一个双肩包里拿出五六篇短篇的打印稿给我。我回家仔细读了，下次见面，就诚心诚意地恭维他，说我看到的这些短篇，每一篇都可以发《民间故事会》的头条。这个说法显然大大出乎他的意料，他的两个嘴角一下朝下巴弯，整个下午都没回到原来的位置。那之后，只要逮着一点机会，他就会毫不客气地奚落我、打击我。比如有时候我听到或者遇到一件在我看来非常可怕或者神奇的事，说给大家听，别人都啧啧称奇，他却会发出几声碎玻璃一样短促尖利的笑，说这算什么呀，随即表情平淡地说出一件据说是他亲身经历的事,当然比我说的那件更可怕或者更神奇(有时候可怕或者神奇到令人难以置信的程度),末了,他还不忘慈祥地用一根指头点着我,摇摇头,说你啊,可怜,经历得少了,大惊小怪。

当然,我要逮着什么机会,也不会客气。他每隔一段时间,特别是有新朋友加入的时候,就会不厌其烦地把他从小到大经历的事情呱唧呱唧复述一遍,也不管我们这些已经听了不下五十遍的老朋友是否在场。通常说上一遍需要两个半到三个小时;如果新来的朋友是女性,尤其是个年轻且有点姿色的女性,那说上一遍的时间就会更长,有可能达到四个或四个半小时——这就是说,从下午四五点钟开始,直到整个晚饭结束,大多数时间都是他一个人包场。只要他一开始说"我小时候和你们可不一样……",我就知道那天剩下的时间会变得比那个著名的 D 日还要漫长。

他年纪比我们大,起步比我们早,发表作品的数量自然也就比我们多,在贵阳还是有些小名气的。有一次,几个师大学文学的小女生听说陈蔚桦和他是朋友,很兴奋,就要陈蔚桦带她们来见他。大家约好周六的下午在陈蔚桦家聊天。因为非常偶然的机会,我头天下午就先在陈蔚桦家见到了那几个小女生,她们听说我也是刘江的朋友,就先和我聊起他来。我灵机一动,装出很热心的样子,把我知道的有关刘江的事情原原本本都给她们说了出来,有模糊的地方,还把在厨房做晚饭的陈蔚桦硬拉出来补充。所以等到第二天双方真的见面时，无论刘江说什么，那几个女生都兴高采烈地抢着说："我知道的，我知道的……"然后就把下面的事情接着说出来……噎得他那天晚上饭都没吃就走了。

七八年前，有个晚上，我和他吵了我们认识以来最大的一次架，起因是我刚在《山花》杂志上发表了一篇短篇小说，里面有个情节，说某人惊恐地给他老婆说他可能快死了，因为他"屙的屎都不臭了"。刘江非说那是我抄袭他某次说的一个故事中的情节，还当众把那个故事复述了一遍。我根本不记得他说过这样的故事，自然不承认，于是我们吵起来，越吵越厉害。那天晚上我们都逼着在场的朋友们一一表态，大家都很为难，有的说似乎记得刘江是说过同样的故事，但不记得其中有那样一个情节；有的说记得那样一个情节，但似乎是另外一个故事，而且不是他说的，是我说的……

我之所以后来向我们杂志的主编推荐张小宇，让他以一种长期临聘的方式进入编辑部（后来逮着一个机会，转成了正式事业编制），就是因为他那次在大是大非面前表现得立场坚定，毫不动摇。他站在房间中央，说这个情节我在写进这篇小说之前，就已经和他讨论过了，时间地点他都记得很清楚：某个大家聚会的晚上，散酒之后各自回家，他要我陪他到青云路吃开水面；吃完之后他想大便，但找了一刻钟都没找到厕所,他急得都快哭了,一急,就放了一个屁,臭得旁边一对年轻情侣大呼小叫,说怎么突然飘来一股阴沟水的气味。当时我就笑,说要是放屁都不臭,估计这人也活不长了。等他从厕所一身轻松地回来,说我们就开始探讨这个话题,看如何写进小说中去。最后,我们一致认为不能写放屁不臭,而是要写屙屎不臭……

说实话,我不记得有这样一个吃开水面的晚上,但我可以肯定我在写这个情节时,根本就没有想到刘江说过的任何一句话。

我前面不是说过我差点和他打了一架吗?说的就是那天,但最后我们被大家拉住了,没打成。那之后好几周,我们没有再聚会,因为大家被我和刘江逼着表态站队,心里肯定都别扭。又过几天,就传来刘江失踪的消息。

最后一个见到刘江的是莫劲涛。据说,头天晚上刘江还主动打电话,约莫劲涛两天后去他上班的那个机修厂玩,说厂子附近有一片临河的小松林,非常漂亮。第二天晚上,莫劲涛打电话去落实出发的具体时间和交通工具,刘江的手机就再也打不通了,那之后谁打他的手机都是关机状态。大家不放心,还约着专门坐郊区车到机修厂去打听,厂里的人说刘江跟厂里的人也都没打招呼,只留了封信给厂长,内容是他遇到一桩意外之事,不得不赶到外地去处理,无法确定什么时候能回来,厂里可以停发他的工资,但希望能够保留他的职位。

开始一段时间，有人认为刘江的突然失踪跟我和他之间的那场冲突有关，还劝我给他发短信解释甚至道个歉。我听了觉得滑稽，我说我没觉得我有这么重要，他不会因为仅仅和我吵一架就气得人间蒸发了。

对刘江的突然失踪，我私心里没认为是件坏事，虽然我还不至于恶毒和怨恨到希望他出什么意外，但我觉得我现在终于可以清清静静地写点东西了，不用每发表一篇小说或者散文，都忐忑地等着下次见面时被他当众嘲笑。但结果有点出乎我的意料，我发现在他失踪一年后，在我不用担心被他嘲笑之后，他嘲笑我的那些话都成了颠扑不破的真理。我不得不承认我的确不是块写小说的料，我简单的、一帆风顺的生活让我在不同的小说里两次甚至三次、大同小异地重复同一个故事、同一种结构、同一个人物形象……而我之前竟然毫不自知；这还不算，最让我沮丧的是，我也曾想悄悄尝试下别的题材，比如刘江说的那种"生活的痛楚"之类，但不行，我发现在我心里找不到这样的东西，而在别人身上的那种东西我又没法切身地体会。这让我想起刘江经常问我的那句话：你绝望过吗？他这样问的时候，神情里有傲慢，有挑衅，也有显摆，总是让我极不舒服。但后来我知道了，他是对的。

经过相当长一段时间的纠结，我决定放弃写作。这个决定让我无比悲伤的同时也感到无比轻松，再遇到有人习惯性地介绍我是一个作家时，我真的认为他有踩痛脚和故意揭短之嫌，于是就骂，你才是作家，你全家都是作家，你家祖祖辈辈都是作家。

我渐渐安于当一个认真负责，甚至有点认死理的编辑。只是偶尔，我站在单位楼下等公交车，看着眼前摩肩接踵的路人，还有他们各不相同的神情，我又会产生某种隐约的冲动，意识到每一个人背后都是无数生老病死悲欢离合的故事；我想随便在街上找个人，和他泡上十天半月，好好聊聊，把他或她的故事细细写下来。但这种念头总是转瞬即逝，等公交车到站，我上车，找个位子坐下，或者抓住一个吊环，就把它忘了；有时候甚至车还没来，我就已经忘了。

半年前的某个早上，我正和张小宇坐在办公室编稿子，我坐里面一间，他坐外面一间，我先是听见敲门声，接着听见有人推门进来，然后是张小宇炸呼呼的声音，刘江，我的天，多少年了，刘江……

我还记得张小宇把刘江带进我办公室的那一瞬，我从书桌后面猛地站起身来，跌跌撞撞，做梦一样晕眩。我不是激动，是慌张，我不知道我应该用一种什么态度对待他，是持续当年的那种厌恶呢，还是用一种崭新的、往事如烟或者一笑泯恩仇的态度对他。最后我选择了后者，因为我突然醒悟到，我早不写小说了，我们已经不可能再为文学而争吵。

多年后再次见到刘江，我发现他的身材样貌似乎一点没变，但原先脸上那种犀利和有时癫狂的东西消失了，取而代之的是一种虚弱的、勉勉强强的神情。我当然更喜欢他现在的样子，觉得他整个人变真实和沉静了，有种尘埃落定的感觉。但他给我和张小宇说，他在来我们单位的路上，因为没吃早餐，低血糖发作，晕倒在马路上，幸得一个有经验的老太太在旁边一家水果摊上买了几串葡萄让他吃下去，他这才慢慢从地上爬起来。到现在我头都还有点晕。这样说的时候，他勉强地笑了一下。听他这样说，我当时就有种不好的预感，不过还不确定。果不其然，在接下来的交往中，我发现他其实一点没变，那天给我的印象不过是一次突发事件导致的偶然，一旦他的血糖恢复正常，他的德行就跟他的样貌一样毫发无伤。都说岁月是把杀猪刀，我看也只能杀我这样圈养的家猪，杀不了他那种满山遍野乱跑的野猪。当然，不是说他真的一点没变，我说他没变，是指他仍对那几个一直没有停止写作的朋友，比如莫劲涛和陈蔚桦，颐指气使，同时继续对陈蔚桦另外结交的一个小圈子的朋友（那个圈子里的人年纪都比我们小，而且大多不写东西，只是着迷于阅读和讨论）大谈他从小到大的经历。他的变化表现在他这次回来，似乎特别注意保养身体，比如从不和大家一起吃饭，无论如何挽留，一到吃饭时间，他必坚决地起身而去。他的理由是他现在的饭菜从材料到做法都是有讲究的，一般馆子做不了；另外，我发现他也从不喝别人倒的茶，而是随身带着一个外面是不锈钢，里面是紫砂的保温杯，泡着一些不知名的草药。

刘江当年究竟出于什么原因突然失踪，以及失踪前后都干了些什么，无疑是大家最为好奇的事，但刘江本人却始终对此讳莫如深。据我所知，他只是扼要地给莫劲涛说过，那几年他一直在江西治病，因为被查出来患有红斑狼疮，但后来又说是误诊；他不想回来，用存在银行的几万元钱开了家小面馆，早上营业，下午和晚上就专心致志地写长篇，七年半的时间已经写了五部，每一部都超过四十万字。原先他用电脑写，但在江西那几年，他又改回手写，他觉得那样一笔一画的很踏实。据说五部长篇小说的手稿加起来可以从地板一直堆到天花板。莫劲涛问他能不能把他写的长篇拿出来给大家看看。他坚决地摇头，说他死之前都不准备公之于众，而是要不停地改，不停地改，一直改到死的那天为止。莫劲涛又问他，说就算当初查出来是那什么疮，也不用玩突然失踪嘛。对此，他的回答是不想让大家同情他，他想找个没人知道的地方一个人悄悄地、慢慢地死。

莫劲涛把他说的这些话转述给大家听，大家都觉得不太有说服力，都相信另有隐情，但他既然不说，大家也就不好再问。

原本刘江失踪之后，队伍差不多就散了，这其中的原因很多，最主要的就是大家都有种隐约的不安，好像刘江的突然离开，终结了我们的青春时代。我们都猛地发现，这么多年，我们只顾着聊文学，忘记了还有好多该做的事没有做，比如谈恋爱，比如结婚，比如去找份稳定点的工作……我就是在刘江失踪大约五年时和王丽结的婚。

刘江回来之后，当年那堆朋友大都已经安定下来，又恢复了不时聚在一起聊天的习惯。只是因为他如今不再和大家吃饭了，所以一般情况下聚会是从下午三点半或者四点开始，聊到六点左右，他回家，剩下的人这才找饭馆喝酒吃饭。这样的聚会我参加得很少，实在推不脱才去一次，去了也很少说话，刘江前脚走，我延迟十分钟，也就跟着离开了。我给大家的解释是如今有家有室的，不比从前了，经常喝酒，老婆会有意见。其实真正的原因是我不再写小说之后，觉得自己已经不是这个圈子里的人，和大家找不到啥说的了。这样的情形一久，大家再聚会，也就很少喊我。事实上，在刘江那天晚上给我打电话之前，我已经有差不多一个半月没见到他和别的人了。

我不想让刘江听见车声又啰唆我，于是转进了旁边一条僻静的小巷。

我仍旧捂着手机。我说好嘛好嘛，如果我能把书架理完的话……看情况……不见得……虽然明天是周末……你还是住在东山上那什么小区？

但他似乎根本没听我在说什么，而是自顾地说下去，口气非常亢奋，就像他刚刚发现了一个绝妙的主意。我准备把什么都告诉你，他说，什么都不隐瞒，从小到大，包括……

又来了又来了，真是本性难移。我已经越来越不耐烦。我发现我又开始口干舌燥了。我说这些你都给我说过的嘛，十多年前你就说过了嘛，至少说了一百遍，我可能记得比你还清楚……你不相信？

我不给他任何插嘴的机会，一口气说了下去：小时候你爹打你妈，你妈把一颗钉子钉进了你爹的膝盖。你妈从乡下把你接回来，你带着几个弟妹在街上偷东西吃。你朝人家包子上吐口水，旁边一个人骂你，你不知道那人是便衣，用砖头一块接一块砸人家的头，砸了四十多块。你进监狱的第一天被几个人把头按在马桶里唱歌，唱的是《雨中徘徊》，没错吧？从监狱出来，你在马路这边卖报纸，你后来的老婆在马路那边卖西瓜，你假装摸西瓜，最后却摸到人家的屁股上……婚都没结，你就把人家肚子弄大了……

我一时想不起别的了，于是停下来假装咳几声，但接着我又想了起来。我说你老婆听过你爹妈的事，所以有一天你又打她的时候，她趁你睡着，也想把钉子钉进你的膝盖……你离婚之后你儿子，是叫刘牛吧？不认你，跟着他妈。初三的时候，是初三的时候吧？刘牛的几个同学打另外一个同学，他在旁边看，那几个同学说他胆子小，他于是把书包里的刀掏出来，捅了那个被打的同学三刀……我又想不起来了，但我觉得已经够了，我停下来喘口气，伸手从口袋里又掏出一根烟来点上。我想等把刘江打发了，我应该先去离我最近的一家冷饮店喝杯冰镇可乐，然后再考虑到底去哪。

刘江在电话那头半天没吱声，像是又一次被我噎着了，好一会才口气咄咄地问我，你知道，你知道个屁，你知道我得病的事吗？

小巷里黑漆漆的，有点瘆人，我往外走了几步，让自己站在巷口外一盏路灯的下面。我说知道啊，不是说先诊断是红斑狼疮，后来又说是误诊吗？

我说的不是那次，他说，是到江西之后……得的……是那种病……

哪种？话没问完我就明白了。不是……吧？说完我自己都吓一跳。

差不多，他说，不过只是携带，药物控制住的，所以从来没发作过。你没发现吗？我从来不和你们吃饭，从来不和你们握手。那天我在你办公室第一次见你，你想过来拥抱我，我赶紧躲开了，你没注意？

我想过去拥抱你？我一阵心悸，脑子里拼命搜索他回来之后我和他在一起的每一个场景，看有没有和他有过什么接触……没有,我肯定完全没有。

我暗自松口气,问他,那你怎么又突然回来了?

他犹犹豫豫地说,我小时候去过江西,有些地方方圆几十里,全是竹林……开始以为是红斑狼疮,就想悄悄一个人死在那些竹林里,不想又不是;等真得了这种病,可以死了,又怕一个人死得孤零零的……

为什么想死在竹林里?我问他,那些竹林很密是吗?

说不清楚,他说,全是斑竹,我想,红斑狼疮……也是斑……

接着他像回过神似的,问我,这些你该不知道吧?十几二十个女的,我都不知道是从哪个身上传来的……怪得很,只要趴在她们身上,我就安心,就有种心贴心,肺贴肺,肚皮贴肚皮的感觉……你来嘛,我原原本本说给你听。

我的心脏在胸口里大起大落地跳。我说天呐,回来这么久,你居然半点风声也没漏……难怪……

你不要怪我啊,他说,我是怕你们……

他没有说下去,但紧接着,他又用一种和当年一模一样的口吻问我,你绝望过吗?

我找不到什么话说。有那么一会,我们都没有说话。又过一会,他试探着问了我一句,你是不是觉得……你说……我怎么会活到这地步了?

我觉得他说这话完全是想讨好我。我其实不喜欢这种感觉，我宁愿他还像当年那样，狂妄自大，死不认错。

是啊，我言不由衷地责备了他一句，你看你过的什么日子……

我其实倒无所谓。他长长吸了口气，又恢复了那种惯常的态度。刘牛第一次动手打我那天，中午，刚吃过饭，他说，我就觉得我已经活到头了……那年他才十四岁，力气已经大到你不敢相信……也怪，今天原本只是牙痛，但牙一痛，好像别的也跟着痛了……

还有哪里痛？我没明白。

不是真的哪里痛。他又发出几声那种让我深恶痛绝的笑，就像又抓到了我的什么把柄。我说的是心里面，他说，那些事……

我还是没明白，感觉他好像也说不清楚，所以有那么一会，我们又沉默下来。

我知道你其实不想来的，拿理书架什么的哄骗我……他轻轻笑了几声，他们也不来……我从下午就开始给他们打电话，让他们哪个过来陪我说说话，可他们一听我是那种病，不来不说，莫劲涛还怪我，说我这次回来，虽然没和大家吃过饭，但我说话时一向口沫横飞，说不定有好多口水溅进了他的杯子……你说，其实在所有的朋友里，我对莫劲涛算是最好的，比如，有一次……

我说那你就不应该给他们说你是那种病嘛……说完我意

识到这话太荒谬，于是住口没有往下说。

我原本也没想说，他说，但不知为什么，可能是牙太痛了，我今天特别想把心里旮旮旯旯的事情都说出来……你说，一个人要是不停地流血，不停地流血，是不是就藏不住事情了？

我不知怎么回答他，只好吞吞吐吐地说，我明白的，脆弱了嘛……

你明白个屁！他又发出那种碎玻璃一样尖利的笑。笑声从电话那头传来，针尖一样刺痛我的耳膜，我不得不把电话拿得离耳朵远些。

等我重新把电话贴近耳朵，正好听见他说算了算了，我挂了，不打扰你，我要吃芬必得去了……

他挂断电话之后，我原本还想打回去的，但想想，打消了这个念头。

那天剩下的时间里我哪都没去。从那盏路灯的光晕里出来，我就直接回了家。进家之后，我看看手机上的时间，正好九点半。

王丽还没回来。我换上在家穿的那身衣服，又坐在沙发前的小塑料凳上抽烟。我发现我夹烟的那两根指头微微发抖。我分别给莫劲涛、张小宇和陈蔚桦他们打了电话，他们说下午时的确接到刘江的电话，要他们过去陪他，说的话跟对我说的大同小异。但他们都没去。不去的原因各有不同：

莫劲涛是听说他得了那种病，想起和他有过多次近距离接触，于是气急败坏地拒绝了；张小宇是正在医院照顾他岳父，真的去不了——他岳父头天下午在自家花园种菜，把锄头斜靠在墙上，不小心，一脚踩上了锄刃，锄把子打回来，把鼻梁打断了；陈蔚桦是压根就不信刘江得了那种病。你还不知道他？他在电话里阴阴地笑，我们认识他多少年了，他哪句是真哪句是假，你分得出？所以也扯了个理由没去。

陈蔚桦的话给了我一点启发，刘江的确是个喜欢用些惊世骇俗的事情引起别人注意的人，包括他和他老婆、他和他儿子、他爹和他妈，等等，没一件事被证实过，我们是听多了，听久了，信以为真而已。

想通这一点，我以为我的手就不应该再抖了，但不知为什么，重新点上一根烟后，我发现它们还在抖；木地板上已经陆陆续续掉了好几撮烟灰，这些烟灰是我眼睁睁看着它们掉下去的。

我把烟拧熄在烟缸里，发誓王丽回来之前我都不再抽了。而且我已经打定主意，等王丽回来，我就要和她大闹一场，非要分个你输我赢不可；只要分出输赢，不管是她输我赢还是我输她赢，我都准备从第二天开始，每周两次，用笔给她写情书，每次不少于一千五百字。